VAZIO PERFEITO

Copyright da tradução e desta edição © 2019 by Edipro Edições Profissionais Ltda.

Título original: 冲虚经 (Chong Xu Jing).

Todos os direitos reservados. Nenhuma parte deste livro poderá ser reproduzida ou transmitida de qualquer forma ou por quaisquer meios, eletrônicos ou mecânicos, incluindo fotocópia, gravação ou qualquer sistema de armazenamento e recuperação de informações, sem permissão por escrito do editor.

Grafia conforme o novo Acordo Ortográfico da Língua Portuguesa.

1ª edição, 1ª reimpressão 2022.

Editores: Jair Lot Vieira e Maíra Lot Vieira Micales
Coordenação editorial: Fernanda Godoy Tarcinalli
Produção editorial: Carla Bitelli
Edição de textos: Marta Almeida de Sá
Assistente editorial: Thiago Santos
Preparação de texto: Mariana Donner da Costa
Revisão: Marta Almeida de Sá e Tatiana Tanaka Dohe
Diagramação: Estúdio Design do Livro
Capa: Mafagafo Studio
Crédito da imagem da capa: Thoth_Adan/iStock/Getty Images

Dados Internacionais de Catalogação na Publicação (CIP)
(Câmara Brasileira do Livro, SP, Brasil)

Lie-Tsé, séc. IV A.C.
    Vazio Perfeito / Liezi; tradução e notas de Chiu Yi Chih. – São Paulo: Mantra, 2020.

    Título original: Chong Xu Jing.
    Edição bilíngue: português/chinês.
    ISBN 978-85-68871-23-2 (impresso)
    ISBN 978-85-68871-24-9 (e-pub)

    1. Filosofia chinesa 2. Filosofia taoista 3. Taoismo I. Título.

19-31531   CDD-181.114

Índice para catálogo sistemático:
1. Filosofia taoista : 181.114

Maria Paula C. Riyuzo – Bibliotecária – CRB-8/7639

mantra

São Paulo: (11) 3107-7050 • Bauru: (14) 3234-4121
www.mantra.art.br • edipro@edipro.com.br
@editoramantra

O livro é a porta que se abre para a realização do homem.

Jair Lot Vieira

Liezi

VAZIO PERFEITO

CHONG XU JING

Tradução
CHIU YI CHIH

Mestre em Filosofia Antiga Grega (USP) e graduado em Letras — Grego Clássico-Português (USP). Professor de filosofia chinesa clássica e de mandarim no Centro Cultural de Taipei e na Escola Brasileira de Medicina Chinesa (Ebramec). Chinês naturalizado brasileiro, é também filósofo, tradutor, poeta e autor dos livros *Naufrágios* (Multifoco, 2011) e *Metacorporeidade* (Córrego, 2016), e tradutor do *Dao De Jing* (Mantra, 2017). Atualmente, vem divulgando sua concepção filosófica Metacorporeidade, lecionando chinês e filosofia taoista e pesquisando as obras de Zhuangzi, Guanzi, Confúcio, Xunzi, os Sutras do Budismo Chan e filósofos como Deleuze, Plotino e Nietzsche em diálogo com as transformações do mundo contemporâneo. Visite seu site www.mandarimtaoismo.com

mantra

BREVE APRESENTAÇÃO

É provável que o pensador e mestre taoista Liezi (Lie-Tsé ou Lie-Tsu) tenha vivido no chamado período *Primavera e Outono Chinês* da dinastia ocidental de Zhou (770-446 a.C.). Não temos certeza em que data viveu, porque há dúvidas dentre os registros históricos. Contudo, segundo os estudiosos, sua obra-prima *Vazio Perfeito* é tão fundamental que Liezi passou a ser considerado um dos três principais pensadores que desenvolveram os princípios básicos da filosofia clássica taoista. Ele seria um importante mestre taoista junto com Laozi (Lao-Tsé ou Lao-Tsu) e Zhuangzi (Zhuang Zhou ou Chuang-Tsu).

Neste seu livro *Vazio Perfeito*, podemos ler inúmeras estórias filosóficas e poéticas que tratam de vários temas importantes do taoismo: o cultivo da Natureza Originária e do Princípio da Naturalidade, a visão da totalidade baseada no Princípio do Caminho (Dao), a percepção sutil e singular do Homem Superior, a aprendizagem da arte profunda taoísta, a harmonia com o Sopro Vital, o estado de plenitude do Vazio, o poder misterioso da *Não Ação* e do *Não Saber*, a viagem interior, o autodomínio e a autossuficiência do Sábio em relação às influências externas, a crítica da linguagem, a concentração da mente, a compreensão da vida e da morte como fenômenos complementares, a meditação no Silêncio, o cultivo da Suavidade, a inconstância dos eventos da vida, a prática do desapego em relação à riqueza, ao poder e à reputação, a superação das dicotomias provocadas pela mente mundana, a reflexão sobre a morte e a felicidade em nossa existência, dentre outros tópicos.

Algumas histórias são carregadas de ambiguidades, cheias de humor e ironia no sentido de transgredirem a lógica comum. Somos confrontados com eventos extraordinários que extrapolam nossa compreensão racional. Para Liezi e os taoistas em geral, é mais importante seguirmos o Princípio da Naturalidade e cultivarmos o Silêncio do que nos apoiarmos no discurso baseado em princípios lógicos. A linguagem discursiva racional é apenas uma operação artificial/mental que nos afasta do curso real das coisas. Essa é uma das características fundamentais do taoismo e, no caso específico de Liezi, revela a sua visão filosófica da realidade. Longe de ser meramente abstrata e teórica, tal visão se enraíza no cultivo do estado do Vazio e na prática da meditação da mente. O estado do Vazio permite que a mente possa superar e transcender os conceitos dicotômicos como certo/errado, ganho/perda, vida/morte, benefício/prejuízo que constituem nossa visão dualística. Por isso, seria plausível pensarmos numa aproximação entre budismo e taoismo no sentido de que aqui essas histórias cheias de paradoxos anteciparam os célebres *koans* do budismo *chan* chinês (precursor do zen-budismo), justamente por ultrapassarem os limites estreitos da mente ordinária.

Na filosofia taoista de Liezi, reconhecemos que há uma lei natural na qual se inclui a dimensão da existência humana. Compreender essa lei suprema natural é alcançar uma visão ampliada e holística do Todo. Significa que por detrás de cada fenômeno de mudança é possível reconhecer um Princípio Imutável — que Liezi chama de "Inengendrado" — que transcende a realidade mutável, efêmera e ilusória das coisas. Segundo Liezi, esse Princípio Imutável, que não é senão o próprio Caminho (Dao), é a lei da Geração e Mutação de todos os seres, mas ele mesmo permanece imutável, constante, uno e idêntico consigo mesmo: "o Princípio da Geração é o Inengendrado e o Princípio da Mutação é o Imutável. O Inengendrado possui a força de gerar e o Imutável possui a força de transmutar. As coisas que são geradas jamais escapam da Geração. As coisas que são transmutadas jamais escapam da Mutação. Por isso, há sempre a Constante

Geração e a Constante Mutação. Os fenômenos do mundo estão a todo instante sendo gerados e transmutados, seguindo a alternância dos Sopros *Yin* e *Yang* e das quatro estações, porém somente o Inengendrado permanece uno e idêntico consigo mesmo. Assim como o Imutável jamais se esgota com os seus movimentos infinitos de avanço e retorno, da mesma maneira, o Princípio do Caminho (Dao), em sua unidade, permanece inesgotável".

Desse modo, compreendendo esse Princípio do Caminho, o Sábio realiza suas ações e se adéqua de maneira flexível à cada situação. Ele percebe que, apesar de existirem diversas circunstâncias contrárias e heterogêneas em constante mutação como sucesso/fracasso, vida/morte, ganho/perda, todos acontecimentos têm sua razão de ser, seu "dever" intrínseco e essencial, já que cada parte, dotada de sua natureza *apropriada* (宜 — yì), se manifesta e atua em conformidade com sua função dentro do Todo. Essa visão lúcida e englobante ultrapassa as crenças mentais, os juízos parciais, os condicionamentos, os hábitos de pensamento, as noções particulares e subjetivas, visto que se trata de uma vivência profunda na imanência da Totalidade. Por isso, longe de ser fatalista ou negativista, a atitude do Sábio se mostra plenamente natural, harmônica e condizente com a *Ordem Genuína* (理 — lǐ) das coisas, ou seja, ele tem uma compreensão ampla dos acontecimentos do mundo e, por isso, atua de acordo com o *Princípio da Naturalidade* (自然 — zì rán), aceitando e respeitando a *Natureza Originária* (性 — xìng) de todo processo dinâmico da realidade.

Na Quarta Parte do Livro, há uma fala esclarecedora de Guan Yin a esse respeito: "Se você não abrigar em si mesmo *nenhum apego* (无居 — wú jū), todas as coisas se manifestarão. Ao se mover, seja como a água. Ao permanecer em *silêncio* (静 — jìng), seja como um espelho. Ao corresponder ao mundo, seja como um eco. Esse *Caminho* (道 — dào) segue a existência das coisas. Embora todas as coisas possam se desviar do Caminho, este último nunca se afasta delas. Desejar seguir o Caminho por meio da visão, da audição, da força física ou da inteligência não é apropriado. Embora seja visto diante de nós, o Caminho pode repentinamente emergir por detrás. Por isso, ao ser utilizado, ele preencherá todo espaço. E, quando for abandonado, jamais saberemos o seu destino. Mesmo que a distância, ele não será alcançado pela mente e, embora esteja próximo, nem será alcançado pela *Não Mente*. Somente poderá alcançá-lo aquele que, em silêncio, realizar a sua *Natureza Originária* (性 — xìng). Conhecer e esquecer as emoções, agindo pela *Não Ação*, eis o que é o *Verdadeiro Saber* (真知 — zhēn zhī) e o *Verdadeiro Poder* (真能 — zhēn néng). Assim, desabrochando-se o *Não Saber*, como seria possível se apegar às emoções? Desabrochando-se o *Não Poder*, como seria possível agir forçosamente? Contudo, seria inapropriado agir pela *Não Ação* (无为 — wú wéi) se assemelhando a um montão de terra ou à poeira acumulada de silêncio mórbido".

Minha tradução foi baseada diretamente no texto chinês antigo de Liezi e auxiliada pela frequente consulta aos estudiosos chineses atuais como Zhuang Wan Shou e Ye Bei Qing, que em suas edições trazem suas respectivas traduções em chinês moderno. Este livro é como um prisma cheio de nuances, sutilezas e mistérios, um território novo que exige dos leitores um mergulho em sua riqueza simbólica, poética e filosófica. É por isso que aliei o meu conhecimento da língua antiga chinesa a essas primorosas traduções chinesas para realizar o presente trabalho. Meu estudo e minha pesquisa sobre o pensamento chinês vêm se desenvolvendo junto ao ensino da língua chinesa e da filosofia clássica chinesa, e ao convívio com os alunos em várias instituições, como o Centro Cultural de Taipei, a Unifesp, a Escola Brasileira de Medicina Chinesa (Ebramec), dentre outras. Vejo o público brasileiro cada vez mais dedicado a se aprofundar no taoismo e, de maneira geral, na cultura e no pensamento chinês. Uma das principais razões que me motivaram a traduzir este livro foi o meu amor pela cultura chinesa e, sobretudo, pelos ensinamentos taoistas e budistas. Como traduzi e publiquei pela mesma editora o *Dao De Jing* do mestre e pensador taoista Laozi, este novo trabalho é uma continuidade do processo de minhas pesquisas, de minhas aulas, meus estudos e minhas práticas. É evidente que esse amor já havia começado na minha adolescência, na década de 1980, por meio de minhas incursões na Filosofia e na Literatura. Entretanto um marco decisivo para minha vida foi o retorno à minha terra natal: a viagem de imersão à Taiwan em 2014 a convite do Centro Cultural de Taipei.

Desde então, venho aprofundando e pesquisando novas possibilidades de educar, pensar e ser num mundo cada vez mais complexo a partir da interdisciplinaridade propiciada pela visão holística do taoismo. Lendo e pesquisando no grego clássico e no chinês antigo, encontrei semelhanças entre o pensamento de Plotino e o pensamento de Laozi, Liezi e Zhuangzi no que se refere à visão holística da realidade. É evidente que há certas diferenças entre taoismo e neoplatonismo em virtude de seus contextos específicos, mas no que diz respeito à concepção da Unidade e da Totalidade, vislumbrei similaridades e aproximações. Nesse sentido, as obras de Laozi, Liezi, Zhuangzi e Plotino mudaram completamente — e continuamente estão mudando — minha visão de mundo. É preciso lembrar também que o *Vazio Perfeito* de Liezi e o *Dao De Jing* de Laozi determinaram o desenvolvimento de outras áreas do conhecimento como a medicina tradicional chinesa, o tai-chi, o qi-gong, a acupuntura, assim como inspiraram a atual visão holística e sistêmica da realidade.

Chiu Yi Chih
(邱奕智)

REFERÊNCIAS BIBLIOGRÁFICAS

Zhuang, Wan Shou (莊萬壽). *Liezi Duben* 列子讀本 [Liezi com tradução e notas]. Taipei: SanMinShuju, 2009.

Ye, Bei Qing (叶蓓卿). Liezi 列子 [Liezi com tradução, comentários e notas]. ZhongHuaShuJu, 2016.

01 章 天瑞

子列子居郑圃，四十年人无识者。国君卿大夫示之，犹众庶也。国不足，将嫁于卫。弟子曰："先生往无反期，弟子敢有所谒；先生将何以教？先生不闻壶丘子林之言乎？"子列子笑曰："壶子何言哉？虽然，夫子尝语伯昏瞀人，吾侧闻之，试以告女。其言曰：有生不生，有化不化。不生者能生生，不化者能化化。生者不能不生，化者不能不化，故常生常化。常生常化者，无时不生，无时不化。阴阳尔，四时尔，不生者疑独，不化者往复。往复其际不可终，疑独其道不可穷。《黄帝书》曰：'谷神不死，是谓玄牝。玄牝之门，是谓天地之根。绵绵若存，用之不勤。'故生物者不生，化物者不化。自生自化，自形自色，自智自力，自消自息。谓之生化、形色、智力、消息者，非也。"

Primeira Parte
CÉU AUSPICIOSO

Liezi morava em Pu Tian, numa reserva de caça situada no Estado de Zheng, e durante quarenta anos permaneceu desconhecido. O príncipe e seus ministros oficiais viam-no como uma pessoa simples e comum. Como a fome assolava o Estado de Zheng, ele migrou para o Estado de Wei. Seus discípulos disseram: "Como o senhor partirá sem retorno previsto, gostaríamos de saber se poderá nos transmitir algum ensinamento. O que o senhor ouviu do seu mestre Hu Qiu?".

Sorrindo, Liezi respondeu: "O que Hu Qiu teria a dizer? Entretanto, já que escutei o diálogo dele com Bohun Wuren, tentarei relatar o que ouvi. Foram assim suas palavras: 'o Princípio da Geração é o Inengendrado e o Princípio da Mutação é o Imutável. O Inengendrado possui a força de gerar e o Imutável possui a força de transmutar. As coisas que são geradas jamais escapam da Geração. As coisas que são transmutadas jamais escapam da Mutação. Por isso, há sempre a Constante Geração e a Constante Mutação. Os fenômenos do mundo estão a todo instante sendo gerados e transmutados, seguindo a alternância dos Sopros *Yin* e *Yang* e das quatro estações, porém somente o Inengendrado permanece uno e idêntico consigo mesmo. Tal como o Imutável jamais se esgota com seus movimentos infinitos de avanço e retorno, da mesma maneira, o Princípio do Caminho (Dao), em sua unidade, permanece inesgotável'.

"Como diz o livro do Imperador Amarelo: *O Espírito do Vale nunca morre. É a Fêmea Misteriosa. A porta da Fêmea Misteriosa é a raiz do Céu e da Terra. Incessante existência. Inesgotável eficácia.* Por essa razão, aquilo que gera os seres jamais será gerado e aquilo que transmuta os seres jamais será transmutado. Eis o que

子列子曰："昔者圣人因阴阳以统天地。夫有形者生于无形,则天地安从生?故曰:有太易,有太初,有太始,有太素。太易者,未见气也;太初者,气之始也;太始者,形之始也;太素者,质之始也。气形质具而未相离,故曰浑沦。浑沦者,言万物相浑沦而未相离也。视之不见,听之不闻,循之不得,故曰易也。易无形埒,易变而为一,一变而为七,七变而为九。九变者,穷也,乃复变而为一。一者,形变之始也。清轻者上为天,浊重者下为地,冲和气者为人;故天地含精,万物化生。"

são os Princípios de Autogeração e Automutação. Eles possuem por si mesmos as qualidades da forma, da cor, da inteligência, da força, da dispersão e do repouso. Portanto, podemos dizer que são eles os responsáveis pela geração e transmutação da forma, da cor, da inteligência, da força, da dispersão e do repouso, sendo que seria equivocado pensarmos de outro modo."

Liezi disse: "Os antigos sábios governavam o mundo a partir da regulação cíclica dos Sopros *Yin* e *Yang*. Sabe-se que do Informe se originaram todas as coisas dotadas de forma. No entanto, como se explicava a origem do nosso mundo? Eles diziam que havia o Supremo Princípio da Mutação, o Supremo Primórdio, a Suprema Origem e a Suprema Simplicidade. O Supremo Princípio da Mutação precedia a geração do Sopro Primordial. A Suprema Origem precedia a geração da Forma Material. A Suprema Simplicidade precedia a geração da Natureza Interna. Antes da geração do Sopro Primordial, da Forma Material e da Natureza Interna, as coisas não estavam diferenciadas, pois havia o Caos Primordial onde todos os seres estavam misturados e ainda não tinham sido separados um do outro. Assim também era o Princípio da Mutação: olhado sem ser visto, escutado sem ser ouvido e tocado sem ser alcançado. Informe e ilimitado, o Princípio da Mutação por meio das suas transformações gerou a Suprema Polaridade, que é o próprio Princípio de Unidade. O Princípio de Unidade se transformou, gerando os Sete Princípios, a saber, a união dos Sopros *Yin*, *Yang* e dos cinco elementos como madeira, fogo, terra, metal e água. Os Sete Princípios novamente se transformaram e se desdobraram até os Nove Princípios. Os Nove Princípios, sendo o desenvolvimento do Sopro Primordial, pereceram e retornaram à Suprema Polaridade, ou seja, ao estado do Princípio de Unidade que é a origem das transformações dos fenômenos materiais. Assim, o que era mais leve e puro se tornou o Céu e o que era mais pesado e impuro se tornou a Terra. O Sopro Vazio Harmonioso resultante da interação entre os Sopros *Yin* e *Yang* gerou o

子列子曰："天地无全功，圣人无全能，万物无全用。故天职生覆，地职形载，圣职教化，物职所宜。然则天有所短，地有所长，圣有所否，物有所通。何则？生覆者不能形载，形载者。不能教化，教化者不能违所宜，宜定者不出所位。故天地之道，非阴则阳；圣人之教，非仁则义；万物之宜，非柔则刚：此皆随所宜而不能出所位者也。故有生者，有生生者；有形者，有形形者；有声者，有声声者；有色者，有色色者；有味者，有味味者。生之所生者死矣，而生生者未尝终；形之所形者实矣，而形形者未尝有；声之所声者闻矣，而声声者未尝发；色之所色者彰矣，而色色者未尝显；味之所味者尝矣，而味味者未尝呈：皆无为之职也。能阴能阳，能柔能刚，能短能长，能圆能方，能生能死，能暑能凉，能浮能沉，能宫能商，能出能没，能玄能黄，能甘能苦，能膻能香。无知也，无能也；而无不知也，而无不能也。"

homem, assim como a interação harmoniosa entre o Céu e a Terra produziu a Essência Vital, transformando e gerando todos os seres".

Liezi disse: "O Céu e a Terra não podem realizar todas as coisas de maneira perfeita. Do mesmo modo, o Sábio não é perfeito em suas capacidades, assim como nem todos os seres possuem a eficácia perfeita. O Céu deve gerar e proteger todos os seres. A Terra deve moldá-los e sustentá-los. O Sábio deve ensinar e todos os seres devem se adequar. Assim, há coisas nas quais o Céu se mostra deficiente, e outras nas quais a Terra é mais eficaz. Há coisas nas quais o Sábio é insuficiente, enquanto outras nas quais todos os seres são mais eficazes. Por qual motivo? Quem gera e protege não pode cumprir o dever de moldar e sustentar. Quem molda e sustenta não pode cumprir o dever de ensinar. Quem ensina não pode violar a natureza apropriada de cada ser. Quem tem a natureza apropriada não pode ir além de sua função. Por isso, o Caminho (Dao) do Céu e da Terra deve ser *Yin* ou *Yang*, enquanto o ensinamento do Sábio deve ser Benevolência ou Retidão. A natureza apropriada de todos os seres deve ser rígida ou suave. Todos esses deveres estão em conformidade com a sua natureza apropriada e jamais ultrapassam suas funções. Desse modo, o que tem vida gerará vida, o que tem forma gerará forma, o que tem som gerará som, o que tem cor gerará cor e o que tem sabor gerará sabor. O que é dotado de vida morre, mas aquilo que gera a vida jamais perece. O que é dotado de forma é real, mas aquilo que gera a forma jamais vem a existir. O que é dotado de som é escutado, mas aquilo que gera o som jamais se expressa. O que é dotado de cor se manifesta, mas aquilo que gera a cor jamais se revela. O que é dotado de sabor se mostra, mas aquilo que gera o sabor jamais se manifesta. Assim, todos esses fenômenos resultam da eficácia apropriada da *Não Ação* que é capaz de gerar os Sopros *Yin* e *Yang*, o suave e o rígido, o curto e o longo, o círculo e o quadrado, a vida e a morte, o quente e o frio, o flutuar e o imergir, os tons *gong* e *shang*, o sair e o submergir, o negro e o amarelo, o doce e o amargo, o fétido e o perfumado. Esse princípio é tanto o *Não Saber*

子列子适卫，食于道，从者见百岁髑髅，攓蓬而指，顾谓弟子百丰曰："唯予与彼知而未尝生未尝死也。此过养乎？此过欢乎？种有几：若鼃为鹑，得水为藚，得水土之际，则为鼃蠙之衣。生于陵屯，则为陵舄。陵舄得郁栖，则为乌足。乌足之根为蛴螬，其叶为蝴蝶。蝴蝶胥也，化而为虫，生灶下，其状若脱，其名曰鸲掇。鸲掇千日化而为鸟，其名曰乾余骨。乾余骨之沫为斯弥。斯弥为食醯颐辂。食醯颐辂生乎食醯黄軦，食醯黄軦生乎九猷。九猷生乎瞀芮，瞀芮生乎腐蠸，羊肝化为地皋，马血之为转邻也，人血之为野火也。鹞之为鹯，鹯之为布谷，布谷久复为鹞也。燕之为蛤也，田鼠之为鹑也，朽瓜之为鱼也，老韭之为苋也，老羭之为猨也，鱼卵之为虫。亶爰之兽自孕而生曰类。河泽之鸟视而生曰鶂。纯雌其名大腰，纯雄其名稚蜂。思士不妻而感，思女不夫而孕。后稷生乎巨迹，伊尹生乎空桑。厥昭生乎湿，醯鸡生乎酒。羊奚比乎不荀。久竹生青宁，青宁生程，程生马，马生人。人久入于机。万物皆出于机，皆入于机。"

como o *Não Poder*. Contudo, não há nada que ele não conheça e de que não seja capaz".

Quando estava fazendo uma refeição durante sua viagem ao Estado de Wei, Liezi viu uma caveira humana que já estava ali havia mais de cem anos. Retirou a vegetação que a cobria e, então, apontou para ela, dizendo ao discípulo Bai Feng:

"Na verdade, somente a caveira e eu temos consciência de que não há absolutamente o que seja a vida ou o que seja a morte. Porventura as criaturas mortas seriam mais infelizes do que as criaturas vivas? A propagação dos seres vivos ocorre desde a mais sutil e minúscula matéria: crescendo na água, ela se torna uma planta aquática; crescendo na água pantanosa com terra, ela se torna uma rã; crescendo na colina, ela se torna uma planta silvestre; a planta silvestre, crescendo no excremento, torna-se a relva. Nas raízes da relva, cresce a larva. Nas folhas da relva, cresce a borboleta. A borboleta rapidamente se torna um inseto e, crescendo debaixo do forno, com o corpo nu sem a pele torna-se um grilo. O grilo, vivendo mil dias, torna-se uma espécie de pássaro que depois se transforma em galo. Do muco do galo nasce uma traça. A traça se transforma em mosca. Essa mosca nasce de uma outra mosca-das-frutas. Essa mosca-das-frutas nasce da mariposa e essa nasce de uma outra espécie de mosca. Essa mosca nasce do vaga-lume. O fígado de cabra se transforma no mofo, o sangue de cavalo se transforma no fósforo e o sangue do homem se transforma no fogo selvagem. O pardal se transforma no falcão. E o falcão novamente se transforma no pássaro cuco. Vivendo por um longo tempo, o pássaro cuco se transforma novamente no pardal. A andorinha se transforma em molusco. A ratazana se transforma na codorna. O melão podre se transforma no peixe. O alho velho se transforma no amaranto. A velha cabra se transforma no macaco. O ovo do peixe se transforma no inseto. Um animal selvagem da montanha Dan Yuan que se engravida sozinho sem passar pelo ato sexual se chama porco-espinho fêmea. Um pássaro dos rios e lagos que se engravida ao ver o sexo oposto se

《黄帝书》曰："形动不生形而生影，声动不生声而生响，无动不生无而生有。"形必终者也；天地终乎？ 与我偕终。终进乎？不知也。道终乎本无始，进乎本不久。有生则复于不生，有形则复于无形。不生者，非本不生者也；无形者，非本无形者也。生者，理之必终者也。终者不得不终，亦如生者之不得不生。而欲恒其生，画其终，惑于数也。精神者，天之分；骨骸者，地之分。属天清而散，属地浊而聚。精神离形，各归其真，故谓之鬼。鬼，归也，归其真宅。黄帝曰："精神入其门，骨骸反其根，我尚何存？"

chama marreco. Um homem que se apaixona por uma mulher e não se casa com ela faz com que ela não tenha marido e ainda assim gere filho. Por isso, Hou Ji é o resultado do encontro da sua mãe com um ministro. Yi Yin é fruto somente da sua mãe, que segundo a lenda apanhou-o de um buraco de uma árvore. As donzelinhas nascem da terra úmida. As moscas nascem do vinho azedo. Outros insetos nascem de bambus envelhecidos. Por sua vez, estes geram outros insetos. Os insetos crescem e geram cavalos. Os cavalos geram homens. O homem em decomposição novamente se transforma na mais sutil e minúscula matéria. Todos os seres nascem dessa pequeníssima matéria e, finalmente, se transformam retornando à matéria mais sutil e minúscula.".

O livro do Imperador Amarelo diz: "Quando uma forma se move, não gera uma forma, mas uma sombra. Quando um som se agita, não gera um som, mas um eco. O que não se move não gera o Nada, mas a Existência. Tudo que tem forma se desvanece. Não obstante, o Céu e a Terra se desvanecerão? É evidente que o Céu e a Terra chegarão ao fim tanto como nós. Mas o fim é definitivo? Eu não sei. O Caminho (Dao), em sua condição originária, completa seu percurso retornando ao que é sem-princípio e penetrando no *Vazio*. O que tem vida retorna àquilo que é sem-vida. O que tem forma retorna àquilo que é Informe. Mas o que não tem vida não é, em sua condição originária, 'uma coisa sem-vida'. O que não possui forma não é, em sua condição originária, 'uma coisa informe'. De acordo com a lei natural, a vida humana deverá chegar ao fim. Desse modo, o que é suscetível à morte necessariamente findará, tanto como o que é suscetível à vida jamais deixará de nascer e viver. Se alguém deseja que a vida perdure eternamente, estará totalmente iludido. Pois, assim como o Espírito pertence ao Céu, os ossos pertencem à Terra. De maneira análoga, aquilo que é esparso e puro pertence ao Céu, enquanto o que é denso e impuro pertence à Terra. Quando o Espírito e o corpo se separarem, ambos retornarão à sua *Verdadeira Condição*. Eis o

人自生至终，大化有四：婴孩也，少壮也，老耄也，死亡也。其在婴孩，气专志一，和之至也；物不伤焉，德莫加焉。其在少壮，则血气飘溢，欲虑充起，物所攻焉，德故衰焉。其在老耄，则欲虑柔焉，体将休焉，物莫先焉；虽未及婴孩之全，方于少壮，间矣。其在死亡也，则之于息焉，反其极矣。

孔子游于太山，见荣启期行乎郕之野，鹿裘带索，鼓琴而歌。孔子问曰："先生所以乐，何也？"对曰："吾乐甚多。天生万物，唯人为贵。而吾得为人，是一乐也。男女之别，男尊女卑，故以男为贵，吾既得为男矣，是二乐也。人生有不见日月，不免襁褓者，吾既已行年九十矣，是三乐也。贫者士之常也，死者人之终也，处常得终，当何忧哉？"孔子曰："善乎？能自宽者也。"

que quer dizer a palavra 'Espírito', cujo significado é *Retorno à Verdadeira Morada*. O Espírito retornará à sua origem enquanto os ossos retornarão à sua raiz, e, nesse sentido, como poderíamos afirmar ainda a existência de um *Eu*?".

Desde seu nascimento até a morte, o ser humano passa por quatro grandes mudanças: a infância, a juventude, a velhice e a morte. Durante a infância, seu Sopro Vital está concentrado e ele possui a plenitude da Harmonia. O mundo não o prejudica, e sua Virtude não precisa ser fortalecida. Ao longo da juventude, seu sangue vital se agita excessivamente, seus desejos e suas preocupações transbordam e crescem para todos os cantos. O mundo o ataca, e sua Virtude pode se degradar. Durante a velhice, seus desejos e preocupações se arrefecem, seu corpo repousa e ele não disputa mais com os outros. Embora não tenha mais a vitalidade da infância, sua velhice é um período mais sereno quando comparado com o período da juventude. Por esse mesmo motivo, com a chegada da morte, ele poderá repousar e retornar ao seu estado supremo e originário.

Quando viajava para o Monte Tai, Confúcio viu Rong Qi caminhando nas fronteiras da cidade Cheng. Ele estava com uma veste grosseira e uma corda em volta da cintura, cantando como se estivesse tocando alaúde.

Confúcio perguntou-lhe: "Por que o senhor está tão feliz?".

Ele respondeu: "Minha felicidade é tão imensa... O Céu gerou todos os seres dentre os quais somente o homem é o mais nobre. Por isso, minha primeira felicidade é ter assumido a forma humana. Contudo, o homem é diferente da mulher. Enquanto ele é respeitável, ela é humilde. Portanto, o homem é nobre. Como eu assumi a forma de 'homem', essa é minha segunda felicidade. Há pessoas que nasceram, mal presenciaram os dias e tiveram uma morte prematura, porém eu já vivi noventa anos: essa é a terceira felicidade.

林类年且百岁，底春被裘，拾遗穗于故畦，并歌并进。孔子适卫，望之于野。顾谓弟子曰："彼叟可与言者，试往讯之！"子贡请行。逆之垅端，面之而叹曰："先生曾不悔乎，而行歌拾穗？"林类行不留。歌不辍。子贡叩之，不已，乃仰而应曰："吾何悔邪？"子贡曰："先生少不勤行，长不竞时，老无妻子，死期将至，亦有何乐而拾穗行歌乎？"林类笑曰："吾之所以为乐，人皆有之，而反以为忧。少不勤行，长不竞时，故能寿若此。老无妻子，死期将至，故能乐若此。"子贡曰："寿者人之情，死者人之恶。子以死为乐，何也？"林类曰："死之与生，一往一反。故死于是者，安知不生于彼？故吾知其不相若矣，吾又安知营营而求生非惑乎？亦又安知吾今之死不愈昔之生乎？"子贡闻之，不喻其意，还以告夫子。夫子曰："吾知其可与言，果然；然彼得之而不尽者也。"

A pobreza é uma ocorrência normal, e a morte é o fim do homem. Cultivando o estado de Constância até o fim da minha vida, por que eu estaria preocupado?".

"Excelente! Esta pessoa é capaz de ser independente e bastar-se a si mesma", disse Confúcio.

Lin Lei Nian já tinha cem anos. Durante a primavera, ele vestia uma roupa grosseira. No campo, enquanto colhia espigas, ele avançava cantando. Viajando ao Estado de Wei, Confúcio o avistou e, voltando-se aos discípulos, disse: "Aquela pessoa idosa é alguém com quem se pode conversar. Experimentem falar com ele".

Zi Gong pediu para ir adiante. Assim que se encontrou com Lin Lei Nian no alto de uma ladeira, ele perguntou-lhe num tom de queixa: "O senhor não sente remorso? Como pode caminhar, ora cantando, ora colhendo espigas?"

O ancião Lin Lei continuou caminhando e colhendo espigas sem parar de cantar. Zi Gong o questionou diversas vezes. Então, o ancião ergueu a cabeça e respondeu: "Por que eu teria remorso?".

"Quando jovem, o senhor não se esforçava na prática da Virtude", disse Zi Gong. "Quando adulto, também não competia por fama e sucesso. Quando velho, não teve esposa e filhos. A morte já está se aproximando. Assim, que espécie de felicidade é essa que ainda o deixa caminhar, ora cantando, ora colhendo espigas?"

"Tenho a mesma felicidade, como as outras pessoas", disse o ancião, sorrindo. "Porém, elas têm muitas preocupações. Durante a juventude, não me esforcei na prática da Virtude e, na idade adulta, não competi por fama e sucesso, e justamente por esse motivo, hoje, posso viver com longevidade. Justamente porque não tenho esposa e filhos é que nesse momento, em que se aproxima a morte, sou feliz."

"As pessoas estimam a vida longeva e detestam a morte", observou Zi Gong. "Por que razão você considera a morte como felicidade?"

子贡倦于学，告仲尼曰："愿有所息。"仲尼曰："生无所息。"子贡曰："然则赐息无所乎？"仲尼曰："有焉耳，望其圹，皋如也，宰如也，坟如也，鬲如也，则知所息矣。"子贡曰："大哉死乎！君子息焉，小人伏焉。"仲尼曰："赐！汝知之矣。人胥知生之乐，未知生之苦；知老之惫，未知老之佚；知死之恶，未知死之息也。晏子曰：'善哉，古之有死也！仁者息焉，不仁者伏焉。'死也者，德之徼也。古者谓死人为归人。夫言死人为归人，则生人为行人矣。行而不知归，失家者了。一人失家，一世非之；天下失家，莫知非焉。有人去乡土、离六亲、废家业、游于四方而不归者，何人哉？世必谓之为狂荡之人矣。又有人钟贤世，矜巧能，修名誉，夸张于世而不知已者，亦何人哉？世必以为智谋之士。

"A morte e a vida são um contínuo ir e retornar", disse o ancião. "Por isso, se a morte está aqui, por que a vida também não estará nesse mesmo lugar? Então, como eu não teria conhecimento de que a morte e a vida seriam a mesma coisa? Como também não saberia que o apego excessivo à vida seria uma mera ilusão? E que a morte atual seria até melhor do que a própria vida?"

Sem compreender o que acabara de ouvir, Zi Gong contou esse diálogo para Confúcio. Este último disse: "Sem dúvida alguma, eu já sabia que ele era digno de conversa. Embora tenha encontrado a felicidade para si mesmo, ele ainda não a esgotou completamente".

Cansado em relação aos seus estudos, Zi Gong falou a Confúcio: "Tenho esperança de poder descansar".

"Um homem vivo não pode descansar", disse Confúcio.

"Como assim não pode descansar?", retrucou Zi Gong.

Então, Confúcio afirmou: "É até possível. Veja aquele túmulo que se parece com a elevação de um pântano, com o cume de uma montanha, com a grandeza de um dique e a forma de um caldeirão. É assim que se pode descansar".

"Magnífica morte!", exclamou Zi Gong. "O Homem Nobre repousa ali, enquanto o Homem Pequeno simplesmente se encontra deitado no chão."

"Ah! Você compreendeu", disse Confúcio. "Todo homem conhece apenas a alegria da vida, mas não conhece o valor do sofrimento. Sabe apenas do cansaço da velhice, mas não conhece a paz que vem com ela. Conhece a morte apenas como um mal terrível e não como um repouso. Como já dizia Yan Zi: 'Que belíssima é a morte dos antigos! O homem benevolente encontra repouso ali enquanto o homem não benevolente simplesmente se encontra deitado naquele lugar'. A morte é a morada para a qual todos deverão retornar. Para os antigos, uma pessoa que morre é como alguém que retorna, enquanto uma pessoa que vive se assemelha a alguém que viaja. Quem viaja e não conhece o retorno desvia-se de sua

此二者，胥失者也。而世与一不与一，唯圣人知
所与，知所去。"

或谓子列子曰："子奚贵虚？"列子曰："虚者
无贵也。"子列子曰："非其名也，莫如静，莫
如虚。静也虚也，得其居矣；取也与也，失其所
矣。事之破毁，而后有舞仁义者，弗能复也。"

粥熊曰："运转亡已，天地密移，畴觉之哉？故
物损于彼者盈于此，成于此者亏于彼。损盈成
亏，随世随死。往来相接，间不可省，畴觉之
哉？凡一气不顿进，一形不顿亏；亦不觉其成，
亦不觉其亏。亦如人自世至老，貌色智态，亡日

casa. Se só uma pessoa se perder, as outras pessoas reconhecerão esse engano. Porém, se todas estiverem perdidas, então ninguém saberá mais reconhecer o erro. Suponhamos que haja uma pessoa que deixe sua terra natal, afaste-se de seus familiares, abandone seus afazeres, viaje para todos os cantos e nunca retorne para o lar. Quem seria ela? Pela maioria das pessoas, ela seria vista como louca e desregrada. Por outro lado, suponhamos que haja outra espécie de pessoa que valorize sua vida, orgulhe-se de sua capacidade, cultive seu prestígio e se vanglorie diante do mundo, mas não conheça a si mesma. Quem seria ela? Ela seria considerada inteligente e engenhosa. Na verdade, essas duas pessoas cometem erros. Todavia, a maioria das pessoas enaltece apenas a segunda espécie de pessoa, enquanto somente o Sábio conhece aquela que deve ser enaltecida e aquela que deve ser evitada."

Alguém perguntou a Liezi: "Por que você estima o *Vazio*?".

Liezi respondeu: "O *Vazio* não pode ser estimado nem nomeado. Seria preferível ser chamado de 'Silêncio' ou 'Nada'. Assim, poderemos simplesmente permanecer tanto no 'Silêncio' como no 'Nada'. Se quisermos adquirir o *Vazio* ou doá-lo, então o perderemos, visto que, após a destruição da Naturalidade, as coisas ficarão dissimuladas com o falso adorno da Benevolência e da Retidão e, assim, jamais será possível retornarmos ao estado de Naturalidade".

Yu Xiong disse: "O movimento da natureza é incessante. É como o movimento secreto do Céu e da Terra. Quem é capaz de percebê-lo? Assim, todos os seres ora decaem, ora crescem. Ora atingem a completude, ora permanecem na deficiência. Crescimento e decadência, completude e deficiência são fenômenos que se manifestam e, ao mesmo tempo, desaparecem. Sendo imperceptível o intervalo entre a sua chegada e o seu retorno, quem será capaz de percebê-lo? O Sopro Vital de cada coisa cresce ininterruptamente,

不异；皮肤爪发，随世随落，非婴孩时有停而不易也。间不可觉，俟至后知。"

杞国有人忧天地崩坠，身亡所寄，废寝食者。又有忧彼之所忧者，因往晓之，曰："天积气耳，亡处亡气。若屈伸呼吸，终日在天中行止，奈何忧崩坠乎？"其人曰："天果积气，日月星宿，不当坠耶？"晓之者曰："日月星宿，亦积气中之有光耀者，只使坠，亦不能有所中伤。"其人曰："奈地坏何？"晓者曰："地积块耳，充塞四虚，亡处亡块。若躇步跐蹈，终日在地上行止，奈何忧其坏？"其人舍然大喜，晓之者亦舍然大喜。长庐子闻而笑之曰："虹蜺也，云雾也，风雨也，四时也，此积气之成乎天者也。山岳也，河海也，金石也，火木也，此积形之成乎地者也。知积气也，知积块也，奚谓不坏？夫天地，空中之一细物，有中之最巨者。难终难穷，此固然矣；难测难识，此固然矣。忧其坏者，诚为大远；言其不坏者，亦为未是。天地不得不坏，

ao mesmo tempo que a sua forma decresce de modo incessante. Não percebemos o processo de completude e deficiência. Da mesma maneira também no homem, desde seu nascimento até a morte, a sua aparência, cor, inteligência e forma se modificam a todo instante. Além disso, a pele, as unhas e o cabelo ora crescem, ora decaem. Somente no tempo da infância parecem não se alterar e permanecer idênticos. Como esse intervalo entre as mudanças é imperceptível, somente poderemos conhecê-lo quando chegarmos ao fim de nossa existência".

Havia um homem no Estado de Qi que se preocupava bastante com a destruição do Céu e da Terra. Afligia-o o fato de que não houvesse um terreno onde seu corpo pudesse ser confiado quando estivesse morto. Por isso, ele sofria de insônia e não comia. Por outro lado, havia outro homem que discordava dele e, então, se aproximando, lhe disse: "O Céu não é senão a concentração do Sopro Vital. Não há lugar em que não exista o Sopro Vital. Se o ser humano, caminhando o dia inteiro sob o Céu, respira e se movimenta, por que motivo teria de se preocupar com a sua destruição?".

Aquele homem perguntou: "Porém, sendo a concentração do Sopro Vital, se acaso o Céu viesse a se deteriorar, do mesmo modo o Sol, a Lua e as estrelas também não sofreriam a deterioração?".

O homem esclarecido disse: "O Sol, a Lua e as estrelas contêm a luz do Sopro Vital concentrado. Mesmo se entrarem em extinção, não há nada que possa prejudicá-los".

"E a Terra se desvanecerá?", perguntou ainda aquele homem.

O homem esclarecido respondeu: "A Terra não é senão a concentração do solo, pois, em toda parte, ela se difunde e não há local em que ela não exista. Como o homem vagueia e caminha o dia todo sobre a Terra, por que motivo teria de se preocupar com a sua destruição?".

De repente, aquele homem e o homem esclarecido ficaram muito contentes. Zhang Lu Zi disse com um sorriso: "O arco-íris,

则会归于坏。遇其坏时，奚为不忧哉？"子列子闻而笑曰："言天地坏者亦谬，言天地不坏者亦谬。坏与不坏，吾所不能知也。虽然，彼一也，此一也。故生不知死，死不知生；来不知去，去不知来。坏与不坏，吾何容心哉？"

舜问乎烝曰："道可得而有乎？"曰："汝身非汝有也，汝何得有夫道？"舜曰："吾身非吾有，孰有之哉？"曰："是天地之委形也。生非汝有，是天地之委和也。性命非汝有，是天地之委顺也。孙子非汝有，是天地之委蜕也。故行不知所往，处不知所持，食不知所以。天地强阳，气也；又胡可得而有邪？"

o nevoeiro, o vento e a chuva, as quatro estações são o Sopro Vital concentrado do Céu. As montanhas, os rios e os mares, os metais e as pedras, o fogo e a madeira são a forma concentrada da Terra. Conhecendo a razão da existência do Sopro Vital concentrado e da terra acumulada, como se poderá afirmar que não sofrerão a destruição? O Céu e a Terra são uma minúscula matéria no espaço vazio. São também a imensa matéria que dificilmente perecerá e se esgotará. E, na verdade, são inconcebíveis e incompreensíveis. Preocupar-se com a sua destruição pode parecer absurdo; porém, afirmar que jamais se extinguirão também não é correto. O Céu e a Terra não escapam da destruição que fatalmente poderá acontecer. Quando suceder esse evento, por que não estaremos preocupados?".

Ouvindo isso, Liezi sorriu e disse: "É um absurdo tanto afirmar que o Céu e a Terra serão destruídos como também afirmar que jamais serão destruídos. Se isso acontecerá ou não, é algo que jamais saberemos. Contudo, estaremos sempre na mesma situação caso venha a suceder ou não. Ora, se o homem vivo não conhece a morte assim como também o homem morto não conhece a vida, e se aquele que chega não conhece o processo de partida tanto como aquele que parte não conhece o processo de chegada, por que motivo eu teria de me preocupar se sucederá ou não a destruição?".

O antigo rei Shun perguntou ao seu assistente: "É possível adquirir o Caminho (Dao)?".

O assistente respondeu: "Se nem o seu próprio corpo lhe pertence, como você pode adquirir o Caminho?".

"Se meu corpo não me pertence, então a quem pertence?", replicou Shun.

"Seu corpo é apenas a forma que o Céu e a Terra lhe concederam", respondeu o assistente. "A vida em si não é a sua posse, mas aquilo que o Céu e a Terra lhe concederam de modo natural. Os seus filhos e netos também não são suas posses, porque são o que o Céu e a Terra lhe concederam. Assim, ao caminhar, você jamais alcançará

齐之国氏大富，宋之向氏大贫；自宋之齐，请其术。国氏告之曰："吾善为盗。始吾为盗也，一年而给，二年而足，三年大穰。自此以往，施及州闾。"向氏大喜，喻其为盗之言，而不喻其为盗之道，遂逾垣凿室，手目所及，亡不探也。未及时，以赃获罪，没其先居之财。向氏以国氏之谬己也，往而怨之。国氏曰："若为盗若何？"向氏言其状。国氏曰："嘻！若失为盗之道至此乎？今将告若矣。吾闻天有时，地有利。吾盗天地之时利，云雨之滂润，山泽之产育，以生吾禾，殖吾稼，筑吾垣，建吾舍，陆盗禽兽，水盗鱼鳖，亡非盗也。夫禾稼、土木、禽兽、鱼鳖，皆天之所生，岂吾之所有？然吾盗天而亡殃。夫金玉珍宝，谷帛财货，人之所聚，岂天之所与？若盗之而获罪，孰怨哉？"向氏大惑，以为国氏之重罔己也，过东郭先生问焉。东郭先生曰："若一身庸非盗乎？盗阴阳之和以成若生，载若形；况外物而非盗哉？诚然，天地万物不相离也；仞而

um conhecimento absoluto sobre o local do destino. Quando permanecer numa morada, jamais conhecerá completamente a causa de existência desse lugar. Quando estiver se alimentando, jamais conhecerá a razão de ser da comida. Se o movimento do Céu e da Terra é somente a manifestação do Sopro Vital, como então será possível adquirir alguma coisa?"

O senhor Guo do Estado de Qi era rico. O senhor Xiang do Estado de Song era pobre e viajou para o Estado de Qi a fim de perguntar ao senhor Guo qual era a forma de enriquecer. Então, este último disse: "Eu era excelente em roubo. Quando comecei roubando, no primeiro ano, consegui suprir as necessidades. No segundo ano, conquistei a autossuficiência. No terceiro ano, alcancei a prosperidade e, desde então, tenho beneficiado toda a vizinhança".

Xiang ficou muito contente, pois havia compreendido que Guo tinha se tornado ladrão, embora ainda não compreendesse o seu método (Dao) de roubar. Assim, saltando os muros das casas, ele invadiu-as e saqueou tudo o que viu. Não obstante, em pouquíssimo tempo, lamentou-se pelo prejuízo acarretado pelos bens roubados e pela perda de toda a sua fortuna. Achou que tinha sido enganado por Guo e, assim, foi até ele para reclamar. No entanto, Guo perguntou: "De que maneira você praticou o roubo?". Em seguida, Xiang contou-lhe toda a situação.

"Ah! Você se enganou em relação ao método de roubar!", continuou Guo. "Agora vou dar-lhe uma explicação! Ouvi dizer que o Céu tem suas estações e a Terra beneficia todos os seres. Pratiquei o furto e me beneficiei das estações do Céu e da Terra, da água torrencial da chuva e das nuvens, dos produtos criados pelas montanhas e pelos pântanos para que pudesse cultivar a colheita, plantar as sementes, levantar as paredes e edificar minha casa. Roubei os pássaros e os animais da terra, os peixes e as tartarugas da água. Tudo foi furtado; porém, se cereais, sementes, terra, madeira, pássaros, animais, peixes e tartarugas pertencem naturalmente ao

有之，皆惑也。国氏之盗，公道也，故亡殃；若之盗，私心也，故得罪。有公私者，亦盗也；亡公私者，亦盗也。公公私私，天地之德。知天地之德者，孰为盗邪？孰为不盗邪？"

Céu, como podem ser considerados minhas propriedades? No entanto, jamais sofri nenhum infortúnio pelo fato de ter roubado do Céu. Nos dias atuais, as pessoas se apoderam de algumas preciosidades como ouro, jade, sementes, seda e mercadorias. É possível ainda afirmarmos então que o Céu as concedeu? Assim, se você rouba e sofre com seus próprios prejuízos, para que se lastimar reclamando contra os outros?"

Desconfiado, Xiang imaginou que Guo estava novamente o enganando e foi visitar o senhor Dong, que assim lhe disse: "O seu corpo também não foi roubado? Quando você roubou a forma harmoniosa que os Sopros *Yin* e *Yang* lhe concederam para gerar sua própria vida e sustentar seu corpo, como poderia adquirir essas coisas externas senão por meio do roubo? Na verdade, as coisas não estão separadas do Céu e da Terra; por isso, seria uma ilusão acreditar que você se apossou delas. O modo de roubar de Guo é condizente com o Caminho (Dao) da justiça, por isso, nada lhe causou infortúnio, enquanto seu modo de roubar foi motivado pelo egoísmo, por isso, você sofreu com o prejuízo. Na verdade, tanto de maneira justa como de maneira egoísta, ainda assim você estará roubando, porque, tanto no âmbito do interesse pessoal como no do benefício geral, todas as coisas são concedidas pela Virtude do Céu e da Terra. Portanto, se alguém alcançou a compreensão da Virtude do Céu e da Terra, haverá mais alguma diferença entre roubar e não roubar?".

02 章 黄帝

黄帝即位十有五年，喜天下戴己，养正命，娱耳目，供鼻口，焦然肌色皯黣，昏然五情爽惑。又十有五年，忧天下之不治，竭聪明，进智力，营百姓，焦然肌色皯黣，昏然五情爽惑。黄帝乃喟然赞曰："朕之过淫矣。养一己其患如此，治万物其患如此。"于是放万机，舍宫寝，去直侍，彻钟悬，减厨膳，退而间居大庭之馆，斋心服形，三月不亲政事。昼寝而梦，游于华胥氏之国。华胥氏之国在弇州之西，台州之北，不知斯齐国几千万里；盖非舟车足力之所及，神游而已。其国无师长，自然而已；其民无嗜欲，自然而已。不知乐生，不知恶死，故无夭殇；不知亲己，不知疏物，故无爱憎；不知背逆，不知向顺，故无利害；都无所爱惜，都无所畏忌。入水不溺，入火不热。斫挞无伤痛，指擿无痟痒。乘空如履实，寝虚若处床。云雾不硋其视，雷霆不乱其听，美恶不滑其心，山谷不踬其步，神行而已。黄帝既寤，怡然自得，召天老、力牧、太山稽，告之，曰："朕闲居三月，斋心服形，思有以

Segunda Parte
IMPERADOR AMARELO

Durante quinze anos de governo, o Imperador Amarelo estava muito contente com o apoio de seu povo. No entanto, cuidando da própria vida e deleitando seus olhos e ouvidos, satisfez tanto os desejos de seu olfato e paladar que sua pele escureceu e seus cinco sentidos ficaram desorientados. Após um período de mais quinze anos de governo, preocupado com a desordem do reino, ele se empenhou tanto com sua vontade e inteligência para conduzir o povo que a cor de sua pele se turvou, e seus cinco sentidos se tornaram completamente confusos.

Assim, o Imperador Amarelo, suspirando, disse: "Ah! Como foi profundo meu erro! Administrar minhas próprias aflições é uma ilusão. Além disso, administrar as aflições dos outros seres também é uma ilusão". Então, ele decidiu renunciar a seu trabalho e abandonar o palácio. Deixou de se relacionar com os serviçais, suspendeu a música e reduziu as iguarias. Resolveu ir para uma choupana distante onde pudesse fazer o *jejum da mente* e disciplinar as necessidades do corpo num período de três meses sem contato com os afazeres do Estado.

Durante o dia, enquanto dormia, o Imperador sonhou que estava perambulando pelo Estado de Hua Xu Shi. Esse Estado ficava no oeste da província Yan e no norte da província Tai, a uma distância de milhares de milhas do Império do Meio. Era uma região aonde não se chegava com carruagem, com barco ou a pé, mas somente através do Espírito. Nesse reino não havia professores e líderes. Todas as coisas seguiam a Naturalidade. As pessoas não agiam de acordo com suas predileções e seus desejos. Jamais se apegavam com demasiada alegria à vida nem odiavam a morte, por isso mesmo nunca morriam de modo prematuro. Elas nem estimavam demais os

37

养身治物之道，弗获其术。疲而睡，所梦若此。今知至道不可以情求矣。朕知之矣！朕得之矣！而不能以告若矣。"又二十有八年，天下大治，几若华胥氏之国，而帝登假，百姓号之，二百余年不辍。

列姑射山在海河洲中，山上有神人焉，吸风饮露，不食五谷；心如渊泉，形如处女；不偎不爱，仙圣为之臣；不畏不怒，愿悫为之使；不施不惠，而物自足；不聚不敛，而已无愆。阴阳常调，

próximos nem desconsideravam os estranhos, por isso, jamais eram dominadas pelo amor ou pelo ódio. Como não eram influenciadas pelo sentimento de rejeição ou aceitação, não se sentiam beneficiadas ou prejudicadas. Como não eram possuídas pelo amor ou pelo ressentimento, nunca sentiam temor, tampouco inveja. Penetravam na água sem se afogar e adentravam no fogo sem se queimar. Caso se cortassem, não se sentiam machucadas. Se fossem arranhadas, não se atormentavam com a dor. Cavalgavam o espaço como se estivessem andando em terra firme. Dormiam no *Vazio* como se estivessem em seus leitos. A névoa não estorvava suas vistas. O trovão não ensurdecia seus ouvidos. Beleza e feiura não perturbavam suas mentes. Montanhas e vales não eram capazes de fazê-los tropeçar, porque eles realizavam sua viagem através do Espírito.

Assim que acordou, sentindo-se livre e contente, o Imperador Amarelo convocou os ministros Tian Lao, Li Mu, Tai Shanji e disse-lhes: "Recolhi-me por três meses, fiz o *jejum da mente* e disciplinei as necessidades do corpo. Não consegui encontrar um método para cultivar o corpo e governar o Estado. Fiquei tão exausto que adormeci e tive esse sonho. Compreendi que o Caminho (Dao) mais elevado não pode ser alcançado por meio das paixões. Atingi essa compreensão através do sonho, porém não consigo explicar isso para vocês".

Depois de um período de vinte e oito anos, o Imperador Amarelo ascendeu ao céu. Seu Império tinha sido tão bem governado como o Estado de Hua Xu Shi. Durante mais de duzentos anos, as pessoas, sentindo a sua ausência, ainda choravam por ele.

As montanhas Lie Guye ficam nas encostas à beira da confluência dos rios com o oceano. Nessas montanhas, há um Homem Divino que inala o vento, bebe o orvalho e nunca come os cinco grãos. Seu coração é como a profundeza das águas da primavera e seu corpo se assemelha ao de uma virgem. Como ele não se apega à intimidade nem à afeição, os imortais e santos o servem como se fossem seus

日月常明，四时常若，风雨常均，字育常时，年谷常丰；而土无札伤，人无夭恶，物无疵厉，鬼无灵响焉。

列子师老商氏，友伯高子，进二子之道，乘风而归。尹生闻之，从列子居，数月不省舍。因间请薪其术者，十反而十不告。尹生怼而请辞，列子又不命。尹生退，数月，意不已，又往从之。列子曰："汝何去来之频？"尹生曰："曩章戴有请于子，子不我告，固有憾于子。今复脱然，是以又来。"列子曰："嘤吾以汝为达，今汝之鄙至此乎。姬！　　将告汝所学于夫子者矣。自吾之事夫子友若人也，三年之后，心不敢念是非，口不敢言利害，始得夫子一眄而已。五年之后，心庚念是非，口庚言利害，夫子始一解颜而笑。七年之后，从心之所念，庚无是非；从口之所言，庚无利害，夫子始一引吾并席而坐。九年之后，横心之所念，横口之所言，亦不知我之是非利害欤，亦不知彼之是非利害欤；亦不知夫子之为

súditos. Como jamais provoca temor nem cólera, as pessoas prudentes e honestas se tornam seus serviçais. Como jamais agrada os outros com favores, então todos se sentem satisfeitos. Nunca esconde nem acumula os bens; por isso, nada lhe falta.

Quando os Sopros Yin e Yang se encontram em harmonia, a Lua e o Sol sempre iluminam. As quatro estações sempre transcorrem. O vento e a chuva sempre se equilibram entre si. A geração dos seres sempre acontece no momento propício. A colheita é sempre abundante. Não existem pragas para assolar a terra e nem a morte prematura para atormentar os homens. Os animais não têm doenças graves e os demônios não assombram com sons estranhos.

Liezi considerava Shang Shi como Mestre e Bo Gao como amigo. Depois de ter se aperfeiçoado durante a aprendizagem com eles, Liezi retornou à sua casa cavalgando sobre o vento. Sabendo disso, Yin Sheng quis morar e aprender com Liezi. Assim, afastou-se de seu lar durante alguns meses. Aproveitando a ocasião, ele pediu a Liezi para ensinar-lhe a arte de cavalgar o vento. Fez dez tentativas, porém Liezi sempre ficava calado. Irritado, Yin Sheng voltou para casa e Liezi não se opôs. Poucos meses depois, sem parar de pensar nisso, Yin Sheng voltou novamente a Liezi para aprender. Então, este último indagou: "Por que você vai e volta com tanta frequência?".

Yin Sheng justificou: "Antes eu lhe havia pedido para me ensinar, mas você não quis falar comigo e, por isso, fiquei ressentido. Agora, porém, não guardo ressentimento, então retornei".

Contudo, Liezi observou: "Antes, eu achava que você era uma pessoa compreensiva quando tinha ido embora, mas como pôde se tornar tão desprezível! Ah! Então, vou lhe contar o que aprendi com meu Mestre Shang Shi. Comecei a considerá-lo como Mestre e também Bo Gao como meu amigo. Quando se passaram três anos, minha mente nem ousava saber das noções do certo e do errado, minha boca nem se atrevia a falar sobre o que era benefício

我师，若人之为我友：内外进矣。而后眼如耳，耳如鼻，鼻如口，无不同也。心凝形释，骨肉都融；不觉形之所倚，足之所履，随风东西，犹木叶干壳。竟不知风乘我邪？我乘风乎？　今女居先生之门，曾未浃时，而怼憾者再三。女之片体将气所不受，汝之一节将地所不载。履虚乘风，其可几乎？"尹生甚怍，屏息良久，不敢复言。

ou prejuízo. Somente por meio dessa atitude consegui fazer com que meu Mestre me olhasse. Depois de cinco anos, minha mente concebia o que era o certo e o errado, minha boca falava sobre o benefício e o prejuízo. Logo, meu Mestre revelou seu sorriso. Após sete anos, eu pensava irrestritamente em todas as coisas que vinham à mente sem discernir entre o certo e o errado, falava o que vinha à boca sem diferenciar entre o benefício e o prejuízo. Pela primeira vez, meu Mestre me convidou para sentar-se no mesmo banquinho. Assim, decorridos nove anos, eu pensava de maneira cada vez mais irrestrita tudo o que vinha à mente e falava tudo o que vinha à boca, sem saber se existia — tanto para mim como para ele — o que era certo ou errado, o que era benefício ou prejuízo! E também não sabia se meu Mestre era meu professor e se o homem já mencionado era meu amigo. Essa concepção do interior e do exterior tinha se dissolvido completamente. Em seguida, meus olhos se assemelhavam aos meus ouvidos, tal como se pudessem escutar. Meus ouvidos se pareciam com meu nariz, e este último era como minha boca, sendo que todos os órgãos dos sentidos se assemelhavam entre si. Minha vontade se concentrava e toda a forma do corpo se dissipava. Ossos e músculos se mesclavam. Não sabia se minha forma corpórea se apoiava em algum espaço e se os pés pisavam em algum terreno. Apenas oscilava seguindo o vento, ora para Ocidente, ora para Oriente, como as folhas de uma árvore ou a carapaça ressequida de um inseto. Não sabia se era o vento que cavalgava sobre mim ou eu que cavalgava sobre o vento. Contudo, meu querido Yin Sheng, sendo meu discípulo, você mora há três meses na minha casa. Ficou irritado e ressentido por três vezes. Seu corpo não conseguiu sustentar o ar do espaço nem seus ossos foram capazes de mantê-lo firme sobre a terra. Desse modo, como terá esperança de caminhar no *Vazio* e cavalgar sobre o vento?".

Após ouvir essas palavras, Yin Sheng sentiu-se envergonhado. Prendeu a respiração por um longo tempo e nem teve mais desejo de falar.

列子问关尹曰："至人潜行不空，蹈火不热，行乎万物之上而不栗。请问何以至于此？"关尹曰："是纯气之守也，非智巧果敢之列。姬！鱼语女。凡有貌像声色者，皆物也。物与物何以相远也？夫奚足以至乎先？是色而已。则物之造乎不形，而止乎无所化。夫得是而穷之者，焉得而正焉？彼将处乎不深之度，而藏乎无端之纪，游乎万物之所终始。壹其性，养其气，含其德，以通乎物之所造。夫若是者，其天守全，其神无郤，物奚自入焉？夫醉者之坠于车也，虽疾不死。骨节与人同，而犯害与人异，其神全也。乘亦弗知也，坠亦弗知也。死生惊惧不入乎其胸，是故遻物而不慑。彼得全于酒而犹若是，而况得全于天乎？圣人藏于天，故物莫之能伤也。"

Liezi indagou Guan Yin: "O Homem Superior caminha no fundo das águas e nunca se afoga. Pisa no fogo sem receio de se queimar. Caminha sobre todas as coisas e jamais sente medo. Por favor, me diga como ele consegue alcançar essa dimensão!".

Guan Yin esclareceu: "É pelo fato de ele preservar o Sopro Vital Puro e não em virtude de alguma espécie de inteligência, arte, determinação ou coragem. Ah! Deixe-me lhe esclarecer. Tudo aquilo que tem aparência, imagem, som e cor é uma coisa, mas por que uma coisa se distingue de uma outra? Qual é a sua primeira característica? A diferença está na forma. Mas as coisas são geradas por aquilo que não tem forma, e todas as suas transformações se consumam no *Vazio*. Alcançando a dimensão desse Princípio Último, como a pessoa sofrerá as limitações externas? Quem permanece em sua própria natureza, jamais ultrapassando o domínio da Naturalidade e ainda se refugiando na Lei da Constância, flui com liberdade na realização última de todas as coisas. Essa pessoa unifica sua natureza, cultiva seu Sopro Vital, abraça sua Virtude e se harmoniza com a natureza de todo o Universo. Então, se esse Homem Superior resguarda a Naturalidade e nunca prejudica seu Espírito, como as coisas poderão agredi-lo? É como um bêbado que cai da carruagem. Embora tenha caído de modo abrupto, ainda assim não estará morto. Seus ossos e articulações são iguais aos de outros homens, porém, como ele nunca sofre prejuízo, é uma pessoa diferente, em virtude de seu Espírito se conservar na completude. Por outro lado, com o indivíduo que dirige a carruagem o mesmo não acontecerá, e por isso, ao cair, ele reagirá de maneira completamente diferente. Entretanto, no coração do Homem Superior não penetra a percepção da vida e da morte, do medo e do temor; por isso, quando ele se encontra diante das coisas, não se atemoriza. Se, no estado de embriaguez, alguém pode resguardar seu Espírito, como não seria capaz de resguardá-lo por meio da Naturalidade? É por essa razão que o Sábio se refugia na Naturalidade e as coisas jamais conseguem prejudicá-lo.".

列御寇为伯昏无人射，引之盈贯，措杯水其肘上，发之，镝矢复沓，方矢复寓。当是时也，犹象人也。伯昏无人曰："是射之射，非不射之射也。当与汝登高山，履危石，临百仞之渊，若能射乎？"于是无人遂登高山，履危石，临百仞之渊，背逡巡，足二分垂在外，揖御寇而进之。御寇伏地，汗流至踵。伯昏无人曰："夫至人者，上闚青天，下潜黄泉，挥斥八极。神气不变。今汝怵然有恂目之志，尔于中也殆矣夫！"

范氏有子曰子华，善养私名，举国服之。有宠于晋君，不仕而居三卿之右。目所偏视，晋国爵之；口所偏肥，晋国黜之。游其庭者侔于朝。子华使其侠客以智鄙相攻，强弱相凌，虽伤破于前，不用介意。终日夜以此为戏乐，国殆成俗。禾生、子伯，范氏之上客，出行，经坰外，宿于田更商丘开之舍。中夜禾生、子伯二人相与言子华之名势，能使存者亡，亡者存；富者贫，贫者

Liezi estava revelando a arte do arqueiro para Bohun Wuren. Com a mão direita, ele esticou o arco e, ao mesmo tempo, no antebraço esquerdo, colocou um copo d'água. Após atirar a primeira flecha, colocou a segunda flecha no arco e atirou novamente. Em seguida, colocou e atirou a terceira flecha, enquanto a segunda ainda atingia a parte traseira da primeira flecha. Então, permaneceu silencioso e imóvel como uma marionete. Logo depois, Bohun Wuren ponderou: "Essa flecha é atirada pela mente. Ainda não é a flecha atirada pela *Não Mente*. Se eu e você escalarmos uma montanha elevada e pisarmos numa rocha perigosa perto das profundezas de um abismo, você será capaz de atirar a flecha?".

Depois de um certo tempo, ambos começaram a escalar uma montanha altíssima. Durante a caminhada, Bohun Wuren pisou numa rocha perigosa e ficou à beira de um abismo profundo. Então, pediu para que Liezi chegasse mais perto dele. Amedrontado, Liezi curvou-se no chão, com o suor escorrendo até os calcanhares. Por fim, Bohun Wuren observou: "O Homem Superior contempla o céu azul nas alturas e as águas da primavera nas profundezas. Percorrendo livremente as oito direções, seu Espírito e seu Sopro Vital jamais se alteram. Justamente agora, por que você estremece de medo com os olhos ofuscados como se estivesse em grande perigo!?".

Um homem da família Fan que se chamava Zihua era excelente em sustentar os célebres membros da nobreza. Todo país o temia porque ele era estimado pelo rei do Estado de Jin. Embora não ocupasse cargo oficial, ele detinha um poder que superava a autoridade dos Três Ministros. Se Zihua olhasse para uma pessoa com admiração, o governo do Estado de Jin conferia a essa pessoa o título de nobre. Se difamasse alguém, essa pessoa era exonerada de sua função. Inúmeros visitantes passeavam dentro da sua corte como se estivessem num palácio imperial. Zihua incitava os cavaleiros mais inteligentes a se digladiarem com os mais estultos, e também os mais fortes a humilharem os mais fracos. Embora houvesse alguns

富。商丘开先窭于饥寒，潜于牖北听之。因假粮荷畚之子华之门。子华之门徒皆世族也，缟衣乘轩，缓步阔视。顾见商丘开年老力弱，面目黎黑，衣冠不检，莫不眲之。既而狎侮欺诒，挡秘挨扰，亡所不为。商丘开常无愠容，而诸客之技单，惫于戏笑。遂与商丘开俱乘高台，于众中谩言曰："有能自投下者赏百金。"众皆竞应。商丘开以为信然，遂先投下，形若飞鸟，扬于地，肌骨无毁。范氏之党以为偶然，未讵怪也。因复指河曲之淫隈曰："彼中有宝珠，泳可得也。"商丘开复从而泳之。既出，果得珠焉。众昉同疑。子华昉令豫肉食衣帛之次。俄而范氏之藏大火。子华曰："若能入火取锦者，从所得多少赏若。"商丘开往无难色，入火往还，埃不漫，身不焦。范氏之党以为有道，乃共谢之曰："吾不知子之有道而诞子，吾不知子之神人而辱子。子其愚我也，子其聋我也，子其盲我也。敢问其道。"商丘开曰："吾亡道。虽吾之心，亦不知所以。虽然，有一于此，试与子言之。曩子二客之宿吾舍也，闻誉范氏之势，能使存者亡，亡者存；富者贫，贫者富。吾诚之无二心，故不远而来。及来，以子党之言皆实也，唯恐诚之之不至，行之之不及，不知形体之所措，利害之所存也，心一而已。物亡迕者，如斯而已。今昉知子

feridos, ele nem se preocupava. Durante o dia todo, os homens se divertiam com essa prática a tal ponto que ela foi se tornando um costume no Estado de Jin.

He Sheng e Zibo, que eram hóspedes muito respeitados pela família de Zihua, resolveram viajar. Durante o caminho fora da cidade, abrigaram-se na choupana do camponês Shang Qiu. À meia--noite, He Sheng e Zibo começaram a discutir sobre a reputação de Zihua, que tinha o poder de conduzir as pessoas à vida ou à morte, à riqueza ou à pobreza, de acordo com sua vontade. Apesar de estar com um pouco de fome e frio, o camponês Shang Qiu se escondeu perto de uma janela para escutar o diálogo deles. Então, depois de arrumar e colocar um pouco de comida num cesto, ele foi até a entrada do portão da corte de Zihua.

Os seguidores de Zihua pertenciam às famílias tradicionais, vestiam-se de seda branca, dirigiam carruagens ilustres e avançavam com arrogância sobre os transeuntes. Quando viram que o camponês Shang Qiu era velho e fraco, tinha um rosto pálido e se vestia com capuz e roupa grosseira, mal conseguiram olhar para ele. Assim, insultando-o e escarnecendo-o, golpearam-no em diversas partes do seu corpo. Entretanto, Shan Qiu não se enraiveceu.

Quando eles esgotaram seus recursos cruéis, já cansados, levaram Shang Qiu para um terraço elevado. Um dos homens do grupo falou: "Será recompensado com cem moedas de ouro aquele que for capaz de pular desse lugar!". Os homens, astutamente, se provocavam entre si para ver quem teria a coragem de pular. Porém, Shang Qiu, levando a proposta a sério, foi o primeiro a pular. Seu corpo voou como um pássaro, flutuou e pousou no chão sem machucar os ossos e os músculos. Não sentindo nada de estranho naquele fato, os homens de Zihua simplesmente pensaram que aquilo era apenas um efeito do mero acaso.

Em outro momento, um dos homens apontou para a curva profunda de um rio e disse: "Lá dentro existe uma pérola preciosa. Somente é possível alcançá-la mergulhando naquelas águas". Ouvindo isso, Shang Qiu mergulhou na água e, saindo do fundo do rio,

党之诞我,我内藏猜虑,外矜观听,追幸昔日之不焦溺也,怛然内热,惕然震悸矣。水火岂复可近哉?"自此之后,范氏门徒路遇乞儿马医,弗敢辱也,必下车而揖之。宰我闻之,以告仲尼。仲尼曰:"汝弗知乎?夫至信之人,可以感物也。动天地,感鬼神,横六合,而无逆者,岂但履危险、入水火而已哉!商丘开信伪物犹不逆,况彼我皆诚哉?小子识之!"

trouxe realmente uma pérola. A multidão inteira não acreditava no que Shang Qiu havia realizado, mas Zihua, assim como fazia com os nobres, lhe ofereceu comidas e roupas de seda. Pouco tempo depois, como o armazém da sua família sofrera um incêndio, Zihua disse para Shang Qiu: "Se você puder entrar no fogo e salvar minhas roupas de seda, vou recompensá-lo". Sem nenhuma dificuldade, Shang Qiu avançou, penetrou no fogo e voltou. Com efeito, o fogo ardente não o atingiu, tampouco seu corpo sofreu queimaduras.

Desde então, imaginando que Shang Qiu tivesse alcançado a arte do Caminho (Dao), os homens de Zihua lhe pediram desculpas: "Não sabíamos que você dominava a arte do Caminho e o enganamos. Não sabíamos que você era um Homem Divino e o insultamos. Você deve nos considerar tolos, surdos e cegos! Gostaríamos de conhecer o Caminho".

Shang Qiu respondeu: "Eu não busquei a compreensão do Caminho. Embora minha mente tenha alcançado a compreensão, não sei como cheguei a tal conhecimento. Apesar disso, posso contar uma coisa para vocês. Até pouco tempo atrás, havia dois homens de seu grupo que se hospedaram na minha choupana. Ouvi a discussão deles em que elogiavam a reputação de Zihua, que tinha poder de conduzir as pessoas à vida ou à morte, à riqueza ou à pobreza. Confiei plenamente neles e por isso vim sem me preocupar com a longa distância. Quando cheguei aqui, considerei que tudo o que eles disseram era verdadeiro. Fiquei com medo apenas de que as coisas nas quais eu acreditava não pudessem ser realizadas. Tive receio de que, mesmo realizadas, não pudessem ser consumadas. Assim, não sabia onde se encontrava meu próprio corpo nem se era beneficiado ou prejudicado. Entretanto, como minha mente estava concentrada, nenhuma das coisas externas contrariou minhas ações, por isso, tais acontecimentos se sucederam. Contudo, como agora soube que vocês estavam me enganando, minha mente começou a se perturbar com incertezas e dúvidas, mesmo que aparentemente eu esteja orgulhoso da plena eficácia da minha visão e audição. Se eu já superei o perigo naquela situação, não seria então capaz de penetrar novamente na água e no fogo?".

周宣王文牧正有役人梁鸯者，能养野禽兽，委食于园庭之内，虽虎狼雕鹗之类，无不柔驯者。雄雌在前，孳尾成群，异类杂居，不相搏噬也。王虑其术终于其身，令毛丘园传之。梁鸯曰："鸯，贱役也，何术以告尔？惧王之谓隐于尔也，且一言我养虎之法。凡顺之则喜，逆之则怒，此有血气者之性也。然喜怒岂妄发哉？皆逆之所犯也。夫食虎者，不敢以生物与之，为其杀之之怒也；不敢以全物与之，为其碎之之怒也。时其饥饱，达其怒心。虎之与人异类，而媚养己者，顺也；故其杀之，逆也。然则吾岂敢逆之使怒哉？亦不顺之使喜也。夫喜之复也必怒，怒之复也常喜，皆不中也。今吾心无逆顺者也，则鸟兽之视吾，犹其

Depois desse incidente ocorrido com Shang Qiu, quando os seguidores de Zihua se deparavam com um mendigo ou um cuidador de cavalos na estrada, eles não ousavam humilhá-lo. Ao contrário, ainda desciam da carruagem para cumprimentá-lo. Sabendo desse incidente, Zaiwo contou para Confúcio, que, por sua vez, observou: "Você não sabia que a pessoa de perfeita confiança é capaz de se corresponder com os elementos? Ele move o Céu e a Terra, faz com que os espíritos e deuses lhe correspondam e se move em todo o Universo sem que nada lhe resista. Você acha que ele correrá risco penetrando na água e no fogo? Embora Shang Qiu tenha confiado nas falsas palavras dos hóspedes, nenhuma das coisas conseguiu contrariar suas ações. Ora, essas coisas acontecem sobretudo quando todos somos verdadeiramente sinceros! Ó, meu querido discípulo, lembre-se sempre desse ensinamento!".

Um domesticador de animais do rei Xuan da dinastia Zhou tinha um serviçal, Liang Yang, que era capaz de cuidar de pássaros e feras selvagens dentro do seu jardim. Embora houvesse espécies selvagens como tigres, lobos, abutres e águias-marinhas, não havia nenhuma que não pudesse ser domesticada por ele. Assim, o serviçal Liang Yang cuidava dos casais de animais de maneira que pudessem multiplicar sua prole. Desde então, todos os animais passaram a conviver em harmonia e nenhum chegou a devorar ao outro.

Contudo, o rei Xuan temia que essa arte de adestramento se perdesse com a morte do adestrador e, então, convocou Mao Qiu Yuan para aprender com o serviçal. Logo depois, Liang Yang disse para Mao Qiu Yuan: "Sou um serviçal desprezível. Que arte poderia lhe transmitir? Tenho receio de que o rei possa pensar que eu esteja escondendo o segredo dessa arte e, por isso, falarei sobre a maneira ideal de cuidar do tigre. Geralmente, se você agradá-lo, ele ficará muito alegre; se você contrariá-lo, ele ficará muito raivoso. Essa é a natureza dos animais que têm o temperamento sanguíneo.

侪也。故游吾园者，不思高林旷泽；寝吾庭者，不愿深山幽谷，理使然也。"

颜回问乎仲尼曰："吾尝济乎觞深之渊矣，津人操舟若神。吾问焉，曰：'操舟可学邪？'曰：'可！能游者可教也，善游者数能。乃若夫没人，则未尝见舟而谡操之者也。'吾问焉，而不告。敢问何谓也？"仲尼曰："噫！吾与若玩其文也久矣，而未达其实，而固且道与。能游者可救

Entretanto, por que a alegria e a raiva surgem neles de modo inesperado? Isso ocorre em razão de contrariarmos sua natureza. Assim, se quisermos alimentar um tigre, não devemos oferecer-lhe um animal vivo, pois, no momento em que o estiver comendo, ele será dominado pela raiva. Nem podemos oferecer-lhe um animal inteiro, pois, no momento em que o estiver despedaçando, ele será possuído por uma cólera intensa. Devemos observar o estado de raiva do tigre em alguns momentos de fome ou saciedade. O tigre e o ser humano são espécies diferentes. Quem quiser domesticar um tigre deverá respeitar sua natureza. Se o tigre mata o ser humano, isso ocorre porque este o contrariou. Desse modo, para que contrariá-lo fazendo com que fique raivoso? E para que agradá-lo fazendo com que fique alegre? Pois a alegria, indo ao seu limite extremo, retorna ao estado de raiva e, por sua vez, a raiva, chegando ao seu limite extremo, retorna ao estado de alegria: tal condição de instabilidade não é a essência do estado de harmonia. Nesse momento, minha mente não pretende contrariar nem agradar os animais e, por essa razão, as aves e as feras selvagens me veem como se eu pertencesse à sua espécie. Assim, aqueles animais que passeiam no meu jardim nunca tiveram o desejo de ir para as densas florestas e os imensos lagos, enquanto os outros, que somente gostam de dormir, jamais quiseram ir para as montanhas profundas e os vales secretos. Isso acontece porque todos os animais foram cuidados e cultivados em estado de harmonia natural.

Yan Hui perguntou a Confúcio: "Uma vez, atravessei um lago profundo, e o barqueiro que conduzia o barco parecia uma divindade. Indaguei-lhe: 'A arte de dirigir o barco pode ser aprendida?'. Ele disse: 'Sim. É possível. Quem é excelente em nadar será capaz de aprender rapidamente. Até mesmo um mergulhador que nunca viu um barco poderá aprender a conduzi-lo'. Novamente eu perguntei-lhe a razão, mas ele não me respondeu. Mestre, por favor, gostaria de saber qual é o sentido das palavras do barqueiro".

也，轻水也；善游者文数能也，忘水也；乃若夫没人之未尝见舟也而谡操之也，彼视渊若陵，视舟之覆犹其车郤也。覆郤万物方陈乎前而不得入其舍。恶往而不暇？　以瓦抠者巧，以钩抠者惮，以黄金钩抠者惛。巧一也，而有所矜，则重外也。凡重外者拙内。"

孔子观于吕梁，悬水三十仞，流沫三十里，鼋鼍鱼鳖之所不能游也。见一丈夫游之，以为有苦而欲死者也，使弟子并流而承之。数百步而出，被发行歌，而游于棠行。孔子从而问之，曰："吕梁悬水三十仞，流沫三十里，鼋鼍鱼鳖所不能游，向吾见子道之，以为有苦而欲死者，使弟子并流将承子。子出而被发行歌，吾以子为鬼也。察子则人也。请问蹈水有道乎？"曰："亡，吾无道。吾始乎故，长乎性，成乎命，与齐俱入，与

Confúcio explicou: "Que pena! Durante tanto tempo, levei-o a refletir sobre as coisas simples e triviais, mas você ainda nem teve essa compreensão básica e acha que já alcançou o Caminho (Dao). Quem aprende a nadar e se torna capaz de ensinar essa arte é porque menospreza a resistência da água. Quem é excelente em nadar aprende rapidamente porque esquece a existência dela. Até mesmo um mergulhador que nunca viu um barco poderá conduzi-lo. Isso ocorre porque, quando vê as profundezas das águas, ele as considera apenas como se fossem montanhas planas. Ao ver um barco revirado, considera-o apenas como uma carruagem indo em direção contrária. Embora inúmeras coisas venham a aparecer na sua frente, estas jamais perturbam sua mente. Como ele não seria tranquilo em suas ações? Da mesma maneira, uma pessoa será inteligente se for capaz de brincar num jogo de apostas. Caso utilize um cinto valioso para apostar, estará perturbada pelo medo. Além disso, se utilizar ouro valioso, ficará mais transtornada. Na verdade, sua arte de apostar é a mesma. Não obstante, se sua mente ficar orgulhosa e valorizar as coisas externas, então, simplesmente ela se tornará estúpida.".

Confúcio estava contemplando as cascatas em Lu Liang. As águas caíam de uma grande altura e a corrente espumosa salpicava por todos os lados. Embora houvesse tartarugas, crocodilos e peixes que impediam que se nadasse ali, ele percebeu que havia um homem nadando. Imaginou que estivesse querendo se matar e pediu a seu discípulo que fosse até lá para salvá-lo. No entanto, aquele homem já havia nadado por uma longa distância. Com cabelos longos atirados para trás, ele até cantava, aproximando-se das margens.

Chegando perto dele, Confúcio comentou: "As águas de Lu Liang são altíssimas, com duzentos metros, e a corrente espumosa salpica por todos os lados. É impossível nadar nesse lugar com tartarugas, crocodilos e peixes. Vi você nadando, pensei que estivesse sofrendo

汩偕出，从水之道而不为私焉。此吾所以道之也。"孔子曰："何谓始乎故，长乎性，成乎命也？"曰："吾生于陵而安于陵，故也；长于水而安于水，性也；不知吾所以然而然，命也。"

仲尼适楚，出于林中，见痀偻者承蜩，犹掇之也。仲尼曰："子巧乎！有道邪？"曰："我有道也。五六月，累垸二而不坠，则失者锱铢；累三而不坠，则失者十一；累五而不坠，犹掇之也。吾处也，若橛株驹，吾执臂若槁木之枝。虽天地之大，万物之多，而唯蜩翼之知。吾不反不侧，不以万物易蜩之翼，何为而不得？"孔子顾谓弟子曰："用志不分，乃疑于神。其痀偻丈人之谓乎！"丈人曰："汝逢衣徒也，亦何知问是乎？修汝所以，而后载言其上。"

a ponto de se matar e, então, pedi ao meu discípulo que fosse até lá para salvá-lo. Você saiu das águas e cantava com os cabelos atirados para trás. Logo, pensei que fosse um Espírito, porém, vendo-o, percebi que era uma pessoa. Por favor, gostaria de saber se há um método (Dao) para nadar?".

"Não. Não sigo um método", respondeu-lhe o homem. "Começo adaptando-me à Condição Originária, vou seguindo e me harmonizando com a natureza das águas e, por fim, realizo-me com o *Decreto do Céu*. Assim, posso afundar junto com a queda turbilhonante das águas e emergir com a sua ascensão. Desse modo, sigo o Caminho (Dao) da água sem o esforço da minha vontade: eis o meu caminho!"

Novamente Confúcio perguntou-lhe: "O que significa *adaptar-se à Condição Originária, seguir e se harmonizar com a natureza das águas e, por fim, realizar o Decreto do Céu?*". Por fim, o homem disse: "Ao nascer na terra, caminho em paz com a terra: eis a Condição Originária; ao harmonizar-me com as águas, sigo em paz com as águas: assim é a Natureza Originária. Não sei a razão disso: assim é o Decreto do Céu".

Confúcio estava viajando para o Estado de Chu. Viu um homem corcunda saindo de dentro da floresta que usava uma vara de bambu para capturar as cigarras. Essa captura parecia tão simples e fácil que era como se ele estivesse as pegando com as mãos. Então, Confúcio disse: "Você é muito esperto! Você segue um método (Dao)?".

Ele respondeu: "Sim, sigo um método. Quando o verão chega por volta do quinto e do sexto mês, posso equilibrar duas bolinhas na ponta de cada vara sem deixar elas caírem e, assim, sei que com essa destreza as cigarras não cairão. Se eu conseguir equilibrar três bolinhas, então de cada dez cigarras só perderei uma. Se eu conseguir equilibrar cinco bolinhas sem que nenhuma venha a cair, então a captura das cigarras será tão fácil como pegar com as mãos. No momento da captura, meu corpo permanece como uma árvore firme e

海上之人有好沤鸟者，每旦之海上，从沤鸟游，沤鸟之至者百住而不止。其父曰："吾闻沤鸟皆从汝游，汝取来，吾玩之。"明日之海上，沤鸟舞而不下也。故曰：至言去言，至为无为；齐智之所知，则浅矣。

赵襄子率徒十万，狩于中山，藉芿燔林，扇赫百里，有一人从石壁中出，随烟烬上下，众谓鬼物。火过，徐行而出，若无所经涉者。襄子怪而留之，徐而察之：形色七窍，人也；气息音声，人也。问奚道而处石？奚道而入火？其人曰："奚物而谓石？奚物而谓火？"襄子曰："而向

meu braço que segura a vara se assemelha a um galho seco e duro. Embora o Céu e a Terra sejam vastíssimos e existam inumeráveis seres, no entanto, meu Espírito se concentra unicamente nas asas da cigarra. De modo algum eu me movo com inquietação. Nunca fico seduzido pela multidão de seres que me distraem em relação às asas e, dessa forma, como não conseguiria capturar as cigarras?".

Confúcio virou-se e falou ao seu discípulo: "Concentre a sua vontade sem se dispersar e seja semelhante aos deuses como esse velho corcunda".

O velho corcunda replicou: "Você é um desses nobres aristocratas que usam trajes de manga comprida. Como pode dizer uma coisa dessas depois do que eu lhe disse? Abandone suas crenças para que novamente possa falar de maneira apropriada".

Havia um homem que vivia à beira do mar e amava as gaivotas. De manhã, ele entrava no mar e brincava com uma multidão delas. Em certa ocasião, seu pai lhe disse: "Ouvi dizer que as gaivotas vêm brincar com você. Poderia trazer uma delas para eu brincar?".

Na manhã seguinte, o homem retornou ao mar. Entretanto, as gaivotas que dançavam no céu não desceram. É por esse motivo que os antigos diziam que a suprema linguagem é aquela que abandona a linguagem. A suprema ação é a *Não Ação*. Portanto, é inútil tentar compreender inteiramente a essência da sabedoria.

Zhao Xiangzi estava guiando um exército de soldados numa viagem de caça na Montanha Central. Durante a caminhada na densa vegetação, ele queimava as árvores para iluminar o caminho, enquanto as labaredas se alastravam por todos os lados. De repente, um homem que tinha saído do interior de uma rocha começou a subir e descer numa espessa névoa de fumaça e cinzas. Os homens de Zhao Xiangzi imaginaram que fosse um espírito. Atravessando as chamas, o homem avançou suavemente e saiu dali como se não houvesse passado

之所出者，石也；而向之所涉者，火也。"其人曰："不知也。"魏文侯闻之，问子夏曰："彼何人哉？"子夏曰："以商所闻夫子之言，和者大同于物，物无得伤阂者，游金石，蹈水火，皆可也。"文侯曰："吾子奚不为之？"子夏曰："刳心去智，商未之能。虽然，诚语之有暇矣。"文侯曰："夫子奚不为之？"子夏曰："夫子能之而能不为者也。"文侯大说。

有神巫自齐来处于郑，命曰季咸，知人死生、存亡、祸福、寿夭，期以岁、月、旬、日，如神。郑

pelo caminho. Espantado, Xiangzi deteve-o e observou-o calmamente. Percebeu que sua aparência era humana no que dizia respeito ao aspecto físico, à cor e aos orifícios de sua cabeça. Parecia um ser humano também por causa de sua voz e sua respiração.

Então, Xiangzi perguntou-lhe: "Qual é o método (Dao) pelo qual você é capaz de penetrar no interior da rocha? De que modo você consegue atravessar o fogo?".

"O que você chama de *rocha*? O que você chama de *fogo*?", replicou o homem.

"Aquilo de onde você saiu é uma rocha. Aquilo que você atravessou é o fogo", respondeu Xiangzi.

"Eu não sei de nada", disse o homem.

Quando ouviu essas palavras, o marquês Wen do Estado de Wei perguntou à Zixia, discípulo de Confúcio: "Que tipo de homem é aquele?".

Zixia respondeu: "De acordo com que ouvi do meu Mestre, ele está totalmente em harmonia com todos os seres e, portanto, estes jamais poderão feri-lo e criar-lhe obstáculos. Eis por que ele é capaz de atravessar o metal e a rocha ou caminhar na água e no fogo".

Em seguida, o marquês Wen perguntou: "Por que você mesmo não faz isso?".

"Não sou capaz de remover toda a minha mente e abandonar a razão. Mesmo não sendo capaz de fazê-lo, ainda assim posso falar sobre isso", disse Zixia.

Então, o marquês perguntou novamente: "Por que Confúcio não pode realizar isso?".

"O Mestre é capaz, porém não tem desejo de realizar esse tipo de façanha", respondeu Zixia.

Depois de ouvir essas palavras, o marquês Wen ficou muito contente.

Havia um xamã que veio do Estado de Qi para morar no Estado de Zheng. Chamava-se Ji Xian. Ele tinha o poder de prever a vida e a morte das pessoas, sua existência ou seu desaparecimento, sua

人见之，皆避而走。列子见之而心醉，而归以告壶丘子，曰："始吾以夫子之道为至矣，则又有至焉者矣。"壶子曰："吾与汝无其文，未既其实，而固得道与？众雌而无雄，而又奚卵焉？而以道与世抗，必信矣。夫故使人得而相汝。尝试与来，以予示之。"明日，列子与之见壶子。出而谓列子曰："嘻！子之先生死矣，弗活矣，不可以旬数矣。吾见怪焉，见湿灰焉。"列子入，涕泣沾衿，以告壶子。壶子曰："向吾示之以地文，罪乎不諆不止，是殆见吾杜德几也。尝又与来！"明日，又与之见壶子。出而谓列子曰："幸矣，子之先生遇我也，有瘳矣。灰然有生矣，吾见杜权矣。"列子入告壶子。壶子曰："向吾示之以天壤，名实不入，而机发于踵，此为杜权。是殆见吾善者几也。尝又与来！"明日，又与之见壶子。出而谓列子曰："子之先生，坐不斋，吾无得而相焉。试斋，将且复相之。"列子入告壶子。壶子曰："向吾示之以太冲莫朕，是殆见吾衡气几也。鲵旋之潘为渊，止水之潘为渊，流水之潘为渊，滥水之潘为渊，沃水之潘为渊，氿水之潘为渊，雍水之潘为渊，汧水之潘为渊，肥水之潘为渊，是为九渊焉，尝又与来！"明日，又与之见壶子。立未定，自失而走。壶子曰："追之！"列子追之而不及，反以报壶子，曰："已灭

felicidade ou infelicidade, sua vida longeva ou sua morte prematura. Tal como faria um Espírito Divino, podia prever o ano, o mês, a semana, o dia do acontecimento, por isso, as pessoas escapavam e fugiam de sua presença.

Após esse encontro com Ji Xian, a mente de Liezi ficou confusa. Ele foi ao encontro do seu Mestre Hu Qiu e se lamentou: "Antes eu considerava seu Caminho (Dao) o mais elevado, mas existe alguém que conhece um outro superior".

Hu Qiu disse: "Até agora ensinei-lhe apenas as regras externas, mas ainda não a essência interna. Você pensa que alcançou realmente o Dao?! Possuindo somente um bando de galinhas sem nenhum galo, você espera que nasçam ovos? Baseando-se apenas nas regras externas desse Caminho e lutando contra o mundo, você confia demais em si mesmo; por essa razão, as pessoas tendem a desprezá-lo. Traga esse homem aqui para que ele possa me ver".

No dia seguinte, Liezi e o xamã foram visitar o Mestre Hu Qiu. Assim que viu Hu Qiu em seu quarto, o xamã Ji Xian saiu de lá e contou para Liezi: "Ah! Seu Mestre está quase morrendo. Não viverá mais do que dez dias! Vi sua estranha aparência com o rosto coberto de cinzas úmidas".

Após alguns instantes, Liezi entrou no quarto de Hu Qiu. Chorando e derramando lágrimas na lapela de sua veste, ele contou-lhe as palavras de Ji Xian, e seu Mestre esclareceu: "Eu somente mostrei-lhe minha imagem que se assemelhava à serenidade dos rios e das montanhas, ora imóvel, ora em movimento. É provável que ele tenha-me visto apenas com o semblante de vida imóvel! Por favor, traga-o novamente".

Noutro dia, Liezi trouxe Ji Xian para ver Hu Qiu. Ao sair, Ji Xian disse: "A fisionomia de seu Mestre parecia tão obscura que não consegui vê-lo. Quando estiver mais clara, voltarei novamente!".

Entrando no quarto, Liezi contou isso para Hu Qiu, e este respondeu: "Há pouco, mostrei-lhe minha imagem que se parecia com o Sopro Vital do Supremo Vazio cuja natureza harmoniosa

矣，已失矣，吾不及也。"壶子曰："向吾示之以未始出吾宗。吾与之虚而猗移，不知其谁何，因以为茅靡，因以为波流，故逃也。"然后列子自以为未始学而归，三年不出，为其妻爨，食豨如食人，于事无亲，雕琢复朴，块然独以其形立，纷然而封戎，壹以是终。

子列子之齐，中道而反，遇伯昏瞀人。伯昏瞀人曰："奚方而反？"曰："吾惊焉。""恶乎

não deixa rastros. É provável que ele tenha-me visto com esse semblante de vida harmoniosa: como vórtices de água que se adensam e se transformam em profundezas, como águas estagnadas que se adensam e se transformam em profundezas, como águas em movimento que se adensam e se transformam em profundezas, como águas sublevadas que se adensam e se transformam em profundezas, como águas precipitadas que se adensam e se transformam em profundezas, como águas da caverna que se adensam e se transformam em profundezas, como águas dos rios estagnados que se adensam e se transformam em profundezas, como águas das nascentes ocultas que se adensam e se transformam em profundezas. Tais são as nove profundezas, mas, por favor, traga-o novamente!".

No dia seguinte, Liezi e Ji Xian foram novamente visitar Hu Qiu. Quando Ji Xian ficou em pé diante de Hu Qiu, sentiu-se aterrorizado e fugiu correndo. Hu Qiu disse: "Persiga-o!". Sem conseguir alcançá-lo, Liezi retornou e disse para Hu Qiu: "Ele já desapareceu. Não consegui alcançá-lo!".

Hu Qiu disse então: "Revelei-lhe minha imagem ancestral que nunca havia antes mostrado. Permaneci no estado do *Vazio*, livre de pensamentos, sem saber quem eu era e de onde vinha, como se ondulasse e evadisse ao infinito.".

Depois do incidente, percebendo que ele mesmo não tinha aprendido nada, Liezi retornou para o lar. Ficou três anos sem sair, cozinhando para sua esposa e cuidando dos porcos como se estes fossem seres humanos. Longe dos assuntos mundanos e das artificialidades, retornou à simplicidade, tornando-se independente e livre das perturbações. Embora o mundo estivesse em desordem, ele cultivou sua serenidade e constância até o fim de sua vida.

Liezi estava viajando para o Estado de Qi, mas, no meio do caminho, recuou e encontrou Bohun Wuren. Este último disse-lhe: "Por que recuou no meio do caminho?".

惊?""吾食于十浆,而五浆先馈。"伯昏瞀人曰:"若是,则汝何为惊己?"曰:"夫内诚不解,形谍成光,以外镇人心,使人轻乎贵老,而敕其所患。夫浆人特为食羹之货,多余之赢;其为利也薄,其为权也轻,而犹若是。而况万乘之主?身劳于国,而智尽于事;彼将任我以事,而效我以功,吾是以惊。"伯昏瞀人曰:"善哉观乎!汝处己,人将保汝矣。"无几何而往,则户外之屦满矣。伯昏瞀人北面而立,敦杖蹙之乎颐,立有间,不言而出。宾者以告列子。列子提屦徒跣而走,暨乎门,问曰:"先生既来,曾不废药乎?"曰:"已矣。吾固告汝曰,人将保汝,果保汝矣。非汝能使人保汝,而汝不能使人无汝保也,而焉用之感也?感豫出异。且必有感也,摇而本身,又无谓也。与汝游者,莫汝告也。彼所小言,尽人毒也。莫觉莫悟,何相孰也。"

"Estou preocupado", disse Liezi.

"Por que está apreensivo?", perguntou Bohun Wuren.

Liezi então respondeu: "Comi em dez hospedarias, e as cinco primeiras me presentearam com comida".

"Por que motivo ficou tão preocupado?", indagou novamente Bohun Wuren.

Liezi esclareceu: "Meu coração é sincero, e não sou abusado. Porém, uma vez que minha aparência exterior se exibiu de maneira que se impôs diante das pessoas, isso fez com que elas me respeitassem e desconsiderassem os outros idosos, causando, assim, minha infelicidade. O objetivo da hospedaria é somente vender comida e sopa, aumentando seus ganhos. No entanto, seus lucros são escassos e seus recursos são limitados. Uma vez que me respeitam tanto, como não respeitariam o grande soberano das dez mil carruagens? Ele esgota seu corpo para governar o reino e desgasta sua inteligência na administração. Como estou sendo reconhecido, isso despertará a atenção do soberano, que me convocará para administrar os negócios do governo e examinará minhas realizações. Por isso, estou apreensivo".

"Realmente você tem razão!", disse Bohun Wuren. "Entretanto, se permanecer em sua casa, ainda assim todas as pessoas continuarão assediando você!"

Depois de algum tempo, Bohun Wuren foi até a casa de Liezi e viu inúmeros sapatos de visitantes na soleira da porta. Dirigindo sua face para o lado norte, endireitou sua bengala e apoiou o rosto em cima dela. Ficou em pé e mudo por alguns instantes e, em seguida, foi se retirando.

O porteiro que recebia os hóspedes relatou o ocorrido para Liezi. Descalço, Liezi chegou imediatamente até a porta, trazendo nas mãos os sapatos e, logo, perguntou a Bohun Wuren: "Já que o senhor está aqui, deseja me dar algum conselho?".

Então, Bohun Wuren respondeu: "Esqueça! Queria apenas dizer que muitas pessoas sentem admiração por você. Na verdade, nem é culpa sua, pois simplesmente não se consegue impedir tal

杨朱南之沛，老聃西游于秦。邀于郊。至梁而遇老子。老子中道仰天而叹曰："始以汝为可教，今不可教也。"杨朱不荅。至舍，进涫漱巾栉，脱履户外，膝行而前曰："向者夫子仰天而叹曰：'始以汝为可教，今不可教。'弟子欲请夫子辞，行不间，是以不敢。今夫子间矣，请问其过。"老子曰："而睢睢而盱盱，而谁与居？大白若辱，盛德若不足。"杨朱蹴然变容曰："敬闻命矣！"其往也，舍者迎将家公执席，妻执巾栉，舍者避席，炀者避灶。其反也，舍者与之争席矣。

admiração. O que você faz para comovê-las e atraí-las? No fundo, elas ficam abaladas pelo fato de você ser um indivíduo proeminente e distinto da multidão e, sobretudo, por ter um aspecto enternecedor que revela sua Natureza Originária. Isso não é admirável? Até mesmo aquelas pessoas com quem você se relaciona mal conseguem identificar e falar dos seus erros. O que dizem são ninharias: palavras bajuladoras e envenenadoras. Dessa forma, se essas pessoas não têm uma clara compreensão das coisas, como ainda poderão ser úteis umas para as outras?".

Yang Zhu viajava para a região sul da província Pei, enquanto Laozi peregrinava rumo à região oeste do Estado de Qin. Ao chegar à fronteira com o Estado de Liang, Yang Zhu se encontrou com Laozi. Parando de pé no meio do caminho com os olhos voltados para o céu, Laozi exclamou: "Pensei que você pudesse ser instruído, mas agora sei que não é possível". Apesar disso, Yang Zhu nem respondeu a Laozi.

Assim que chegaram à hospedaria, Yang Zhu ajudou Laozi a se lavar e se vestir, retirando os sapatos dele e colocando-os na frente da porta. De maneira respeitosa, ajoelhou-se dizendo: "Ó, Mestre, há poucos instantes, o senhor, com os olhos voltados para o céu, exclamava: 'Pensei que você pudesse ser instruído, mas agora sei que não é possível'. Assim, gostaria de pedir-lhe uma explicação, pois antes não tínhamos tempo quando caminhávamos; por isso não lhe perguntei.".

"Você se comporta de maneira arrogante!", repreendeu Laozi. "Quem poderá conviver com você? Geralmente, ao ser examinada por fora, uma pessoa honesta poderá parecer desonesta, assim como uma pessoa muito virtuosa parecerá deficiente."

Arrependido, Yang Zhu disse: "Compreendo e aceito sua instrução com muito respeito!". Com o ensinamento de Laozi no espírito, Yang Zhu chegou a uma hospedaria onde os proprietários o receberam. O dono trouxe-lhe uma esteira e a dona entregou-lhe toalha e pente. Os hóspedes não ousaram sentar no lugar da sua esteira e se afastaram. Outros homens que se aqueciam diante da lareira saíram

杨朱过宋东之于逆旅。逆旅人有妾二人，其一人美，其一人恶；恶者贵而美者贱。杨子问其故。逆旅小子对曰："其美者自美，吾不知其美也；其恶者自恶，吾不知其恶也。"杨子曰："弟子记之！行贤而去自贤之行，安往而不爱哉！"

天下有常胜之道，有不常胜之道。常胜之道曰柔，常不胜之道曰强。二者亦知。而人未之知。故上古之言：强，先不己若者；柔，先出于己者。先不己若者，至于若己，则殆矣。先出于己者，亡所殆矣。以此胜一身若徒，以此任天下若徒，谓不胜而自胜，不任而自任也。粥子曰："欲刚，必以柔守之；欲强，必以弱保之。积于柔必刚，积于弱必强。观其所积，以知祸福之乡。强胜不若己，至于若己者刚；柔胜出于己者，其力不可量。"老聃曰："兵强则灭。木强则折。柔弱者生之徒，坚强者死之徒。"

de perto para que Yang Zhu ficasse próximo ao fogo. No entanto, assim que Yang Zhu saiu da hospedaria, todos voltaram novamente a disputar o lugar em que ele estava sentado.

Quando Yang Zhu passava pelo estado de Song, pernoitou numa hospedaria, cujo dono tinha duas concubinas: uma bela que ele desprezava e outra feia, que estimava. Yang Zhu perguntou ao dono o motivo de sua discriminação. O dono respondeu: "A bela considera a si mesma bela, mas eu não a considero bela; a feia considera a si mesma feia, mas eu não a considero feia".

Por fim, Yang Zhu disse aos seus discípulos: "Lembrem-se! Ao agirem de acordo com a virtude sem se considerarem virtuosos, certamente vocês serão amados onde quer que estejam!".

No mundo, há um Caminho (Dao) pelo qual uma pessoa sempre poderá dominar e há um caminho pelo qual nunca poderá dominar. O Caminho pelo qual se pode sempre dominar se chama Suavidade, e o caminho pelo qual nunca se pode dominar se chama Força. Ambos são facilmente conhecidos, porém os homens ainda não têm esse conhecimento. Por isso, os antigos diziam que a pessoa forte deseja superar os outros, enquanto a pessoa suave deseja superar a si mesma. A pessoa que deseja dominar os outros, quando encontrar alguém mais forte, estará em risco. Contudo, a pessoa que deseja dominar a si mesma nunca estará em risco. Quem domina seu corpo através da Suavidade pode assumir o mundo. Os antigos diziam que quem não utiliza a Força para vencer os outros é capaz de vencer a si mesmo. Assim, quem não utiliza a Força para assumir o mundo é capaz de assumir o mundo.

Yu Zi disse: "Se você deseja ser firme, deve preservar a Suavidade. Se você deseja ser forte, deve resguardar a Brandura. Preservando a Suavidade, você será capaz de ter firmeza. Resguardando a Brandura, será capaz de ter Força. Observando esse cultivo da Suavidade, você

状不必童而智童；智不必童而状童。圣人取童智而遗童状，众人近童状而疏童智。状与我童者，近而爱之；状与我异者，疏而畏之。有七尺之骸，手足之异，戴发含齿，倚而趣者，谓之人。而人未必无兽心；虽有兽心，以状而见亲矣。傅翼戴角，分牙布爪，仰飞伏走，谓之禽兽。而禽兽未必无人心；虽有人心，以状而见疏矣。庖牺氏、女娲氏、神农氏、夏后氏，蛇身人面，牛首虎鼻；此有非人之状，而有大圣之德。夏桀、殷纣、鲁桓、楚穆，状貌七窍，皆同于人，而有禽兽之心。而众人守一状以求至智，未可几也。黄帝与炎帝战于阪泉之野，帅熊、罴、狼、豹、貙、虎为前驱，雕、鹖、鹰、鸢为旗帜，此以力使禽兽者也。尧使夔典乐，击石拊石，百兽率舞；箫韶九成，凤皇来仪：此以声致禽兽者也。然则禽兽之心，奚为异人？形音与人异，而不知接之之道焉。圣人无所不知，无所不通，故得引而

poderá conhecer a origem da felicidade ou da infelicidade. As pessoas fortes dominam as pessoas brandas, porém, quando as pessoas fortes encontram outras mais fortes, elas podem ser dominadas. Quem é suave poderá sempre dominar, e sua Força será imensurável. Por isso, Laozi dizia: *A arma forte se aniquila e a árvore forte se esfacela. Os suaves e os brandos caminham para a vida. Os rígidos e fortes caminham para a morte.".*

Geralmente, a aparência física dos animais não é semelhante à do ser humano. No entanto, sua inteligência pode apresentar certas semelhanças. Em alguns casos, a inteligência não é semelhante, mas somente a aparência física. Por esse motivo, o Sábio estima a inteligência e desconsidera a aparência. A maioria das pessoas estima a aparência e despreza a inteligência; por isso, considera apenas a forma física, ama o que lhe é semelhante e se afasta daquilo que é diferente.

O animal que tem um corpo da altura de sete pés e patas superiores com aspecto diferente em relação às patas inferiores, tendo os pelos na cabeça e os dentes escondidos na boca, se chama *ser humano*. Contudo, o ser humano pode ter uma mente de fera selvagem. Embora tenha essa mente, ele ainda é considerado humano pelo fato de ter a forma física humana. Por outro lado, dentre os animais, há aqueles com asas, com chifres e com dentes e garras bem separadas, e outros que voam ou caminham agachados. Tais animais são chamados de *feras selvagens*, embora possam também manifestar seus sentimentos. Contudo, apesar de terem os mesmos sentimentos, suas aparências são muito variadas.

Fu Xi, Nuwa, Shen Nong e os imperadores da dinastia Xia tinham corpos serpentiformes, rostos humanos, cabeças de boi e focinhos de tigre. Não se assemelhavam aos seres humanos, porém eram virtuosos como os grandes sábios. Os imperadores como Jie da dinastia Xia, Zhou da dinastia Yin, Huan do Estado de Lu e Mu do Estado de Chu assemelhavam-se aos seres humanos em sua

使之焉。禽兽之智有自然与人童者，其齐欲摄生，亦不假智于人也。牝牡相偶，母子相亲，避平依险，违寒就温；居则有群，行则有列；小者居内，壮者居外；饮则相携，食则鸣群。太古之时，则与人同处，与人并行。帝王之时，始惊骇散乱矣。逮于末世，隐伏逃窜，以避患害。今东方介氏之国，其国人数数解六畜之语者，盖偏知之所得。太古神圣之人，备知万物情态，悉解异类音声。会而聚之，训而受之，同于人民。故先民会鬼神魑魅，次达八方人民，末聚禽兽虫蛾。言血气之类，心智不殊远也。神圣知其如此，故其所教训者，无所遗逸焉。

forma física, tinham a mesma aparência e os mesmos sete orifícios na cabeça, mas tinham mentes de feras selvagens. Observando apenas essas aparências físicas para identificar a inteligência, a maioria das pessoas provavelmente não alcançará nenhum êxito.

Quando o Imperador Amarelo entrou em guerra contra o Imperador Yan na região de Ban Quan, ele liderou seu exército, colocando à sua frente ursos, lobos, leopardos, tigres, águias, faisões, falcões e papagaios como se fossem seus estandartes. Esse foi um exemplo de comando exercido sobre aves e feras selvagens por meio da força.

Quando Yao indicou Kuei como seu diretor de música, este tocou levemente os sinos de pedra fazendo ressoar melodias e, logo, todas as feras selvagens se puseram a dançar. Ele tocou as nove partes da música de Xiao Zhao e as fênix vieram para dançar. Esse é um exemplo de domínio sobre aves e feras selvagens através da música e da suavidade.

Portanto, como não seria a mente das feras selvagens semelhante à dos seres humanos? É apenas por causa da diversidade de sua aparência e de seus sons emitidos que a maioria das pessoas não sabe como conviver com esses seres. No entanto, não há nada que não seja compreendido pelo Sábio. Por isso, ele consegue atraí-los e conduzi-los. A mente das aves e feras selvagens se assemelha à dos seres humanos. Esses animais desejam viver e nem precisam utilizar a inteligência humana. Os machos e as fêmeas se acasalam enquanto as mães e os filhos se afeiçoam entre si. Eles evitam locais planos e dependem de lugares inacessíveis para se proteger. Fogem do frio e buscam calor. Permanecem em rebanhos, andando em grupos. Os fracos permanecem no centro do rebanho, enquanto os fortes andam pela periferia. Auxiliam-se mutuamente na busca da água e chamam o rebanho quando encontram comida. Em épocas remotas, esses animais moravam e andavam junto aos seres humanos. Quando teve início a decadência dos costumes e valores no tempo dos Imperadores, eles se afastaram com medo, escondendo-se e fugindo para evitar o sofrimento infligido pelos homens.

宋有狙公者，爱狙，养之成群，能解狙之意；狙亦得公之心。损其家口，充狙之欲。俄而匮焉，将限其食。恐众狙之不驯于己也，先诳之曰："与若芧，朝三而暮四，足乎？"众狙皆起而怒。俄而曰："与若芧，朝四而暮三，足乎？"众狙皆伏而喜。物之以能鄙相笼，皆犹此也。圣人以智笼群愚，亦犹狙公之以智笼众狙也。名实不亏，使其喜怒哉！

Na região leste do reino de Jie Shi, há muitas pessoas que ainda compreendem a linguagem dos animais, porém somente de modo parcial. Os divinos sábios dos tempos antigos conheciam o comportamento de todos os seres e compreendiam totalmente os sons emitidos pelas diversas espécies de animais. Eles reuniam os animais, davam-lhes ensinamentos e, por sua vez, estes lhes correspondiam como se fossem seres humanos. Nessa época, eles se reuniam com espíritos, deuses e demônios. Comunicavam-se com os seres humanos de todas as partes e com traças, insetos e feras selvagens. Por isso, todos os seres se assemelhavam no espírito de vivacidade e inteligência e, com esse conhecimento, nada se perdia daquilo que os divinos sábios ensinavam.

Havia no Estado de Song um homem que amava os macacos. Cuidando de um bando deles, ele conhecia bem suas intenções e os macacos também conheciam sua mente. O homem chegava ao ponto de tirar a comida da própria família para satisfazer aos desejos desses macacos, os quais, em pouco tempo, acabaram comendo todo o alimento que ele possuía. Com medo de que não fossem mais domesticáveis, o homem reduziu-lhes a quantidade de comida.

Assim, ele disse: "Posso dar-lhes três castanhas no período da manhã e quatro no período da tarde?". Imediatamente, todos os macacos se levantaram enfurecidos.

Em seguida, porém, ele disse: "Posso dar-lhes quatro castanhas no período da manhã e três no período da tarde?". No mesmo instante, eles se encheram de alegria e rolaram pelo chão.

Da mesma maneira como o cuidador de macacos com sua esperteza consegue aplacar a insaciedade dos macacos, o Sábio com sua sabedoria pode reduzir a ignorância das pessoas. Consciente de que a linguagem pode suscitar tanto a fúria como a alegria, o Sábio é capaz de utilizar suas palavras de maneira apropriada sem alterar nenhum significado na sua essência!

纪渻子为周宣王养斗鸡，十日而问："鸡可斗已乎？"曰："未也；方虚骄而恃气。"十日又问。曰："未也；犹应影响。"十日又问。曰："未也；犹疾视而盛气。"十日又问。曰："几矣。鸡虽有鸣者，已无变矣。望之似木鸡矣。其德全矣。异鸡无敢应者，反走耳。"

惠盎见宋康王。康王蹀足謦欬，疾言曰："寡人之所说者，勇有力也，不说为仁义者也。客将何以教寡人？"惠盎对曰："臣有道于此，使人虽勇，刺之不入；虽有力，击之弗中。大王独无意邪？"宋王曰："善；此寡人之所欲闻也。"惠盎曰："夫刺之不入，击之不中，此犹辱也。臣有道于此，使人虽有勇，弗敢刺；虽有力，弗敢击。夫弗敢，非无其志也。臣有道于此，使人本无其志也。夫无其志也，未有爱利之心也。臣有道于此，使天下丈夫女子莫不驩然皆欲爱利之。此其贤于勇有力也，四累之上也。大王独无

Ji Shengzi preparou os galos para o rei Zhou Xuan. Depois de dez dias, o rei perguntou: "Os galos já estão prontos para a luta?".

"Ainda não, pois eles estão fracos e orgulhosos", respondeu Ji Shengzi.

No entanto, dez dias depois, o rei perguntou novamente, e Ji Shengzi respondeu: "Ainda não, pois os galos só reagem ao estímulo das sombras e dos ecos".

Depois de mais outros dez dias, o rei continuou a perguntar, e Ji Shengzi respondeu: "Ainda não, pois os galos permanecem com olhares ferozes e mentes agitadas".

Por fim, quando se passaram mais dez dias, o rei novamente quis saber. Ji Shengzi respondeu: "Estão quase prontos, pois, embora os galos cantem ruidosamente, suas mentes permanecem impassíveis. Olhados a distância, assemelham-se aos galos esculpidos de madeira, visto que sua Virtude é perfeita. Os outros galos nem ousariam desafiá-los, simplesmente se afastariam retornando ao seu caminho".

Hui Ang foi visitar o rei Kang do Estado de Song. O rei, socando o pé no chão e respirando fundo, proferiu raivosamente: "O que eu gosto é de coragem e força. Não gosto de homens que falam de Benevolência e Retidão. Por que motivo você quer me ensinar?".

Hui Ang respondeu: "Conheço um método (Dao) que fará com que um homem destemido, ao desejar sua morte, seja incapaz de feri-lo. O rei não estaria interessado em aprendê-lo?".

"Excelente! Isso é o que eu desejo ouvir!", exclamou o rei.

Hui Ang continuou: "Desse modo, aquele homem será incapaz de feri-lo e ainda se sentirá muito envergonhado. Porém tenho uma maneira de impedir a tentativa de assassinato. Mesmo sendo forte, ele será incapaz de golpeá-lo. No entanto, embora seja incapaz de agressão, ele continuará abrigando em seu íntimo a intenção de assassiná-lo. Tenho, portanto, um outro método que fará com que definitivamente ele jamais tenha essa intenção. Contudo,

意邪?"宋王曰:"此寡人之所欲得也。"惠盎对曰:"孔墨是已。孔丘墨翟无地而为君,无官而为长;天下丈夫女子莫不延颈举踵而愿安利之。今大王,万乘之主也;诚有其志,则四竟之内,皆得其利矣。其贤于孔墨也远矣。"宋王无以应。惠盎趋而出。宋王谓左右曰:"辩矣,客之以说服寡人也!"

esse homem do qual foi removida a intenção ainda não tem nenhum desejo de ser benevolente e amoroso. Por isso, tenho ainda outro método que fará com que todas as pessoas sejam benevolentes e amorosas. Isso é bem superior à força da coragem! O rei não estaria interessado em aprendê-lo?".

"Isso é o que eu desejo ouvir!", disse o rei.

"É só seguir os exemplos de Confúcio e Mozi!", respondeu Hui Ang. "Mesmo não tendo território nem cargos oficiais, eles eram homens nobres com prestígio e influência. Entusiasmados, os homens e as mulheres tinham a alegre esperança de receber o benefício de seus ensinamentos. No momento, o senhor é o soberano do reino. Se tiver a determinação de Confúcio e Mozi, certamente seu povo será beneficiado e sua influência poderá ser até mais poderosa que a de Confúcio e Mozi."

O rei não quis mais retrucar, e Hui Ang se retirou rapidamente. Para todos os seus súditos, o rei declarou: "Esse homem é realmente excelente na argumentação! Acabou me convencendo!".

03 章 周穆王

周穆王时，西极之国有化人来，入水火，贯金石；反山川，移城邑；乘虚不坠，触实不硋。千变万化，不可穷极。既已变物之形，又且易人之虑。穆王敬之若神，事之若君。推路寝以居之，引三牲以进之，选女乐以娱之。化人以为王之宫室卑陋而不可处，王之厨馔腥蝼而不可飨，王之嫔御膻恶而不可亲。穆王乃为之改筑。土木之功。赭垩之色，无遗巧焉。五府为虚，而台始成。其高千仞，临终南之上，号曰中天之台。简郑卫之处子娥媌靡曼者，施芳泽，正蛾眉，设笄珥，衣阿锡。曳齐纨。粉白黛黑，佩玉环。杂芷若以满之，奏《承云》、《六莹》、《九韶》、《晨露》以乐之。月月献玉衣，旦旦荐玉食。化人犹不舍然，不得已而临之。居亡几何，谒王同游。王执化人之祛，腾而上者，中天乃止。暨及化人之宫。化人之宫构以金银，络以珠玉；出云雨之上，而不知下之据，望之若屯云焉。耳目所观听，鼻口所纳尝，皆非人间之有。王实以为清都、紫微、钧天、广乐，帝之

Terceira Parte
O REI MU DO ESTADO DE ZHOU

Na época do rei Mu que governava o Estado de Zhou, havia um mago que veio de um reino do extremo leste. Ele era capaz de penetrar no fogo e na água, atravessar o metal e as pedras, derrubar as montanhas e desviar o curso dos rios. Tinha o poder de se deslocar pelas cidades amuralhadas, cavalgar no espaço sem sofrer quedas e trespassar livremente os objetos sólidos. Não havia limites para suas inúmeras transformações. Além de transformar as formas dos objetos, ele podia influenciar os pensamentos das pessoas. Por isso, o rei Mu reverenciava-o como se ele fosse uma divindade e servia-lhe como a um soberano. Abrigou-o num aposento dentro do palácio, deu-lhe iguarias refinadas dos animais de sacrifício e escolheu belas mulheres para entretê-lo.

No entanto, o mago considerou o aposento muito inferior e grosseiro para morar, assim como as iguarias da cozinha palaciana muito fedorentas para comer e as mulheres do rei feias e malcheirosas para uma relação íntima. Então, o rei mandou construir-lhe um palácio, dedicando para cada parte construída uma artesania especial com a utilização de todo tipo de argila, madeira e cores belíssimas como o vermelho e o branco. Toda a riqueza do rei se esgotou na construção da torre desse palácio. Como esta tinha mil pés de altura e chegava ao pico da montanha de Zhongnan, foi chamada de *Torre no Centro do Céu*.

O rei mandou escolher as moças mais meigas e charmosas dos Estados de Zheng e Wei. Assim, elas tiveram seus cabelos perfumados com óleos aromáticos e suas sobrancelhas modeladas em forma de desenho de mariposa. Foram adornadas com grampos e brincos e trajadas com vestidos de algodão fino e túnicas de seda branca.

所居。王俯而视之，其宫榭若累块积苏焉。王自以居数十年不思其国也。化人复谒王同游，所及之处，仰不见日月，俯不见河海。光影所照，王目眩不能得视；音响所来，王耳乱不能得听。百骸六藏，悸而不凝。意迷精丧，请化人求还。化人移之，王若殒虚焉。既寤，所坐犹向者之处，侍御犹向者之人。视其前，则酒未清，肴未晞。王问所从来。左右曰："王默存耳。"由此穆王自失者三月而复。更问化人。化人曰："吾与王神游也，形奚动哉？且曩之所居，奚异王之宫？曩之所游，奚异王之圃？王闲恒有，疑暂亡。变化之极，徐疾之间，可尽模哉？"王大悦。不恤国事，不乐臣妾，肆意远游。命驾八骏之乘，右服骅骝而左绿耳，右骖赤骥而左白〔减木〕，主车则造父为御，离离右；次车之乘，右服渠黄而左逾轮，左骖盗骊而右山子，柏夭主车，参百为御，奔戎为右。驰驱千里，至于巨蒐氏之国。巨蒐氏乃献白鹄之血以饮王，具牛马之湩以洗王之足，及二乘之人。已饮而行，遂宿于昆仑之阿，赤水之阳。别日升昆仑之丘，以观黄帝之宫，而封之以诒后世。遂宾于西王母，觞于瑶池之上。西王母为王谣，王和之，其辞哀焉。西观日之所入。一日行万里。王乃叹曰："于乎！予一人不盈于德而谐于乐，后世其

Com as faces polvilhadas de branco e as sobrancelhas pintadas de preto, foram ainda embelezadas com anéis de jade e ervas aromáticas. Essas moças apresentavam recitais como *Acolhendo as nuvens*, *Os seis jades*, *As nove músicas* e *Orvalho da manhã* para agradar ao mago. Em cada mês, ofereciam-lhe vestes luxuosas e, em cada manhã, serviam-lhe iguarias requintadas. Mesmo descontente com os presentes, o mago aceitou a *Torre no Centro do Céu* e convidou o rei para um passeio.

Agarrado ao mago, o rei elevou-se aos ares e ambos chegaram à *Torre no Centro do Céu*. Adentraram num palácio construído com prata e ouro e adornado com pérolas e jades. O palácio ainda ficava suspenso acima das nuvens e da chuva sem que houvesse nada debaixo dele para sustentá-lo. Contemplado a distância, parecia uma espessa nuvem. Nesse lugar, tudo aquilo que os olhos viam e os ouvidos ouviam ou aquilo que o nariz cheirava e a boca comia era desconhecido para os seres humanos. O rei acreditou que era uma cidade límpida ou um palácio escarlate no céu imenso, repleto de felicidade celestial, tal como era o palácio dos deuses. Comparado com essa construção, o seu palácio com pavilhões e terraços parecia-lhe tão insignificante como um montículo de terra e mato. Todavia, o rei estava satisfeito com a sua morada e habitou nela por mais de dez anos.

Depois de algum tempo, o mago convidou novamente o rei para um passeio. Em todo lugar que chegavam, não conseguiam avistar o Sol e a Lua acima deles nem os rios e mares abaixo. Os raios de luz ofuscavam tanto os olhos do rei que ele quase ficou cego. Da mesma maneira, os seus ouvidos mal podiam captar os sons. Todo o seu corpo estava perturbado: a vontade abalada e o espírito abatido. Assim, ele pediu ao mago para reconduzi-lo ao seu reino. Então, o mago o empurrou e o rei caiu do alto do espaço. Ao acordar, o rei ainda estava sentado no mesmo lugar dentro de seu palácio, rodeado pelos seus assistentes. Quando olhou à sua frente, o vinho ainda nem tinha sido decantado e toda a comida ainda estava fresca. Desejou saber de onde tinha vindo, e seus assistentes responderam: "O senhor apenas estava imerso em silêncio".

追数吾过乎!"穆王几神人哉! 能穷当身之乐，犹百年乃祖，世以为登假焉。

Desde então, o rei perdeu seu Espírito e, somente após três dias, voltou a si e questionou o mago. Este, por sua vez, disse-lhe: "Se foi o seu Espírito que viajou comigo, por que seu corpo teria de se mover? Por qual motivo aquele lugar seria diferente do seu próprio palácio? E por que aquele jardim e recintos por onde passeamos seriam tão diferentes? Você se sente seguro com o que é permanente e duvida do que é transitório. Entretanto, se é incomensurável a natureza da transformação das coisas, como se poderá realmente compreender o tempo dessas transformações?".

O rei Mu ficou muito contente. Parou de cuidar dos afazeres do governo, pois não se satisfazia mais com a companhia de seus assistentes e de suas concubinas. Desejou viajar para longe e ordenou que preparassem seus oito cavalos nobres. Assim, no lado direito da primeira carruagem, os cavalos se chamavam *Vigor Purpúreo* e *Verde Nobreza*, enquanto no lado esquerdo os cavalos se chamavam *Virtude Escarlate* e *Justiça Branca*. Zao Fu conduzia essa carruagem enquanto Cai Bing era o seu assistente. Já na segunda carruagem, os cavalos à direita se chamavam *Dourados Eminentes* e *Rodas de Excessivo Ultrapassar*, enquanto os cavalos à esquerda eram *Negro Sequestro* e *Filhos das Montanhas*. Bo Yao era o senhor dessa carruagem, enquanto Can Bai era seu condutor e Ben Rong, seu assistente. Galopando mil milhas de distância, eles chegaram até o reino de Ju Sou.

Ao rei Mu, o rei de Ju Sou e seu povo ofereceram sangue de ganso branco como bebida e providenciaram leite de égua e de vaca para a lavagem de seus pés. Do mesmo modo fizeram com os outros membros das duas carruagens. À noite, após terem bebido, todos foram se alojar aos pés da montanha de Kun Lun ao norte do Rio Vermelho. No dia seguinte, subiram a montanha para contemplar o palácio do Imperador Amarelo e erguer em sua homenagem um mausoléu solene como lembrança para as novas gerações. Assim, o rei Mu se tornou o hóspede da Rainha Mãe do Ocidente, que lhe presenteou com um banquete no Lago de Jaspe. A rainha cantou para o rei, que, por sua vez, também a acompanhou no canto. A música era extremamente melancólica. Então, o rei, contemplando o lado ocidental onde

老成子学幻于尹文先生，三年不告。老成子请其过而求退。尹文先生揖而进之于室，屏左右而与之言曰："昔老聃之徂西也，顾而告予曰：有生之气，有形之状，尽幻也。造化之所始，阴阳之所变者，谓之生，谓之死。穷数达变，因形移易者，谓之化，谓之幻。造物者其巧妙，其功深，固难穷难终。因形者其巧显，其功浅，故随起随灭。知幻化之不异生死也，始可与学幻矣。吾与汝亦幻也，奚须学哉？"老成了归，用尹文先生之言深思三月，遂能存亡自在，憣校四时；冬起雷，夏造冰。飞者走，走者飞。终身不箸其术，故世莫传焉。子列子曰："善为化者，其道密庸，其功同人。五帝之德，三王之功，未必尽智勇之力，或由化而成。孰测之哉？"

o Sol se declina após perfazer a viagem de dez mil milhas, exclamou: "Ah! Sou uma pessoa que carece de virtude e se deleita apenas com os prazeres. As novas gerações não censurariam meus erros?".

O rei Mu apenas se deleitou com os prazeres da felicidade ao longo de toda a vida e acabou morrendo com a idade de cem anos, mas todo mundo acreditava que ele tinha se elevado aos céus. Contudo, apesar disso, seria possível considerá-lo um Homem Divino?

Lao Chengzi foi estudar a arte da magia com o Mestre Ying Wen. Passados três anos, Ying Wen ainda não lhe tinha revelado nada. Lao Chengzi perguntou que erro havia cometido e pediu para sair. Com gentileza, o Mestre convidou-o para entrar no seu quarto. Após dispensar os seus assistentes, Ying Wen, a sós com Lao Chengzi, disse: "Antigamente, quando Laozi estava viajando para o Ocidente, ele voltou-se para mim e disse: 'o Sopro Vital de toda existência e a forma de cada criatura são ilusões. Todo processo de criação e as mutações provocadas pelos Sopros *Yin* e *Yang* podem ser compreendidos como 'vida' e 'morte'. As mutações dos Sopros *Yin* e *Yang* em quantidade limitada e as mudanças das formas dos seres podem ser compreendidas como *transformação* e *ilusão*. A arte do Poder Criador é misteriosa, suas realizações são profundas e, por esse motivo, suas obras são ilimitadas. Entretanto, a arte da transformação que se baseia nas formas das coisas é simplória e suas realizações são superficiais, já que essas ora aparecem, ora desaparecem. Somente quando você compreender que não há diferença entre as transformações e as ilusões ou entre a vida e a morte, será possível aprender a arte da magia!'", assim continuou esclarecendo Ying Wen. "Portanto, se *eu* e *você* somos considerados *ilusões* e passamos por *transformações*, por que razão teremos de aprender essa arte?".

Retornando para casa, Lao Chengzi refletiu durante três meses sobre as palavras do seu Mestre. Então, ele adquiriu a habilidade de aparecer e desaparecer à vontade e o poder de inverter as quatro estações. No inverno, fazia trovejar. No verão, provocava a neve. Fazia com que

觉有八徵，梦有六候。奚谓八徵？一曰故，二曰为，三曰得，四曰丧，五曰哀，六曰乐，七曰生，八曰死。此者八徵，形所接也。奚谓六候？一曰正梦，二曰愕梦，三曰思梦，四曰寤梦，五曰喜梦，六曰惧梦。此六者，神所交也。不识感变之所起者，事至则惑其所由然；识感变之所起者，事至则知其所由然。知其所由然，则无所怛。一体之盈虚消息，皆通于天地，应于物类。故阴气壮，则梦涉大水而恐惧；阳气壮，则梦涉大火而燔焫；阴阳俱壮，则梦生杀。甚饱则梦与，甚饥则梦取。是以以浮虚为疾者，则梦扬；以沉实为疾者，则梦溺。藉带而寝则梦蛇，飞鸟衔发则梦飞。将阴梦火，将疾梦食。饮酒者忧，歌舞者哭。子列子曰："神遇为梦，形接为事。故昼想夜梦，神形所遇。故神凝者想梦自消。信觉不语，信梦不达；物化之往来者也。古之真人，其觉自忘，其寝不梦；几虚语哉？"

os animais voadores pudessem caminhar enquanto os animais terrestres pudessem voar. Contudo, durante a vida inteira, nunca revelou sua arte, de modo que ninguém pôde transmiti-la para as novas gerações. Por fim, Liezi disse: "Embora os sábios sejam excelentes na arte da magia e sigilosos em sua utilização, suas ações não são diferentes das ações da maioria dos homens. A Virtude dos cinco imperadores e as realizações dos três reis não são frutos exclusivos da inteligência ou da força, mas talvez da sua capacidade de transformação e realização. No entanto, quem poderá compreender sua arte profunda?".

Há oito manifestações do Despertar e seis manifestações do Sonhar. Qual é o significado das oito manifestações do Despertar? A primeira manifestação é pensar nos eventos do passado. A segunda é pensar nos eventos do futuro. A terceira é pensar em ganho. A quarta é pensar no prejuízo. A quinta é pensar na tristeza. A sexta é pensar na alegria. A sétima é pensar na vida. A oitava é pensar na morte. Essas oito manifestações ocorrem porque o corpo humano entra em contato com o mundo.

Qual é o significado das seis manifestações do Sonhar? A primeira manifestação é o sonho causado pela rotina diária. A segunda é o sonho causado pelas impressões fortes. A terceira é o sonho causado pelos pensamentos e preocupações. A quarta é o sonho causado pelas lembranças marcantes do dia. A quinta é o sonho causado pelas alegrias e pelos prazeres. A sexta é o sonho causado pelo medo. Essas seis manifestações ocorrem porque o espírito humano entra em contato com o mundo.

Desse modo, quem ignora que essas afecções sofridas pelo corpo e pelo espírito são apenas meras reações aos estímulos externos e produtos de suas transformações permanece iludido no que diz respeito à lei da mutação. Contudo, aquele que compreende as causas de tais transformações tanto como os seus fenômenos correspondentes conhece a sua razão de ser e jamais é dominado pelos temores. A força e a fraqueza do corpo humano assim como o seu crescimento e sua

西极之南隅有国焉，不知境界之所接，名古莽之国。阴阳之气所不交，故寒暑亡辨；日月之光所不照，故昼夜亡辨。其民不食不衣而多眠。五旬一觉，以梦中所为者实，觉之所见者妄。四海

decadência correspondem à lei de movimento do Céu e da Terra e de todos os seres. É por isso que, se o Sopro *Yin* for intenso numa pessoa, ela será assombrada pelo sonho das enchentes e ficará com medo de se afogar. Se o Sopro *Yang* for intenso, a pessoa terá o sonho de caminhar em chamas ardentes e ficará com medo de se queimar. Quando ambos os Sopros *Yin* e *Yang* estiverem intensos, ela sonhará com vida ou morte. Quando tiver comido em excesso, terá o sonho de oferecer presentes aos outros e, quando estiver faminta, terá o sonho de pedir comida. De modo análogo, se ela sofrer de um inchaço nos pés, sonhará que está voando e, se estiver com a doença da hidropisia, terá o sonho de afogamento. Se dormir com a cintura bem apertada, sonhará com cobras. Se um pássaro sobrevoar sua cabeça, sonhará com voos. Se o dia estiver em total escuridão, sonhará com fogo. Se adoecer, sonhará com comida. Se, em seu sonho, bebia vinho, é porque antes estivera preocupada, e se cantava e dançava, é porque antes estivera triste em lágrimas.

Liezi disse: "Em contato com o mundo, o Espírito produz sonhos. Em contato com o mundo, o corpo produz acontecimentos. Por essa razão, sonhamos à noite com os eventos ocorridos durante o dia e todos os fenômenos são causados pelo contato do corpo e do Espírito com o mundo. Se nosso Espírito permanecer em estado de concentração, então se desvanecerão pensamentos e sonhos. O verdadeiro despertar é inexprimível. O verdadeiro sonhar é inalcançável. O despertar e o sonhar são um constante ir e vir das transformações materiais. Nos primórdios, quando despertava, o Homem Verdadeiro esquecia-se a si mesmo. Quando adormecia, também não sonhava. Portanto, como é possível que essas minhas palavras sejam falsas?".

No polo sul do Extremo Oeste há um reino cujas fronteiras são tão remotas que ninguém sabe onde se localizam: chama-se o reino de *Gu Mang*. Nessa região, como os Sopros *Yin* e *Yang* não se relacionam entre si, não há a distinção entre frio e calor. Como a luz do Sol e da Lua não iluminam aquele lugar, não há a distinção entre dia e noite. O povo daquele lugar não come nem se veste, dorme na maior parte do

之齐谓中央之国，跨河南北，越岱东西，万有余里。其阴阳之审度，故一寒一暑；昏明之分察，故一昼一夜。其民有智有愚。万物滋殖，才艺多方。有君臣相临，礼法相持。其所云为，不可称计。一觉一寐，以为觉之所为者实，梦之所见者妄。东极之北隅有国曰阜落之国。其土气常燠，日月余光之照。其土不生嘉苗。其民食草根木实，不知火食。性刚悍，强弱相藉，贵胜而不尚义；多驰步，少休息，常觉而不眠。

周之尹氏大治产，其下趣役者侵晨昏而弗息。有老役夫筋力竭矣，而使之弥勤。昼则呻呼而即事，夜则昏惫而熟寐。精神荒散，昔昔梦为国君。居人民之上，总一国之事。游燕宫观，恣意所欲，其乐无比。觉则复役。人有慰喻其勤者，役夫曰："人生百年，昼夜各分。吾昼为仆虏，苦则苦矣；夜为人君，其乐无比。何所怨哉？"尹

tempo e acorda apenas depois de cinquenta dias. Considera verdadeiro aquilo que realiza nos sonhos e ilusório aquilo que é visto na vigília.

Equidistante aos quatro mares, há outro lugar chamado *Reino Central*. Atravessa as regiões do norte e do sul do Rio Amarelo e transpassa os lados oriental e ocidental do Monte Tai numa distância de mais de dez mil milhas. Nesse reino, os Sopros *Yin* e *Yang* se relacionam em equilíbrio e por isso distingue-se o frio do calor. Como se vê uma clara distinção entre escuridão e claridade, então há a alternância do dia e da noite. Lá existem pessoas tolas e sábias. Nascem e se propagam miríades de criaturas. Encontramos inúmeros talentos em diversas artes. Em vigilância mútua, os ministros e seus súditos sustentados por leis e costumes governam o povo, e suas ações e seus discursos são de valor inestimável. As pessoas ora dormem, ora despertam. Consideram verdadeiro aquilo que realizam na realidade e ilusório aquilo que é visto nos sonhos.

No polo do Extremo Leste há um reino que se chama *Fu Luo* cujo clima é extremamente quente devido à iluminação excessiva do Sol e da Lua. O solo não germina as sementes. Como as pessoas não sabem cozinhar no fogo, elas comem plantas, raízes e frutos. São rudes por natureza. Aquelas que são fortes oprimem os fracos. Glorificam a vitória e não respeitam a Benevolência e a Retidão. Galopam por muito tempo e quase não descansam. Permanecem sempre despertas e jamais adormecem.

O senhor Xing Yin da cidade de Zhou administrava uma grande propriedade. Antes de o dia amanhecer, os seus súditos já começavam a trabalhar e se empenhavam até a madrugada, sem descanso. Um velho servente, que não tinha força nos músculos e de quem se exigia muito esforço, labutava tanto durante o dia que à noite desfalecia por causa do cansaço. Quando relaxava, sonhava todas as noites que era o soberano de um reino, governando as pessoas e comandando os assuntos do Estado. No seu palácio, cedia aos prazeres. Seus desejos eram intemperantes. Sua alegria

氏心营世事，虑钟家业，心形俱疲，夜亦昏惫而寐。昔昔梦为人仆，趋走作役，无不为也；数骂杖挞，无不至也。眠中啽呓呻呼，彻旦息焉。尹氏病之，以访其友。友曰："若位足荣身，资财有余，胜人远矣。夜梦为仆，苦逸之复，数之常也。若欲觉梦兼之，岂可得邪？"尹氏闻其友言，宽其役夫之程，减己思虑之事，疾并少间。

郑人有薪于野者，遇骇鹿，御而击之，毙之。恐人见之也，遽而藏诸隍中，覆之以蕉，不胜其喜。俄而遗其所藏之处，遂以为梦焉。顺途而咏其事。傍人有闻者，用其言而取之。既归，告其室人曰："向薪者梦得鹿而不知其处；吾今得之，彼直真梦者矣。"室人曰："若将是梦见薪者之得鹿邪？讵有薪者邪？今真得鹿，是若之梦真

era inigualável. Porém, quando acordava de seu sonho, voltava ao duro trabalho.

Mostrando compaixão por ele, alguém lhe indagou por que se empenhava com tamanho esforço. O servo disse: "A existência humana não ultrapassa cem anos de idade, e se divide entre dias e noites. Durante o dia, sou servo. Mas, embora tenha sofrimento, à noite sou um soberano e minha alegria é inigualável. Por que motivo deveria reclamar?".

Por outro lado, a mente do senhor Xing Yin estava tão sobrecarregada de tanta diligência nos afazeres e os seus pensamentos tão preocupados com a herança da família que seu Espírito e seu corpo ficavam exauridos. À noite, dormia com cansaço. Sonhava que era um servo empenhado em todo tipo de trabalho, sendo que ainda era repreendido e castigado. Enquanto dormia, soltava gemidos solitários e só parava quando o dia amanhecia. Aflito, Xing Yin consultou um amigo que então lhe disse: "Seu orgulho foi provocado pela sua posição eminente, já que você possui tamanha riqueza que ultrapassa a da maioria dos homens. O próprio destino está retificando seus erros. É por isso que você sonha que é um servo, ora com conforto, ora com labuta. Como você poderia ter a esperança de alcançar a alegria e o conforto tanto na vigília quanto no sonho?".

Após ouvir a fala do amigo, Xing Yin abrandou suas exigências em relação ao trabalho do seu servo. Ficou menos preocupado em relação aos seus próprios afazeres e, assim, aliviou seu sofrimento.

Um lenhador do Estado de Zheng foi retirar madeira na floresta. Encontrou-se com um veado amedrontado e matou-o. Com medo de que alguém o tivesse visto, escondeu-se rapidamente num fosso sem água. Em seguida, cobriu o veado com a lenha. Estava tão contente que pouco tempo depois esqueceu o lugar do esconderijo e imaginou que estivera sonhando. No retorno para casa, cismava consigo sobre o fato ocorrido.

Um homem que estava próximo dele ouviu sua fala e foi buscar o veado. Quando chegou em casa, ele disse para sua esposa: "Há pouco,

邪?"夫曰:"吾据得鹿,何用知彼梦我梦邪?"薪者之归,不厌失鹿,其夜真梦藏之之处,又梦得之之主。爽旦,案所梦而寻得之。遂讼而争之,归之士师。士师曰:"若初真得鹿,妄谓之梦;真梦得鹿,妄谓之实。彼真取若鹿,而与若争鹿。室人又谓梦仞人鹿,无人得鹿。今据有此鹿,请二分之。"以闻郑君。郑君曰:"嘻!士师将复梦分人鹿乎?"访之国相。国相曰:"梦与不梦,臣所不能辨也。欲辨觉梦,唯黄帝孔丘。今亡黄帝孔丘,熟辨之哉?且恂士师之言可也。"

宋阳里华子中年病忘,朝取而夕忘,夕与而朝忘;在途则忘行,在室则忘坐;今不识先,后

um lenhador tivera um sonho no qual havia capturado um veado, porém não sabia o lugar onde o tinha escondido. No entanto, eu o achei. O sonho do lenhador era verdadeiro". Então, a esposa lhe disse: "Não era você mesmo que estava sonhando com o lenhador capturando um veado? Ou será que apenas o lenhador estava sonhando? Já que você capturou um veado, foi o seu sonho que se tornou verdadeiro!". Apesar disso, o esposo replicou: "Como agora eu tenho o veado, que importa saber se era ele ou eu que estava sonhando?".

Ao retornar para casa, o lenhador ficou aborrecido com sua perda. Naquela mesma noite, teve um sonho sobre o lugar do esconderijo e que um homem o havia encontrado. Na manhã seguinte, seguindo as pistas de seu sonho, ele não achou o veado, mas encontrou aquele homem. Assim, ambos chegaram a disputar a posse do veado na justiça. O caso foi entregue a um juiz que declarou ao lenhador: "Se você realmente capturou o veado, comete um erro ao afirmar que estava sonhando. O outro homem teve um sonho em que havia capturado o veado, mas ele também se enganava afirmando que isso era real. Ele realmente encontrou o animal e entrou na disputa pela posse. No entanto, a esposa dele afirma que ambos estão somente sonhando e que ninguém realmente capturou o veado. Como agora ele se apossou do animal, sugiro que vocês o dividam pela metade".

Tomando conhecimento desse caso, o rei do Estado de Zheng consultou o primeiro-ministro: "Ah! Aquele juiz também não está sonhando ao afirmar que dividirá o animal pela metade?".

O primeiro-ministro respondeu: "Não tenho o poder de distinguir entre o que é sonho e o que não é. Somente o Imperador Amarelo e Confúcio foram capazes de distinguir entre o que é despertar e o que é sonho. Porém, como o Imperador Amarelo e Confúcio já morreram, quem será capaz de distinguir? Nesse caso, as palavras do juiz parecem sensatas!".

Ao chegar à meia-idade, Huazi do Estado de Song começou a sofrer de perda da memória. Se fazia alguma coisa de manhã, esquecia-se

不识今。阖室毒之。谒史而卜之，弗占；谒巫而祷之，弗禁；谒医而攻之，弗已。鲁有儒生自媒能治之，华子之妻子以居产之半请其方。儒生曰："此固非卦兆之所占，非祈请之所祷，非药石之所攻。吾诚化其心，变其虑，庶几其瘳乎！"于是试露之，而求衣；饥之，而求食；幽之，而求明。儒生欣然告其子曰："疾可已也。然吾之方密，传世不以告人。试屏左右，独与居室七日。"从之。莫知其所施为也，而积年之疾一朝都除。华子既悟，乃大怒，黜妻罚子，操戈逐儒生。宋人执而问其以。华子曰："曩吾忘也，荡荡然不觉天地之有无。今顿识既往，数十年来存亡、得失、哀乐、好恶，扰扰万绪起矣。吾恐将来之存亡、得失、哀乐、好恶之乱吾心如此也，须臾之忘，可复得乎？"子贡闻而怪之，以告孔子。孔子曰："此非汝所及乎！"顾谓颜回纪之。

disso à noite. Se presenteava alguém à noite, esquecia-se disso na manhã seguinte. Quando estava na rua, esquecia-se de caminhar. Quando estava dentro de casa, esquecia-se de sentar. Esquecia no presente o que tinha feito na véspera e ignorava a diferença entre o presente e o passado. Preocupada com ele, a família chamou um adivinho para prever seu destino, porém não conseguiu nenhum resultado. Procurou um xamã para realizar um ritual de cura, mas ele não conseguiu resolver o seu problema. Chamou um médico que lhe prescreveu um remédio, porém este não surtiu nenhum efeito.

No Estado de Lu, havia um confuciano erudito que, de bom grado, ofereceu-se para curá-lo. A esposa de Huazi e seus filhos ofereceram metade de sua fortuna caso ele o conseguisse. Assim, o confuciano disse-lhes: "Essa doença não pode ser tratada com adivinhação de oráculos de tartaruga nem com preces de rituais, tampouco com agulhas e remédios. Vou tentar alterar sua maneira de pensar para que possa recuperar a saúde".

Então, quando o confuciano despia Huazi, este último solicitava-lhe as roupas. Quando o deixava com fome, ele desejava a comida. Quando o encerrava na escuridão, ele desejava a luz. Contente, o confuciano falou para o filho de Huazi: "A doença está curada! Porém, ele deve ficar sozinho no quarto durante sete dias. Por favor, afaste os seus servos daqui porque o segredo da minha arte só pode ser transmitido aos meus descendentes.". O filho de Huazi seguiu a instrução do confuciano, por isso jamais chegou a conhecer o seu método de cura, embora essa doença crônica tivesse sido eliminada numa única manhã.

Ao despertar, Huazi ficou furioso. Expulsou a esposa, puniu os filhos e com uma adaga afugentou o confuciano. As autoridades do Estado de Song prenderam-no e desejavam saber o motivo de sua ação. Huazi disse: "Antes, quando sofria da doença do esquecimento, estava completamente vazio, sem conhecer a existência ou não do Céu e da Terra. Subitamente, nesse instante, começo a lembrar de todo o meu passado com sucessos e infortúnios, ganhos e perdas, alegrias e tristezas, prazeres e sofrimentos. Todas as aflições de dez anos atrás com seus milhares de fios desordenados voltaram

秦人逄氏有子，少而惠，及壮而有迷罔之疾。闻歌以为哭，视白以为黑，飨香以为朽，尝甘以为苦，行非以为是：意之所之，天地四方，水火寒暑，无不倒错者焉。杨氏告其父曰："鲁之君子多术艺，将能已乎，汝奚不访焉？"其父之鲁，过陈，遇老聃，因告其子之证。老聃曰："汝庸知汝子之迷乎？今天下之人皆惑于是非，昏于利害。同疾者多，固莫有觉者。且一身之迷不足倾一家，一家之迷不足倾一乡，一乡之迷不足倾一国，一国之迷不足倾天下。天下尽迷，孰倾之哉？向使天下之人其心尽如汝子，汝则反迷矣。哀乐、声色、臭味、是非，孰能正之？且吾之此言未必非迷，而况鲁之君子迷之邮者，焉能解人之迷哉？荣汝之粮，不若遄归也。"

novamente. Tenho medo de que os futuros sucessos e infortúnios, os ganhos e as perdas, as alegrias e tristezas, os prazeres e sofrimentos venham novamente perturbar minha mente. Assim, como poderei recuperar a alegria do esquecimento?".

Após ouvir essa história, Zi Gong ficou estarrecido e a relatou para Confúcio. O Mestre Confúcio disse: "O esquecimento de Huazi é algo que você jamais compreenderá". Dirigindo-se ao seu discípulo Yan Hui, Confúcio pediu-lhe que registrasse essa história.

Um homem da família Feng do Estado de Qin tinha um filho que, na infância, era muito inteligente, porém, tornando-se adulto, veio a sofrer da doença da ilusão. Se ele ouvia uma pessoa cantar, imaginava que ela estava chorando. Vendo a claridade, pensava que era escuridão. Comendo algo saboroso, julgava que era desagradável. Experimentando um doce, achava que era amargo. Se cometia um erro, julgava-se correto. O Céu e a Terra, os quatro pontos cardeais, o fogo e a água, o frio e o calor confundiam-se dentro da sua mente.

Outro membro da família Yang disse ao seu pai: "Os nobres do Estado de Lu têm diversas pessoas com arte e talento. Talvez haja alguém que possa curar seu filho. Então, por que não faz uma visita a eles?".

Então, seu pai decidiu viajar para o Estado de Lu. Contudo, durante a viagem, quando estava passando pelo Estado de Cheng, encontrou-se com Laozi e relatou-lhe os sintomas da doença do filho.

Laozi ponderou: "Por que considera que seu filho está doente? Os homens do mundo atual sofrem da doença da ilusão no que diz respeito ao certo e ao errado. Estão também confusos em relação ao que é benéfico e prejudicial. A maioria das pessoas tem essa doença e poucas estão conscientes disso. Uma pessoa iludida não é o suficiente para causar a ruína de uma família. Uma família iludida não é o suficiente para causar ruína de uma região. Uma região iludida não é o suficiente para causar a ruína de um Estado. Entretanto, como todas as pessoas estão iludidas, haveria dentre elas alguém

燕人生于燕，长于楚，及老而还本国。过晋国，同行者诳之；指城曰："此燕国之城。"其人愀然变容。指社曰："此若里之社。"乃谓然而叹。指舍曰："此若先人之庐。"乃涓然而泣。指垅曰："此若先人之冢。"其人哭不自禁。同行者哑然大笑，曰："予昔绐若，此晋国耳。"其人大惭。及至燕，真见燕国之城社，真见先人之庐冢，悲心更微。

que seja capaz de retificar as ilusões? Nesse caso, visto que todas as pessoas se encontram na mesma condição do seu filho, é mais provável que o doente seja você. Quem seria capaz de conhecer plenamente a alegria e a tristeza, a música e a beleza, os sabores e os odores, o certo e o errado? É possível que minhas palavras também estejam mergulhadas na ilusão. Além disso, os nobres do Estado de Lu vivem na maior ilusão em relação ao que é benéfico e prejudicial. Como eles conseguiriam curar a ilusão dos outros? Seria melhor que você, levando de volta seu dinheiro, retornasse para o lar.".

Havia um homem que nasceu no Estado de Yan e cresceu no Estado de Chu. Quando chegou a sua velhice, ele desejou retornar para a terra natal. Enquanto esse ancião atravessava o Estado de Jin, o parceiro que o acompanhava durante a viagem, querendo ludibriá-lo, apontou para o local e disse-lhe: "Este é o Estado de Yan". Ao ouvir essas palavras, o ancião ficou mais introspectivo.

Ao entrarem na cidade, seu companheiro, apontando para um santuário, disse: "Este é o santuário de sua terra natal". Diante disso, o ancião suspirou com profunda tristeza.

Logo em seguida, o homem apontou para uma morada e disse: "Esta é a morada de seu antepassado".

Incapaz de se conter, o ancião se inundou de lágrimas. Seu companheiro ainda apontou para um túmulo e disse: "Este é o túmulo de seu pai".

Enquanto ele derramava lágrimas, o outro ria e dizia: "Estou provocando você. Essa ainda é o Estado de Jin!". Naquele instante, o ancião sentiu-se muito envergonhado, porém mais tarde, alcançando o Estado de Yan e vendo realmente a cidade com seu santuário, a cabana de seu antepassado e o túmulo de seu pai, ele simplesmente não sentiu mais nenhuma tristeza.

04 章 仲尼

仲尼闲居，子贡入侍，而有忧色。子贡不敢问，出告颜回。颜回援琴而歌。孔子闻之，果召回入，问曰："若奚独乐？"回曰："夫子奚独忧？"孔子曰："先言尔志。"曰："吾昔闻之夫子曰：'乐天知命故不忧'，回所以乐也。"孔子愀然有闲曰："有是言哉？汝之意失矣。此吾昔日之言尔，请以今言为正也。汝徒知乐天知命之无忧，未知乐天知命有忧之大也。今告若其实。修一身，任穷达，知去来之非我，止变乱于心虑，尔之所谓乐天知命之无忧也。曩吾修《诗》《书》，正礼乐，将以治天下，遗来世；非但修一身治鲁国而已。而鲁之君臣日失其序，仁义益衰，情性益薄。此道不行一国与当年，其如天下与来世矣？吾始知《诗》《书》礼乐无救于治乱，而未知所以革之之方：此乐天知命者之所忧。虽然，吾得之矣。夫乐而知者，非古人之所谓乐知也。无乐无知，是真乐真知；故无所不乐，无所不知，无所不忧，无所不为。《诗》《书》礼乐，何弃之有？革之何为？"颜回北面拜手曰："回亦得之

Quarta Parte
CONFÚCIO

Visitando o Mestre Confúcio em sua casa e percebendo que estava preocupado, o discípulo Zi Gong nem teve a ousadia de falar com ele. Por isso, saiu e relatou a situação para outro discípulo chamado Yan Hui. Nesse momento, Yan Hui estava cantando e tocando alaúde. Assim que escutou a música, Confúcio o chamou e perguntou-lhe: "Por que você está tão feliz sozinho?".

"Mestre, por que o senhor está preocupado?", retrucou Yan Hui.

"Antes de eu falar, porém, desejo saber qual é sua maior aspiração", disse Confúcio.

"Mestre, numa ocasião, ouvi você dizer: *alegre-se com o Céu e conheça o Destino; assim, estará livre de aflições*. Eis por que estou feliz!", respondeu Yan Hui.

Por alguns instantes, Confúcio ficou sério e disse: "Falei desse modo? Aquilo foi o que eu tinha dito naquela ocasião. Por favor, considere correto o que vou dizer agora. Você conhece apenas a parte que se refere ao estado livre de aflições no que diz respeito ao regozijo com o Céu e ao conhecimento do Destino, mas ainda desconhece que há um cuidado mais fundamental. Agora vou dizer-lhe a verdade. O autocultivo conduz à compreensão ilimitada, ou seja, ao conhecimento de que as circunstâncias externas não podem afetar nosso verdadeiro Eu e tampouco perturbar os pensamentos de nossa mente. Isso se refere àquilo que você compreendia pela expressão *alegrar-se com o Céu e conhecer o Destino no estado livre de aflições*. Entretanto, antigamente, quando eu editei os livros *Poesia* e *História*, retificando os *Ritos* e a *Música*, minha intenção era governar o Estado de Lu e deixar um legado para as gerações póstumas, e não somente promover meu autocultivo. Contudo, atualmente os

矣。"出告子贡。子贡茫然自失，归家淫思七日，不寝不食，以至骨立。颜回重往喻之，乃反丘门，弦歌诵书，终身不辍。

陈大夫聘鲁，私见叔孙氏。叔孙氏曰："吾国有圣人。"曰："非孔丘邪？"曰："是也。""何以知其圣乎？"叔孙氏曰："吾常闻之颜回，曰：'孔丘能废心而用形。'"陈大夫曰："吾国亦有圣人，子弗知乎？"曰："圣人孰谓？"曰："老

ministros de Lu vivem cada vez mais de maneira desregrada, enquanto a Benevolência e a Retidão se desvanecem e as pessoas tornam-se vulgares em caráter moral. Se esse Caminho (Dao) não se tornar efetivo num único Estado e no tempo atual, como ele poderá existir no mundo e nas futuras gerações? Sei agora que os livros *Poesia* e *História* com a reformulação dos *Ritos* e da *Música* não serviram para retificar o mundo, porém não conheço nenhuma outra forma para corrigir essa deficiência. Eis por que ao me alegrar com o Céu e conhecer o Destino também permaneço preocupado. Apesar disso, compreendo que *alegrar-se com o Céu e conhecer o Destino* é totalmente diferente na visão dos homens antigos. A Verdadeira Alegria e o Verdadeiro Saber são a *Não Alegria* e o *Não Saber*. Portanto, se com todas as coisas eu posso me alegrar, conhecer, me preocupar e realizar, por que abandonaria a *Poesia* e a *História* com seus *Ritos* e *Música*, ou mesmo ainda deixaria de retificá-los?".

Olhando em direção ao Norte e curvando-se com reverência, Yan Hui declarou: "Mestre, eu compreendi". Logo, ele saiu e contou o que havia acontecido para Zi Gong. Ouvindo isso, Zi Gong ficou perdido em seus pensamentos. Em seguida, voltou para o lar e refletiu profundamente durante sete dias sem dormir e sem comer a ponto de se tornar extremamente magro como um esqueleto. Yan Hui encontrou-se novamente com Zi Gong para conversar sobre aquilo que aconteceu com ele. Após esse encontro, Zi Gong voltou a ver Confúcio e jamais deixou de tocar alaúde, cantando e recitando os livros.

Um oficial de alto escalão do Estado de Chen fez uma visita ao Estado de Lu para se encontrar com Shu Sun.

Durante o encontro, Shu Sun observou: "Em nosso Estado há um homem sábio".

"Esse homem não seria Confúcio?", indagou o oficial.

"Sim", asseverou Shu Sun.

"Como você sabe que ele é sábio?", perguntou o oficial.

聃之弟子，有亢仓子者，得聃之道，能以耳视而目听。"鲁侯闻之大惊，使上卿厚礼而致之。亢仓子应聘而至。鲁侯卑辞请问之。亢仓子曰："传之者妄。我能视听不用耳目，不能易耳目之用。"鲁侯曰："此增异矣。其道奈何？寡人终愿闻之。"亢仓子曰："我体合于心，心合于气，气合于神，神合于无。其有介然之有，唯然之音，虽远在八荒之外，近在眉睫之内，来干我者，我必知之。乃不知是我七孔四支之所觉，心腹六藏之所知，其自知而已矣。"鲁侯大悦。他日以告仲尼，仲尼笑而不荅。

商太宰见孔子曰："丘圣者欤？"孔子曰："圣则丘何敢，然则丘博学多识者也。"商太宰曰："三王圣者欤？"孔子曰："三王善任智勇者，圣则丘

"Segundo o que relata seu discípulo Yan Hui, Confúcio podia abandonar sua mente e ainda atuar com seu corpo", disse Shu Sun.

Então, o oficial comentou: "Em nosso Estado também há um homem sábio. Você nunca ouviu falar dele?".

"Quem é esse homem sábio?", perguntou Shu Sun.

"É discípulo de Laozi e se chama Gang Cangzi. Ele aprendeu a arte do Caminho (Dao). Pode ver com os ouvidos e ouvir com os olhos", disse o oficial.

Ao saber disso, o nobre do Estado de Lu ficou fascinado. Encarregou um alto funcionário para trazer Gang Cangzi ao Estado de Lu a fim de presenteá-lo com honrarias. Gang Cangzi atendeu a esse convite. Então, o nobre com humildes palavras questionou Gang Cangzi sobre esse assunto, porém este último explicou: "Os boatos que dizem a meu respeito são falsos! Posso ver e ouvir sem utilizar os olhos e ouvidos. O que não posso é substituir as funções dos olhos e ouvidos.".

"Isso realmente é esquisito. De que modo acontece? Gostaria de saber!", solicitou o nobre.

"Meu corpo se harmoniza com a minha mente", continuou Gang Cangzi, "minha mente se harmoniza com o Sopro Vital, meu Sopro Vital se harmoniza com meu Espírito, meu Espírito, com o *Vazio*. Desse modo, posso ver uma forma pequeníssima ou ouvir um som extremamente sutil, ainda que ambos estejam distantes em lugares mais remotos ou bem perto dos meus olhos. Entretanto, essa percepção não ocorre por meio dos meus cinco sentidos ou dos meus órgãos internos. Na verdade, eu simplesmente conheço essas coisas!" Depois de ouvir essas palavras, o nobre do Estado de Lu ficou muito contente e, num certo dia, relatou essa história para Confúcio, que simplesmente sorriu sem responder.

Quando se encontrou com Confúcio, o ministro-chefe do Estado de Song perguntou-lhe: "Você é um sábio?".

"Como eu poderia me considerar sábio?", respondeu Confúcio. "Sou apenas uma pessoa que se empenhou no estudo e no uso da memória."

弗知。"曰："五帝圣者欤？"孔子曰："五帝善任仁义者，圣则丘弗知。"曰："三皇圣者欤？"孔子曰："三皇善任因时者，圣则丘弗知。"商太宰大骇，曰："然则孰者为圣？"孔子动容有间，曰："西方之人，有圣者焉，不治而不乱，不言而自信，不化而自行，荡荡乎民无能名焉。丘疑其为圣。弗知真为圣欤？真不圣欤？"商太宰嘿然心计曰："孔丘欺我哉！"

子夏问孔子曰："颜回之为人奚若？"子曰："回之仁贤于丘也。"曰："子贡之为人奚若？"子曰："赐之辨贤于丘也。"曰："子路之为人奚若？"子曰："由之勇贤于丘也。"曰："子张之为人奚若？"子曰："师之庄贤于丘也。"子夏避席而问曰："然则四子者何为事夫子？"曰："居！吾语汝。夫回能仁而不能反，赐能辨而不能讷，

"Os três reis antigos são sábios?", perguntou o ministro.

"Os três reis são excelentes na prática da sabedoria e da coragem, porém não sei se realmente são sábios", disse Confúcio.

"Os cinco imperadores antigos são sábios?", continuou perguntando o ministro.

"Os cinco imperadores são excelentes na prática da Benevolência e da Retidão, porém não sei se realmente são sábios", afirmou Confúcio.

"Os três nobres antigos são sábios?", perguntou o ministro.

"Os três nobres são excelentes em se adaptar às circunstâncias de seu tempo, porém não sei se realmente são sábios", respondeu simplesmente Confúcio.

Após ouvir isso, o ministro indagou com perplexidade: "Afinal de contas, quem é sábio?".

Por alguns instantes, Confúcio mudou de fisionomia e disse: "Na região ocidental há um sábio. Ele não governa e mesmo assim no seu reino nada fica desgovernado. Ele não fala e ainda assim é digno de confiança. Não ensina e ainda assim o povo atua de maneira natural. A maioria das pessoas não consegue expressar a grandeza da sua sabedoria por meio das palavras. Presumo que ele seja sábio, mas não sei se ele realmente é ou não é.".

Em silêncio, o ministro pensou consigo: "Confúcio está me enganando!".

Zixia perguntou a Confúcio: "Como é a pessoa de Yan Hui?".

"Na virtude da Benevolência, ele é superior a mim", respondeu o Mestre.

"Como é a pessoa de Zi Gong?", perguntou Zixia.

"Na eloquência, ele é superior a mim", disse Confúcio.

"E Zilu?", questionou novamente Zixia.

"Na coragem, ele é superior a mim", respondeu o Mestre.

"E Zi Zhang?", indagou Zixia.

"Em honra e dignidade, ele é superior a mim", disse Confúcio.

由能勇而不能怯，师能庄而不能同。兼四子之有以易吾，吾弗许也。此其所以事吾而不贰也。"

子列子既师壶丘子林，友伯昏瞀人，乃居南郭。从之处者，日数而不及。虽然，子列子亦微焉，朝朝相与辨，无不闻。而与南郭子连墙二十年，不上谒请；相遇于道，目若不相见者。门之徒役以为子列子与南郭子有敌不疑。有自楚来者，问子列子曰："先生与南郭子奚敌？"子列子曰："南郭子貌充心虚，耳无闻，目无见，口无言，心无知，形无惕。往将奚为？虽然，试与汝偕往。"阅弟子四十人同行。见南郭子，果若欺魄焉，而不可与接。顾视子列子，形神不相偶，而不可与群。南郭子俄而指子列子之弟子末行者与言，衍衍然若专直而在雄者。子列子之徒骇之。反舍，咸有疑色。子列子曰："得意者无言，进知者亦无言。用无言为言亦言，无知为知亦知。无言与不言，无知与不知，亦言亦知。亦无所不言，亦无所不知；亦无所言，亦无所知。如斯而已。汝奚妄骇哉？"

Levantando-se de seu assento, Zi Xia perguntou: "Então, por que motivo os quatro homens desejam aprender com você?".

"Ah! Sente-se aqui, pois vou lhe explicar", esclareceu Confúcio. "Yan Hui pode ser benevolente, porém não tem paciência. Zi Gong pode ser eloquente, mas não consegue ser prudente na fala. Zilu pode ser corajoso, porém não é cauteloso. Zi Zhang pode ser muito digno, mas não é amigável com os outros. Se eu pudesse ter todas essas virtudes, ainda assim eu não as desejaria em detrimento da minha Virtude. Eis aí o motivo pelo qual eles vêm aprender comigo."

Passados dez anos, após aprender com seu Mestre Hu Qiu e cultivar amizade com Bohun Wuren, Liezi retornou para morar numa cidade da região sul. Inúmeras pessoas seguiam os ensinamentos de Liezi, porém ele ainda achava que poucas o seguiam; por isso, diariamente discutia com elas, de modo que nada escapava aos seus ouvidos.

Embora tivesse morado por vinte anos nessa cidade e fosse vizinho de Nan Guozi, o próprio Liezi nunca o convidara para um encontro. Quando se cruzavam no caminho, ambos nem se olhavam entre si, por isso, seus discípulos pensavam que eles eram inimigos.

Um homem que vinha do Estado de Chu perguntou a Liezi: "Por que o senhor hostiliza Nan Guozi?".

Liezi respondeu: "Nan Guozi expressa plenitude em seu semblante. Sua mente é vazia, seus ouvidos não ouvem, seus olhos não veem e sua boca não fala. Entretanto, não há nada que sua mente não conheça. Além disso, seu corpo jamais se transforma. Portanto, por qual motivo eu iria visitá-lo? Mesmo assim, podemos fazer-lhe uma visita.".

Logo, Liezi escolheu quarenta discípulos para acompanhá-lo. Assim que viram Nan Guozi, este parecia imóvel como uma escultura. Era impossível falar com ele, já que seu Espírito não permanecia unido ao seu corpo. Do mesmo modo, assim que os discípulos de Liezi viram o próprio Mestre, perceberam que seu Espírito também parecia separado do corpo de tal maneira que não era possível falar com ele. Nesse instante, Nan Guozi apontou subitamente para um discípulo de Liezi que

子列子学也，三年之后，心不敢念是非，口不敢言利害，始得老商一眄而已。五年之后，心更念是非，口更言利害，老商始一解颜而笑。七年之后，从心之所念，更无是非；从口之所言，更无利害。夫子始一引吾并席而坐。九年之后，横心之所念，横口之所言，亦不知我之是非利害欤，亦不知彼之是非利害欤，外内进矣。而后眼如耳，耳如鼻，鼻如口，口无不同。心凝形释，骨肉都融；不觉形之所倚，足之所履，心之所念，言之所藏。如斯而已。则理无所隐矣。

estava no último lugar da fila e começou a repreendê-lo, revelando um comportamento inflexível e ortodoxo. Espantados, os discípulos voltaram para casa demonstrando sentimentos de dúvida em suas feições.

Em seguida, Liezi ponderou: "Aquele que é orgulhoso deveria ser moderado em suas palavras, e aquele que conhece muito também deveria moderar a fala. Utilize a *Não Linguagem* como sendo linguagem e o *Não Saber* como sendo conhecimento. A *Não Linguagem* é nada dizer. O *Não Saber* é nada conhecer. Porém, ambos são também linguagem e conhecimento. Como não há nada que não se fale e não se conheça, por que razão vocês ficariam espantados ao saber que Nan Guozi agiu dessa maneira?".

Depois de três anos de aprendizado com seu Mestre, Liezi já não se preocupava mais com as definições de verdade e erro, tampouco falava sobre benefício ou prejuízo. Somente desse modo Liezi conseguiu, pela primeira vez, que seu Mestre lhe dirigisse o olhar.

Porém, depois de mais cinco anos de aprendizado, ele estava novamente pensando sobre o que é certo ou errado e falando sobre benefício ou prejuízo. Entretanto, passados sete anos, ele pensava em tudo o que lhe vinha à mente sem distinguir entre verdade ou erro, e falava sem diferenciar entre benefício ou prejuízo. Por isso, seu Mestre convidou-o para sentar junto dele.

Então, nove anos depois, Liezi pensava sem nenhuma restrição sobre tudo o lhe passava na mente. Falava sem ter o conhecimento sobre o que é certo ou errado, sobre o que é benéfico ou prejudicial tanto para si mesmo como para os outros. Desse modo, já não tinha mais a concepção do que era interior e exterior. Assim, seus olhos eram semelhantes aos ouvidos que ouviam, os ouvidos eram como o nariz que cheirava, o nariz se assemelhava à boca que comia e não havia nenhum órgão que não pudesse se assemelhar a um outro.

Por isso, quando a mente se concentra, o corpo se purifica, os ossos e a carne se fundem entre si, sem que tenhamos conhecimento do espaço onde o corpo se apoia e do lugar onde os pés pisam, sem

初，子列子好游。壶丘子曰："御寇好游，游何所好？"列子曰："游之乐所玩无故。人之游也，观其所见；我之游也，观之所变。游乎游乎！未有能辨其游者。"壶丘子曰："御寇之游固与人同欤，而曰固与人异欤？凡所见，亦恒见其变。玩彼物之无故，不知我亦无故。务外游，不知务内观。外游者，求备于物；内观者，取足于身。取足于身，游之至也；求备于物，游之不至也。"于是列子终身不出，自以为不知游。壶丘子曰："游其至乎！至游者，不知所适；至观者，不知所眠，物物皆游矣，物物皆观矣，是我之所谓游，是我之所谓观也。故曰：游其至矣乎！游其至矣乎！"

龙叔谓文挚曰："子之术微矣。吾有疾，子能已乎？"文挚曰："唯命所听。然先言子所病之证。"龙叔曰："吾乡誉不以为荣，国毁不以为

sabermos o que se encontra na mente e na fala, somente, nesse momento, o Princípio de todas as coisas jamais nos será desconhecido.

Desde muito cedo, Liezi amava viajar. Então, seu Mestre, Hu Qiu, perguntou-lhe: "Por que você gosta de viajar?".

"O interesse pela viagem se deve ao prazer que usufruímos das coisas novas", respondeu Liezi. "A viagem da maioria das pessoas ocorre em consequência do interesse pela contemplação silenciosa das coisas externas. Porém, meu interesse na viagem é contemplar as mudanças internas das coisas. Há viagens e viagens, contudo, não há ninguém que consiga ver suas diferenças!"

"Sua viagem é idêntica à dos outros", disse Hu Qiu. "Por que pensa que é diferente? Tudo que vemos se transforma constantemente. Você se deleita apenas com as transformações interiores das coisas externas e nem percebe que seu próprio ser nunca permanece idêntico. Dedica-se apenas às viagens externas e não às contemplações interiores. Viajar para o mundo externo é buscar as coisas que possam preencher nossa carência interior. Contemplar a si mesmo é buscar a autossuficiência em nossa própria natureza. Assim, buscando autossuficiência interior, realizamos uma viagem de caráter mais nobre. Buscando as coisas externas, estamos longe dessa realização."

A partir desse instante, Liezi nunca mais na vida quis viajar para o mundo e deixou de se considerar ignorante em relação ao sentido da viagem. Por isso, Hu Qiu lhe disse: "Essa é a dimensão mais nobre da viagem: não saber para onde vamos nem saber para onde desejamos olhar. Viajar e tudo contemplar, eis o que chamo de contemplação, a verdadeira realização da viagem!".

Long Shu disse ao médico Wen Zhi: "A sua arte médica é primorosa! Tenho uma doença. Você pode curá-la?".

"Apenas farei o que você ordenar", respondeu o médico. "Mas, em primeiro lugar, fale-me dos seus sintomas."

辱；得而不喜，失而弗忧；视生如死；视富如贫；视人如豕；视吾如人。处吾之家，如逆旅之舍；观吾之乡，如戎蛮之国。凡此众疾，爵赏不能劝，刑罚不能威，盛衰、利害不能易，哀乐不能移。固不可事国君，交亲友，御妻子，制仆隶。此奚疾哉？奚方能已之乎？"文挚乃命龙叔背明而立，文挚自后向明而望之。既而曰："嘻！吾见子之心矣：方寸之地虚矣。几圣人也！子心六孔流通，一孔不达。今以圣智为疾者，或由此乎！非吾浅术所能已也。"

无所由而常生者，道也。由生而生，故虽终而不亡，常也。由生而亡，不幸也。有所由而常死者，亦道也。由死而死，故虽未终而自亡者，亦常也。由死而生，幸也。故无用而生谓之道，用道得终谓之常；有所用而死者亦谓之道，用道而得死者亦谓之常。季梁之死，杨朱望其门而歌。

Long Shu então disse: "Quando recebo elogios das pessoas da minha aldeia, não me sinto honrado. Quando o povo do meu país me difama, também não me considero humilhado. Quando sou beneficiado com algum proveito, não me sinto feliz. Quando sofro de algum prejuízo, também não me preocupo. Para mim, a vida e a morte são idênticas. Os ricos e os pobres são seres semelhantes, assim como os seres humanos e os porcos. Eu mesmo me considero igual aos outros. Morar em minha casa é como se hospedar numa estalagem. Vejo minha terra natal e um território bárbaro sendo de mesmo valor. Possuindo essas doenças, nenhuma titulação honorífica me encoraja e nenhuma punição me ameaça. Nem a prosperidade ou o fracasso, nem o benefício ou o prejuízo conseguem me alterar. Alegria e tristeza também não me afetam. Além disso, não consigo servir ao meu príncipe nem posso conviver com meus amigos e parentes. Não consigo cuidar da minha família, tampouco administrar meus servos. Que doença é essa? Como se pode curá-la?".

Wen Zhi pediu a Long Shu que ficasse atrás de um raio de luz. Logo, ele observou Long Shu a partir dessa linha luminosa. Após alguns instantes, Wen Zhi disse: "Ah! Vi sua mente! Está vazia como a mente de um Sábio! Há circulação entre os seus seis orifícios, mas apenas num deles está bloqueada. É possível que você esteja acometido pela doença da sabedoria! Por isso, minha arte médica, tão insignificante, é incapaz de curá-lo.".

Mesmo desconhecendo a causa de sua existência, se um homem viver de acordo com a Naturalidade, ele realizará seu Caminho (Dao). Assim, se ele conhecer a causa de sua existência e viver de maneira natural, mesmo que sua vida tenha chegado ao fim, ele não morrerá, e ainda estará realizando sua Constância. Entretanto, conhecendo a causa de sua existência, caso venha a saber que irá morrer de maneira não natural, ele se sentirá muito infeliz.

Por outro lado, se ele, conhecendo a causa de sua existência, estiver consciente de que morrerá naturalmente, estará em harmonia com seu

随梧之死，杨朱抚其尸而哭。隶人之生，隶人之死，众人且歌，众人且哭。

目将眇者，先睹秋毫；耳将聋者，先闻蚋飞；口将爽者，先辨淄渑；鼻将窒者，先觉焦朽；体将僵者，先痸奔佚；心将迷者，先识是非：故物不至者则不反。

郑之圃泽多贤，东里多才。圃泽之役有伯丰子者，行过东里，遇邓析。邓析顾其徒而笑曰："为若舞，彼来者奚若？"其徒曰："所愿知也。"邓析谓伯丰子曰："汝知养养之义乎？　受

Caminho. Do mesmo modo, se ele compreender que morre em virtude da Naturalidade da própria morte, ainda que sua vida não tenha chegado ao fim, ainda assim estará em harmonia com sua Constância.

Por isso, se ele viver e morrer de maneira natural, será feliz. Ao conhecer a causa de sua existência e morrer de maneira natural, estará sempre realizando seu Caminho. Além disso, se, em virtude da compreensão do próprio Caminho, ele aceitar naturalmente sua morte, estará sempre realizando sua Constância.

Assim, quando Ji Liang faleceu, Yang Zhu apenas olhava de longe para a porta de sua casa e cantava. Contudo, quando Sui Wu faleceu, Yang Zhu acariciava-lhe o cadáver e chorava muito. Eis o motivo pelo qual a maioria das pessoas canta quando alguém nasce e chora quando alguém morre.

Antes de se tornarem completamente cegos, os olhos ainda são capazes de enxergar as pequeníssimas coisas. Antes do ensurdecimento total, os ouvidos ainda podem escutar os zumbidos dos mosquitos. Antes de se corromper de vez, a boca ainda é capaz de distinguir os sabores das águas dos rios Zi e Ming.

Antes de ser definitivamente sufocado, o nariz ainda consegue sentir a putrefação. Antes da sua completa deterioração, o corpo ainda é capaz de se mover e escapar dela.

Antes de sua perdição absoluta, a mente ainda consegue discernir entre o que é e o que não é. Por isso, quando não se cometem excessos, não serão produzidos efeitos adversos.

Na região Pu Ze do Estado de Zheng, havia inúmeros homens virtuosos, e no seu lado oriental, muitos outros que eram talentosíssimos. Dentre eles, um mestre chamado Bo Feng estava vindo ao encontro do Mestre Deng Xi. Sorrindo e olhando para o grupo de seus próprios discípulos, Deng Xi disse: "Que ridículo! Por que aquele indivíduo se atreve a vir até aqui?".

人养而不能自养者，犬豕之类也；养物而物为我用者，人之力也。使汝之徒食而饱，衣而息，执政之功也。长幼群聚而为牢藉庖厨之物，奚异犬豕之类乎？"伯丰子不应。伯丰子之从者越次而进曰："大夫不闻齐鲁之多机乎？有善治土木者，有善治金革者，有善治声乐者，有善治书数者，有善治军旅者，有善治宗庙者，群才备也。而无相位者，无能相使者。而位之者无知，使之者无能，而知之与能为之使焉。执政者，乃吾之所使；子奚矜焉？"邓析无以应，目其徒而退。

公仪伯以力闻诸侯，堂谿公言之于周宣王，王备礼以聘之。公仪伯至；观形，懦夫也。宣王心惑而疑曰："女之力何如？"公仪伯曰："臣之力能折春螽之股，堪秋蝉之翼。"王作色曰：

"Gostaríamos de escutá-lo!", responderam seus discípulos.

Em seguida, Deng Xi perguntou para Bo Feng: "Você sabe a diferença entre cuidar de si mesmo e ser cuidado pelos outros? Aqueles que não são capazes de cuidar de si mesmos são como cães e porcos. Somente as pessoas fortes podem cuidar dos outros animais visando ao seu próprio proveito. Se pessoas como vocês se alimentam, se vestem e usufruem do sossego, tudo isso se deve à dedicação do governante. Em que medida vocês, jovens e anciãos, se diferenciam daquele bando de cães e porcos que vivem tanto na cozinha como no chiqueiro?".

Bo Feng ficou sem responder. Porém, um dos discípulos de Bo Feng, saindo detrás do grupo e se adiantando, disse para Deng Xi: "Você nunca soube que nos Estados de Qi e Lu há muitas pessoas engenhosas? Algumas excelentes no trabalho com argila e madeira e outras na arte da metalurgia? Algumas excelentes na música e outras na escrita e na adivinhação? Algumas excelentes na arte da guerra e outras na prática religiosa? Lá existem diversas pessoas talentosas, pois não há ninguém que corresponda à posição delas e que possa realizar suas funções. É impossível substituí-las em seus trabalhos. Contudo, há situações em que algumas assumem tais funções sem ter conhecimento e talento similares. Ora, se nem todas as pessoas que governam e administram o Estado de Zheng chegam a ter esses conhecimentos e talentos, por que motivo agora você se mostra tão arrogante?".

Deng Xi permaneceu calado e simplesmente sugeriu a seus discípulos que se afastassem.

Dentre os reis e príncipes, Gong Yi Bo era famoso em virtude de sua força. Assim, o duque Tang Xi relatou esse acontecimento para o rei Zhou Xuan. Este último convidou Gong Yi para uma visita à sua corte a fim de presenteá-lo com honrarias. Porém, quando ele chegou, o rei, vendo sua forma física, considerou-o fraco.

Desconfiado, o rei perguntou: "Como é a sua força?".

"吾之力者能裂犀兕之革,曳九牛之尾,犹憾其弱。女折春螽之股,堪秋蝉之翼,而力闻天下,何也?"公仪伯长息退席,曰:"善哉王之问也! 臣敢以实对。臣之师有商丘子者,力无敌于天下,而六亲不知,以未尝用其力故也。臣以死事之。乃告臣曰:'人欲见其所不见,视人所不窥;欲得其所不得,修人所不为。故学眎者先见舆薪,学听者先闻撞锺。夫有易于内者无难于外。于外无难,故名不出其一家。'今臣之名闻于诸侯,是臣违师之教,显臣之能者也。然则臣之名不以负其力者也,以能用其力者也;不犹愈于负其力者乎?"

中山公子牟者,魏国之贤公子也。好与贤人游,不恤国事;而悦赵人公孙龙。乐正子舆之徒笑

"Sou capaz de quebrar a pata do gafanhoto em dias de primavera e levantar as asas da cigarra em dias de outono", respondeu Gong Yi.

Com o rosto alterado, o rei disse: "Sou capaz de despedaçar a pele do rinoceronte e arrastar nove bois pelas caudas, mas estou aborrecido com o fato de que ainda sou fraco. Você apenas consegue quebrar a pata do gafanhoto em dias de primavera e levantar as asas da cigarra em dias de outono, e, no entanto, por que sua força é tão reconhecida pelo mundo?".

Gong Yi suspirou profundamente e, levantando-se de sua esteira, afirmou: "Excelente pergunta! Vou respondê-la baseado nos fatos. Meu Mestre Shang Qiuzi tinha uma força inigualável, e seus parentes nem sabiam disso, pois ele não demonstrava sua força. Com lealdade eu lhe servi, e ele me revelou: 'A maioria dos homens quer ver aquilo que não consegue ver por si e deseja ver o que os outros não são capazes de ver; quer adquirir aquilo que não consegue adquirir por si e deseja fazer aquilo que outros não são capazes de fazer. Por isso, eu e você precisamos, em primeiro lugar, aprender a ver uma carroça com sua carga de lenha e a ouvir o repicar dos sinos. Realizemos aquilo que seja fácil, próximo e dentro de nossa natureza interna, e assim naturalmente não encontraremos nenhuma dificuldade de realização no mundo exterior. Então, se não existem mais tais obstáculos, por que motivo eu perseguiria reconhecimento fora dos limites do círculo dos meus parentes? Entretanto, meu nome só é reconhecido entre os governantes dos Estados devido ao fato de eu ter transgredido as orientações do meu Mestre e demonstrado minha força. Contudo, meu reconhecimento não se deve ao fato de eu me orgulhar da minha própria força, porém é consequência de eu ser capaz de utilizá-la. Isso não seria justamente a força de quem conquista a si mesmo?'".

O príncipe Mou da região de Zhong Shan era o filho mais virtuoso do duque que governava o Estado de Wei. Ele amava a companhia de pessoas virtuosas e não tinha interesse nos assuntos políticos.

之。公子牟曰："子何笑牟之悦公孙龙也？"子舆曰："公孙龙之为人也，行无师，学无友，佞给而不中，漫衍而无家，好怪而妄言。欲惑人之心，屈人之口，与韩檀等肄之。"公子牟变容曰："何子状公孙龙之过欤？请闻其实。"子舆曰："吾笑龙之诒孔穿，言'善射者能令后镞中前括，发发相及，矢矢相属；前矢造准而无绝落，后矢之括犹衔弦，视之若一焉。'孔穿骇之。龙曰：'此未其妙者。逢蒙之弟子曰鸿超，怒其妻而怖之。引乌号之弓，綦卫之箭，射其目。矢来注眸子而眶不睫，矢隧地而尘不扬。'是岂智者之言与？"公子牟曰："智者之言固非愚者之所晓。后镞中前括，钧后于前。矢注眸子而眶不睫，尽矢之势也。子何疑焉？"乐正子舆曰："子，龙之徒，焉得不饰其阙？吾又言其尤者。龙诳魏王曰：'有意不心。有指不至。有物不尽。有影不移。发引千钧。白马非马。孤犊未尝有母。'其负类反伦，不可胜言也。"公子牟曰："子不谕至言而以为尤也，尤其在子矣。夫无意则心同。无指则皆至。尽物者常有。影不移者，说在改也。发引千钧，势至等也。白马非马，形名离也。孤犊未尝有母，非孤犊也。"乐正子舆曰："子以公孙龙之鸣皆条也。设令发于

Deleitava-se com a teoria de Gong Sun Lun do Estado de Zhao. Porém, alguns homens como Yue Zhengzi ridicularizavam o príncipe. Este último então perguntou a Yue Zhengzi: "Por que você ridiculariza minha afeição por Gong Sun Lun?".

Yue Zhengzi disse: "Gong Sun Lun foi um homem que seguiu seu caminho sem orientação de um mestre e estudou sem a assistência de amigos. Era eloquente e insensato. Seu conhecimento desorganizado não pertencia a nenhuma escola de pensamento. Amava discursos excêntricos e palavras insidiosas. Gostava de iludir a mente das pessoas e subjugar a fala dos outros. Essa prática era também exercida por pessoas como Han Tan.".

Com a expressão alterada, o príncipe disse: "Por que você deseja mostrar o erro de Gong Sun Lun? Por favor, fale a verdade!".

Yue Zhengzi então retrucou: "Eu rio da maneira pela qual Gong Sun Lun engana o Kong Chuan quando ele diz assim: 'um bom arqueiro pode fazer com que a ponta de uma flecha atinja a parte traseira de uma outra flecha que esteja à sua frente. Por isso, disparando as flechas sem parar, ele pode fazer com que cada flecha se junte a uma outra que esteja à sua frente. Assim, quando a primeira flecha atingir o alvo, nenhuma delas se quebrará ou cairá, uma vez que a ponta da última flecha ainda estará unida à corda do arco de modo que somente veremos uma única flecha'. Após ouvir isso, Kong Chuan ficou chocado, mas Gong Sun Lun completou: 'Isso ainda não é o mais estranho. O discípulo de Feng Meng que se chama Hong Chao, em certa ocasião, ficou com raiva da sua esposa e quis aterrorizá-la. Retirando o famoso arco *Grasnido do Corvo* e adornando as flechas com as plumas, atirou uma flecha no olho dela. A ponta aguçada da flecha chegou à frente da sua pupila sem que suas pálpebras tremessem. Então, a flecha caiu no chão sem levantar nenhuma poeira'. Pergunto-lhe: essas são as palavras de um Sábio?".

O príncipe disse: "As palavras do Sábio escapam da compreensão dos tolos. Quando a ponta da flecha atinge a traseira de uma outra flecha que está à sua frente, isso acontece porque o modo

余窍，子亦将承之。"公子牟默然良久，告退，曰："请待余曰，更谒子论。"

de atirar é idêntico em todos os momentos do disparo. Quando a flecha chega à frente da pupila sem fazer tremer as pálpebras, isso acontece porque é possível, antes de a pupila ser atingida, deter a força da flecha e, assim, fazê-la cair ao chão. Por que você duvidaria disso?".

Yue Zhengzi replicou: "Como é um discípulo de Gong Sun Lun, você esconde as deficiências dele. Gostaria de falar mais sobre os seus erros. Gong Sun Lun enganou o rei do Estado de Wei dizendo: 'A mente não compreende as coisas somente através da intenção. Não se alcança a realidade da coisa somente pela sua nomeação. Não se esgota a essência da coisa somente pela análise. A sombra não se move. Um fio de cabelo pode arrastar um peso de mil *jin*. Um cavalo branco não é um cavalo. Um bezerro órfão nunca teve uma mãe.'. Essas são algumas das inúmeras violações contra o princípio da lógica.".

O príncipe disse: "Sem compreender a verdade, você considera que isso é um embuste. É você que está enganado! Se sua mente não tiver intenções, ela sempre se manterá inalterável. Se não houver nomes fixos, nenhuma coisa será compreendida. Quando um objeto é analisado, sempre há mais a ser compreendido. Quando se diz que a sombra não se move, isso significa apenas que ela é movida, já que ela sofreu uma mudança. Quando se diz que um fio de cabelo pode arrastar um peso de mil *jin*, isso quer dizer que há um equilíbrio de forças entre o puxar e o soltar. Quando se afirma que um cavalo branco não é um cavalo, reconhece-se a diferença entre a forma do cavalo e a cor branca do cavalo. Quando se diz que um bezerro órfão nunca teve uma mãe, isso significa somente que, se ele tivesse uma mãe, não seria mais órfão.".

Yue Zhengzi disse: "Você pensa que esses clamores de Gong Sun Lun fazem sentido. Mesmo se ele soprasse suas palavras a partir de outro buraco, você ainda concordaria com elas.". O príncipe ficou em silêncio por um longo tempo. Então, retirando-se, ele disse: "Por favor, quando eu tiver mais tempo, discutirei com você novamente.".

尧治天下五十年，不知天下治欤，不治欤？不知亿兆之愿戴己欤？不愿戴己欤？顾问左右，左右不知。问外朝，外朝不知。问在野，在野不知。尧乃微服游于康衢，闻儿童谣曰："立我蒸民，莫匪尔极。不识不知，顺帝之则。"尧喜问曰："谁教尔为此言？"童儿曰："我闻之大夫。"大夫曰："古诗也。"尧还宫，召舜，因禅以天下。舜不辞而受之。

关尹喜曰："在己无居，形物其著，其动若水，其静若镜，其应若响。故其道若物者也。物自违道，道不违物。善若道者，亦不用耳，亦不用目，亦不用力，亦不用心。欲若道而用视听形智以求之，弗当矣。瞻之在前，忽焉在后；用之弥满，六虚废之莫知其所。亦非有心者所能得远，亦非无心者所能得近。唯默而得之而性成之者得之。知而忘情，能而不为，真知真能也。发无知，何能情？发不能，何能为？聚块也，积尘也，虽无为而非理也。"

Governando o Império durante cinquenta anos, Yao não sabia se sua administração tinha sido excelente e se havia conquistado o apoio da multidão. Interrogou as pessoas de seu palácio sobre esse assunto, porém ninguém souber dar-lhe uma resposta. Interrogou os oficiais visitantes, os quais também não responderam. Fez a mesma pergunta ao povo, mas esse também não soube como responder.

Então, Yao disfarçou-se num traje e perambulou pela rua. Ouviu os versos de uma balada sendo cantada por uma criança: *Tu ergues a multidão. Que seja abençoada a tua suprema graça. Não te conhecemos e nem temos consciência de Ti, mas seguimos apenas a lei do Supremo.*

Contente, Yao perguntou à criança: "Quem ensinou-lhe essa balada?".

"Escutei de um grande senhor oficial", respondeu a criança.

Então, Yao fez a mesma pergunta a um oficial, e este último lhe disse: "Esse é um poema antigo".

Ao retornar para o palácio, Yao chamou Shun e entregou-lhe o trono. Então, Shun simplesmente aceitou.

Com alegria, Guan Yin disse: "Se você não abrigar em si mesmo nenhum apego, todas as coisas se manifestarão. Ao se mover, seja como a água. Ao permanecer em silêncio, seja como um espelho. Ao corresponder ao mundo, seja como um eco. Esse Caminho (Dao) segue a existência das coisas. Embora todas as coisas possam se desviar do Caminho, este último nunca se afasta delas.

"Desejar seguir o Caminho por meio da visão, da audição, da força física ou da inteligência não é apropriado. Embora seja visto diante de nós, o Caminho pode repentinamente emergir por detrás. Contudo, ao ser utilizado, ele preencherá todo o espaço. E, quando for abandonado, jamais saberemos de seu destino. Assim, jamais poderá ser afastado pela mente nem ser alcançado pela *Não Mente*.

"Somente poderá alcançá-lo aquele que, em silêncio, realizar a sua Natureza Originária. Conhecer e esquecer as emoções, agindo

pela *Não Ação*, eis o que é o Verdadeiro Saber e o Verdadeiro Poder. Assim, desabrochando-se o *Não Saber*, como seria possível se apegar às emoções? Desabrochando-se o *Não Poder*, como seria possível agir forçosamente? Contudo, seria inapropriado querer agir pela *Não Ação* se assemelhando a um montão de terra ou à poeira acumulada de silêncio mórbido".

05 章 汤问

殷汤问于夏革曰："古初有物乎?"夏革曰："古初无物,今恶得物?后之人将谓今之无物,可乎?"殷汤曰:"然则物无先后乎?"夏革曰:"物之终始,初无极已。始或为终,终或为始,恶知其纪?然自物之外,自事之先,朕所不知也。"殷汤曰:"然则上下八方有极尽乎?"革曰:"不知也。"汤固问。革曰:"无则无极,有则有尽;朕何以知之?然无极之外复无无极,无尽之中复无无尽。无极复无无极,无尽复无无尽。朕以是知其无极无尽也,而不知其有极有尽也。"汤又问曰:"四海之外奚有?"革曰:"犹齐州也。"汤曰:"汝奚以实之?"革曰:"朕东行至营,人民犹是也。问营之东,复犹营也。西行至豳,人民犹是也。问豳之西,复犹豳也。朕以是知四海、四荒、四极之不异是也。故大小相含,无穷极也。含万物者,亦如含天地。含万物也故不穷,含天地也故无极。朕亦焉知天地之表不有大天地者乎?亦吾所不知也。然则天地亦物也。物有不足,故昔者女娲氏练五

Quinta Parte
AS QUESTÕES DE TANG

O Imperador Tang perguntou para Xia Ge: "Nos tempos mais remotos já havia a existência das coisas?".

"Se elas já não existissem nos primórdios, como poderiam existir hoje?", disse Xia Ge. "Como é possível concordar com os homens atuais no sentido de que as coisas não tenham existência anterior?"

"As coisas não têm início e fim?", continuou indagando Tang.

"O início e o fim das coisas se relacionam mutuamente e jamais se esgotam", respondeu Xia Ge. "O início de uma é o fim da outra. E o fim de uma é o início da outra. Quem será capaz de compreender a lei dessas transformações? Na verdade, eu não sei nada a respeito de seu Primeiro Princípio."

"Haverá um limite para aquilo que segue tanto para cima como para baixo e também para as oito direções?", perguntou Tang.

"Não sei", respondeu Xia Ge. Como Tang perguntou de modo insistente, Xia Ge disse: "O que segue tanto para cima como para baixo e também para as oito direções é o *Vazio*, por isso ele é ilimitado. Se fosse algo concreto, seria limitado. Quem seria capaz de compreender isso? Portanto, para além do ilimitado nada mais poderá existir, assim como para além do inesgotável não haverá mais nada. Eis por que eu sei que eles são ilimitados e inesgotáveis, porém não poderíamos afirmar definitivamente se são limitados ou não".

"O que existe além dos quatro mares?", perguntou novamente o Imperador Tang.

"Há outras regiões semelhantes ao nosso Império do Meio!", respondeu Xia Ge.

色石以补其阙；断鳌之足以立四极。其后共工氏与颛顼争为帝，怒而触不周之山，折天柱，绝地维；故天倾西北，日月辰星就焉；地不满东南，故百川水潦归焉。"

汤又问："物有巨细乎？有修短乎？有同异乎？"革曰："渤海之东不知几亿万里，有大壑焉，实惟无底之谷，其下无底，名曰归墟。八纮九野之水，天汉之流，莫不注之，而无增无减焉。其中有五山焉：一曰岱舆，二曰员峤，三曰方壶，四曰瀛洲，五曰蓬莱。其山高下周旋三万里，其顶平处九千里。山之中间相去七万里，以为邻居焉。其上台观皆金玉，其上禽兽皆纯缟。珠玕之树皆丛生，华实皆有滋味；食之皆不老不死。所居之人皆仙圣之种；一日一夕飞相往来者，不可数焉。而五山之根无所连箸，常随潮波上下往还，不得暂峙焉。仙圣毒之，诉之于帝。帝恐流于西极，失群仙圣之居，乃命禺强使巨鳌十五举首而戴之。迭为三番，六万岁一交焉。五山始峙而不动。而龙伯之国有大人，举足不盈数步而暨五山之所，一钓而连六鳌，合负而趣，归其国，灼其骨以数焉。员峤二山流于北极，沉于大海，仙圣之播迁者巨亿计。帝凭怒，侵减龙伯之国使阨，侵小龙伯之民使短。至伏羲神农时，其国人犹数十丈。从中州以东四十万

"Como você forneceria provas da existência desses outros lugares?", questionou Tang.

Xia Ge respondeu: "Ao viajar para o lado oriental tanto como para a região de Yin, vi que as pessoas daqueles lugares eram semelhantes ao nosso povo. Depois, ao viajar para o lado ocidental tanto como para a região de Bing, fiquei sabendo que havia também tal semelhança. Eis por que sei que os quatro mares, as quatro fronteiras e as quatro zonas limítrofes são semelhantes ao Império do Meio. Portanto, o grande abraça o pequeno tanto como o pequeno abraça o grande até atingir o incomensurável. O Céu e a Terra abraçam todos os seres e são também abraçados pelo *Grande Vazio*. O que abraça todos os seres é inesgotável. O que abraça o Céu e a Terra é ilimitado. Será que além do Céu e da Terra haverá outros lugares ilimitados? Realmente não sei. O que se sabe é que, nos tempos primordiais, a deusa Nuwa fundiu pedras de todas as cinco cores para reparar as deficiências do Céu e cortou as patas da tartaruga para sustentar as quatro direções do Céu. Depois, quando Gong Gong Shi disputou com Zhuanxu o domínio do Império, ele se chocou tão furiosamente contra o Monte Buzhou que quebrou um dos pilares do Céu e rompeu um dos fios que sustentavam a Terra. Assim, o Céu se inclinou com o Sol, a Lua, as estrelas em direção ao Noroeste, enquanto todos os rios e as águas acumuladas fluíram para aquela direção. A Terra acabou perdendo suas regiões do Sudeste. Na realidade, sabemos que também o Céu e a Terra têm a mesma natureza imperfeita tal como as outras coisas que também não são dotadas de perfeição.

Tang perguntou novamente: "E nesses outros lugares, há coisas grandes e pequenas, compridas e curtas, semelhantes e diferentes?".

Xia respondeu: "No extremo oriental do mar de Bohai, há um Grande Golfo, um vale abissal cujas profundezas se estendem ao infinito. Seu nome é *Retorno à Montanha*, para onde refluem todas as águas do Céu e da Terra e todas as correntes da Via Láctea sem que nenhum aumento nem alguma diminuição ocorra entre elas. No seu âmago profundo, encontram-se cinco montanhas: a

里得僬侥国，人长一尺五寸。东北极有人名曰诤人，长九寸。荆之南有冥灵者，以五百岁为春，五百岁为秋。上古有大椿者，以八千岁为春，八千岁为秋。朽壤之上有菌芝者，生于朝，死于晦。春夏之月有蠓蚋者，因雨而生，见阳而死。终北之北有溟海者，天池也，有鱼焉。其广数千里，其长称焉，其名为鲲。有鸟焉，其名为鹏，翼若垂天之云，其体称焉。世岂知有此物哉？大禹行而见之，伯益知而名之，夷坚闻而志之。江浦之间生麽虫，其名曰焦螟，群飞而集于蚊睫，弗相触也。栖宿去来，蚊弗觉也。离朱子羽方昼拭眦扬眉而望之，弗见其形；虘俞师旷方夜擿耳俯首而听之，弗闻其声。唯黄帝与容成子居空峒之上，同斋三月，心死形废；徐以神视，块然见之，若嵩山之阿；徐以气听，砰然闻之，若雷霆之声。吴楚之国有大木焉，其名为櫲，碧树而冬生，实丹而味酸。食其皮汁，已愤厥之疾。齐州珍之，渡淮而北而化为枳焉。鸲鹆不逾济，貉逾汶则死矣；地气然也。虽然，形气异也，性钧已，无相易已。生皆全已，分皆足已。吾何以识其巨细？何以识其修短？何以识其同异哉？”

primeira se chama *Dai Yu*, a segunda se chama *Yuan Jiao*, a terceira se chama *Fang Hu*, a quarta se chama *Ying Zhou* e a quinta se chama *Peng Lai*. Tanto a altura como a profundidade dessas montanhas, incluindo suas adjacências, possuem uma extensão de trinta mil milhas. Os planaltos com seus píncaros se estendem entre si numa distância de nove mil milhas. As montanhas com suas cumeeiras se afastam entre si numa distância de nove mil milhas, apesar de parecerem bem próximas uma da outra. Há ali torres e terraços construídos com ouro e jade, e também feras e aves selvagens de cor branca. Crescem profusamente suas árvores de pérolas e granadas. Saborosas são suas flores e seus frutos, pois aqueles que os comem jamais envelhecem e morrem. Sábios imortais habitam aquela região e muitos deles voam de uma montanha a outra num único dia ou numa única noite. Entretanto, as bases dessas cinco montanhas não repousam no fundo do oceano, mas sempre emergem e se afundam nele ininterruptamente. Diante desse acontecimento, os imortais relataram a sua preocupação para a Divindade. Com receio de que eles migrassem em direção ao lado ocidental e jamais permanecessem em sua morada, a Divindade mandou que Yu Qiang fizesse quinze tartarugas gigantescas para sustentar as cinco montanhas em suas costas. Assim, as tartarugas, se dividindo em grupos de três e se revezando a cada período de 60 mil anos, realizaram a tarefa e, desde então, pela primeira vez as cinco montanhas permaneceram imóveis.".

Além disso, no reino do Velho Dragão, havia um gigante que, erguendo seus pés e caminhando em poucos passos, já alcançava as cinco montanhas. Apenas num único arremesso, ele pescava seis tartarugas. Assim, quando regressou para seu reino, carregou as tartarugas nas costas e, em seguida, queimou seus cascos no rito dos oráculos. Durante essa época, as montanhas *Dai Yu* e *Yuan Jiao* flutuaram para o Norte e afundaram-se no imenso oceano. Inúmeros imortais se deslocaram de suas moradas. Uma Divindade estava tão furiosa que reduziu pouco a pouco o reino e a altura da sua população, mas, mesmo nos tempos de Fu Xi e Shen Nong, seus habitantes

ainda continuaram com muitos metros de altura. Por outro lado, com suas quatro mil milhas de extensão entre o Império do Meio e o Extremo Leste, existia um reino chamado *Qiao Jiao*, cujos habitantes mediam cinco pés de altura, enquanto, no Extremo Norte, as pessoas chamadas *Jing* mediam nove pés. Ainda no reino *Chu*, uma árvore divina crescia durante uma primavera de quinhentos anos e levava o mesmo período de tempo para declinar durante o outono. E, nos tempos mais remotos, havia uma *Árvore Celestial* cujas primaveras e outonos se sucediam, cada qual com uma duração de oito mil anos. Um fungo crescia no esterco, nascendo de manhã e morrendo à noite. Nos meses de verão e primavera, os mosquitos nasciam por causa da chuva e morriam quando viam o Sol. Ao norte, avistava-se um oceano conhecido como *Lago Celestial*. Seu nome era *Kun*. Estendia-se por mil milhas de extensão. Os peixes habitavam nele e também um pássaro chamado *Peng*, cujas asas abarcavam as nuvens do céu e cujo corpo era tão imenso quanto as suas asas. Como as pessoas mundanas saberiam de sua existência? Somente o Grande Yu podia vê-lo durante sua caminhada. Bo Yi o conhecia bem e o mencionava, e Yi Jian também já sabia de sua existência.

Ademais, nas vizinhanças do rio *Jiang Pu* nasciam pequeníssimos insetos que voavam em enxames e se reuniam nos cílios dos mosquitos sem se tocarem um no outro. Morando nos seus cílios, voavam de um lado para outro sem que estes os percebessem. Embora Lizhu e Ziyu esfregassem as órbitas dos olhos e erguessem suas sobrancelhas para espreitá-los em dias ensolarados, eles nunca viam suas formas. Embora Zhiyu e Shi Kuang limpassem suas orelhas e inclinassem suas cabeças para ouvi-los, ainda assim nunca conseguiam ouvir seus sons. Somente o Imperador Amarelo e Rong Chengzi, que habitavam uma caverna montanhosa, tendo jejuado por três meses e permanecido com suas mentes apagadas como cinzas mortas e corpos ressequidos como madeira seca, podiam vislumbrá-los com sua visão sagrada e sutil. Contemplavam esses insetos como o dorso gigantesco das imensas montanhas. Com

太形王屋二山，方七百里，同万仞。本在冀州之南，河阳之北。北山愚公者，年且九十，面山而居。惩山北之塞，出入之迂也，聚室而谋，曰："吾与汝毕力平险，指通豫南，达于汉阴，可乎？"杂然相许。其妻献疑曰："以君之力，曾不能损魁父之丘，如太形王屋何？且焉置土石？"杂曰："投诸渤海之尾，隐土之北。"遂率子孙荷担者三夫，叩石垦壤，箕畚运于渤海之尾。邻人京城氏之孀妻有遗男，始龀，跳往助之。寒暑易节，始一反焉。河曲智叟笑山之，曰："甚矣汝之不惠！以残年馀力，曾不能悔山

uma escuta vigorosa, o Imperador Amarelo e Rong Chengzi ainda podiam ouvir seus sons como se fossem estrondos do trovão. Havia também nos reinos de Wu e Chu uma árvore imensa chamada *pomelo*. Ela era tão verdejante que sua cor ainda permanecia no inverno. Seus frutos eram vermelhos com sabores ácidos. Quem bebe o suco de sua casca pode curar a doença da asma. A árvore era valiosa na região setentrional da China, porém, ao ser plantada no norte das águas de Huai, transformava-se numa laranja trifoliada. Os pássaros mainá jamais voavam em direção ao sul passando pelas águas do Rio Ji. Os cães-guaxinins morriam quando atravessavam as águas do Rio Wen. Esse fenômeno se deve à atmosfera do clima. Contudo, embora o clima tenha causado essas mudanças, a Natureza sempre permeneceu idêntica e imutável. A vida é completa em sua plenitude e realiza sua perfeição em cada parte. Desse modo, como serei capaz de distinguir entre suas partes grandes e pequenas? Como poderei reconhecer suas partes curtas ou compridas? Como saberei sobre suas semelhanças e diferenças?

As montanhas Tai Xing e Wang Wu têm setecentas milhas de extensão e setecentos pés de altura. Elas se situam entre a região norte de Ji e a região sul de He. Quando o Mestre Yu Gong chegou aos noventa anos, ele decidiu morar num lugar que ficava entre essas montanhas. No entanto, como havia montanhas no lado setentrional que impediam seu caminho de acesso, era preciso que ele contornasse esse obstáculo e se desviasse por outro caminho. Assim, ele chamou sua família com o objetivo de sugerir uma proposta: "Podemos nos esforçar para elevar o nível desse terreno de modo que haja uma travessia se estendendo entre a região Yu e as margens do rio Han?".

Todos concordaram com essa sugestão. Somente sua esposa, para contrariá-lo, disse: "Se você é tão fraco e incapaz de reduzir o tamanho de uma pequena colina, como poderá reduzir as montanhas de Tai Xing e Wang Wu? Além disso, após a escavação, em que lugar depositará a terra e as pedras?".

之一毛，其如土石何？"北山愚公长息曰："汝心不固，固不可彻，曾不若孀妻弱子。虽我之死，有子存焉。子又生孙，孙又生子；子又有子，子又有孙：子子孙孙，无穷匮也，而山不加增，何苦而不平？"河曲智叟亡以应。操蛇之神闻之，惧其不已也，告之于帝。帝感其诚，命夸蛾氏二子负二山，一厝朔东，一厝雍南。自此冀之南、汉之阴，无陇断焉。

夸父不量力，欲追日影，逐之于隅谷之际。渴欲得饮，赴饮河渭。河谓不足，将走北饮大泽。未

Todos responderam: "Atire-as ao extremo do Mar Bohai e ao norte de Yin Tu". Então, levando seu filho e seu neto, ele estilhaçou as pedras e escavou a terra para que eles pudessem carregá-las num cesto de bambu até o extremo do Mar Bohai.

A viúva de seu vizinho Jing Cheng faleceu e deixou um filho. Com apenas seis anos, o órfão quis ajudar o Mestre Yu Gong, e então permaneceu com ele durante um ano. Ele só retornou ao lar na chegada do inverno. He Qu Zhisou, rindo e desejando dissuadir o menino, disse: "Que atrevido! Como você pode ser tão tolo? Se, com esse seu corpinho, você mal consegue arrancar uma planta no alto da montanha, como pretende ficar carregando terra e as pedras?".

Contudo, o Mestre Yu Gong, lamentando, disse para He Qu Zhisou: "Ignorante! É até melhor ser frágil como aquela criança órfã do que ser estúpido como você. Mesmo que eu venha a morrer, ainda terei filhos que sobreviverão. Estes, por sua vez, poderão gerar mais filhos e também meus netos poderão gerar outros filhos. Desse modo, terei uma descendência de filhos e netos. Minha descendência prosseguirá sem fim enquanto as montanhas nem terão crescido em altura. Por que haverá dificuldade em nivelar o terreno?".

Assim, He Qu Zhisou ficou mudo. Entretanto, quando souberam disso, os deuses-capturadores-de-serpentes ficaram indignados com a atitude zombeteira de He Qu Zhisou e, logo, relataram o ocorrido à Suprema Divindade. Comovida pela sinceridade do Mestre, a Suprema Divindade ordenou aos dois filhos de Kua Er que carregassem essas duas montanhas e colocassem uma na região oriental de Shou e a outra na região sul de Yong. Então, desde essa época já não existem mais pedras altas entre a região de Ji e as margens do rio Han.

Considerando-se muito poderoso, Kua Fu desejava perseguir a sombra do Sol, e assim foi seguindo-a até os confins do vale. Ele

至，道渴而死。弃其杖，尸膏肉所浸，生邓林。邓林弥广数千里焉。

大禹曰："六合之间，四海之内，照之以日月，经之以星辰，纪之以四时，要之以太岁。神灵所生，其物异形；或夭或寿，唯圣人能通其道。"夏革曰："然则亦有不待神灵而生，不待阴阳而形，不待日月而明，不待杀戮而夭，不待将迎而寿，不待五谷而食，不待缯纩而衣，不待舟车而行。其道自然，非圣人之所通也。"

禹之治水土也，迷而失途，谬之一国。滨北海之北，不知距齐州几千万里，其国名曰终北，不知际畔之所齐限。无风雨霜露，不生鸟兽、虫鱼、草木之类。四方悉平，周以乔陟。当国之中有

estava com tanta sede que se dirigiu às águas do Rio Amarelo. No entanto, como as águas não eram suficientes, ele foi até o norte do Grande Lago; porém, ele morreu de sede durante o caminho, antes de alcançar o destino. O bastão que foi abandonado por ele juntou--se ao seu cadáver. Toda essa matéria gordurosa se decompôs até gerar a floresta de Deng, que acabou se espalhando por uma extensão de cem mil milhas.

O Grande Yu disse: "Dentro das seis direções e dentro dos quatro mares, tudo é iluminado pelo Sol e pela Lua, sendo atravessado pelas estrelas, organizado pelas quatro estações e guiado pela Estrela do Grande Ano. Somente o Sábio compreende o Princípio que rege todos os seres. Dentre esses seres, há espécies de múltiplas formas geradas pelo Espírito Divino que têm uma duração efêmera ou uma vida longeva".

Contudo, Xia Ge disse: "Além disso, existem outros seres que são autossuficientes, pois não dependem do Espírito Divino para serem gerados e tampouco necessitam dos Sopros *Yin* e *Yang* para serem constituídos. Não dependem das luzes do Sol e da Lua para se iluminar, tampouco morrem prematuramente por causa de algum morticínio. Assim, eles nunca precisam dos cinco grãos para se alimentar ou das roupas para se vestir, tampouco necessitam de barcos e carros para suas viagens. Isso se deve ao fato de seguirem o Princípio da Naturalidade do Caminho (Dao), cuja essência é sua própria autossuficiência. Eis por que esse mesmo princípio ultrapassa até os limites da compreensão do Sábio".

Quando o Grande Yu estava canalizando as águas, ele perdeu seu caminho e por engano chegou a um outro reino. O lugar ficava próximo aos confins do Mar do Norte e se afastava do Império do Centro por miríades de milhas de distância. Chamava-se *Extremo Norte*. Suas fronteiras eram desconhecidas e mal se viam chuva, vento, geada ou

山，山名壶领，状若甔甀。顶有口，状若员环，名曰滋穴。有水涌出，名曰神瀵，臭过兰椒，味过醪醴。一源分为四埒，注于山下。经营一国，亡不悉遍。土气和，亡札厉。人性婉而从物，不竞不争。柔心而弱骨，不骄不忌；长幼侪居，不君不臣；男女杂游，不媒不聘；缘水而居，不耕不稼。土气温适，不织不衣；百年而死，不夭不病。其民孳阜亡数，有喜乐，亡衰老哀苦。其俗好声，相携而迭谣，终日不辍音。饥惓则饮神瀵，力志和平。过则醉，经旬乃醒。沐浴神瀵，肤色脂泽，香气经旬乃歇。周穆王北游过其国，三年忘归。既反周室，慕其国，恨然自失。不进酒肉，不召嫔御者，数月乃复。管仲勉齐桓公因游辽口，俱之其国。几克举，隰朋谏曰：“君舍齐国之广，人民之众，山川之观，殖物之阜，礼义之盛，章服之美；妖靡盈庭，忠良满朝。肆咤则徒卒百万，视撝则诸侯从命，亦奚羡于彼而弃齐国之社稷，从戎夷之国乎？此仲父之耄，奈何从之？”桓公乃止，以隰朋之言告管仲。仲曰：“此固非朋之所及也。臣恐彼国之不可知之也。齐国之富奚恋？隰朋之言奚顾？”

orvalho. Ali não cresciam aves, animais selvagens, peixes, insetos ou árvores. O reino se situava num vale com montanhas em seu entorno. Justamente em seu centro havia uma montanha chamada *Hu Lin*, cujo píncaro revelava uma abertura de forma arredondada. Esta se denominava *Caverna da Plenitude*, e de seu interior emergiam águas que se chamavam *Nascentes Divinas*, cuja fragrância superava o perfume das orquídeas e do licor doce. De sua boca nasciam quatro rios que, descendo da montanha, invadiam todo o território do reino. O clima nessa região era ameno, e não havia epidemias. Seus habitantes eram amáveis e seguiam o fluxo das coisas. Não competiam nem rivalizavam entre si. Seus corações eram suaves e seus ossos flexíveis. Não eram orgulhosos nem invejosos.

Velhos e jovens conviviam. Não havia soberano nem súdito. Homens e mulheres, misturando-se entre si, cultivavam laços de amizade sem a interferência de nenhum casamenteiro ou doação de presentes de noivado. Como moravam próximo às águas, não havia necessidade de plantação e semeadura. Como a terra tinha um clima suave e apropriado, tampouco eram necessárias a costura e as vestimentas. Assim, viviam e morriam por volta de cem anos sem padecer de morte prematura ou de doenças. Geravam seus filhos de maneira vigorosa com prazer e felicidade sem experimentar declínio, velhice, tristeza e sofrimento. Como tinham o hábito de se comprazer com a música, davam-se as mãos e cantavam ao longo do dia. Quando chegavam a fome e o cansaço, bebiam a água das *Nascentes Divinas* para repousar a mente e o corpo. Assim, bebiam tanto que ficavam embriagados, e somente após dez dias voltavam a si. Ao se banharem e se lavarem com a água das *Nascentes Divinas*, suas peles irradiavam um brilho e exalavam uma doce fragrância que ainda perduravam durante dez dias.

Desse modo, quando o rei Zhou Mu viajou para esse lugar, permaneceu ali durante três anos sem retornar à sua pátria. Entretanto, após seu regresso, ele ficou tão desnorteado que começou a sentir saudades e admiração por aquele reino. Tinha rejeitado até seu próprio vinho e carne. Não chamava mais as suas concubinas. Somente após alguns meses ele voltou a si.

南国之人祝发而裸，北国之人鞨巾而裘，中国之人冠冕而裳。九土所资，或农或商，或田或渔；如冬裘夏葛，水舟陆车。默而得之，性而成之。越之东有辄沐之国，其长子生，则鲜而食之，谓之宜弟。其大父死，负其大母而弃之，曰："鬼妻不可以同居处。"楚之南有炎人之国，其亲戚死，剔其肉而弃之，然后埋其骨，乃成为孝子。秦之西有仪渠之国者，其亲戚死，聚

Assim também, Guan Zhong, durante sua viagem à região de Liaokou, aproveitou a ocasião para sugerir ao duque Huan do reino Qi uma visita àquele reino do Norte. Porém, quando já estavam para sair, Xi Peng se opôs ao duque Huan: "Você abandonará toda a extensão do território de Qi, sua numerosa população, seus rios e montanhas valiosas, a abundância de seus recursos, a nobreza dos costumes morais e o requinte das vestimentas, assim como as belas mulheres e os súditos leais que se aglomeram na sua corte. Quando você ergue a voz, milhões de soldados já obedecem a sua ordem. Ao seu olhar, todos os duques e marqueses também se submetem. Por que motivo você admira aquele lugar e abandona seu reino Qi, partindo para o reino dos bárbaros? Isso se deve à caduquice de Guan Zhong. Por que você deverá aceitar essa sugestão?".

Na verdade, o duque Huan acabou não viajando para o reino do Norte, e relatou as palavras de Xi Peng para Guan Zhong, que, por sua vez, disse: "Na verdade, Xi Peng nunca compreenderá essas coisas. Tenho receio de que nunca possa conhecer aquele reino. Por que você se apega à riqueza do reino de Qi? Por que se preocupa com as palavras de Xi Peng?".

Nos reinos da região Sul, as pessoas cortam seus cabelos e andam nuas. Nos reinos da região Norte, vestem casacos e usam toucas para prender seus cabelos. No reino do Centro, envolvem-se com capuzes e saias. Todas essas pessoas, agindo naturalmente a partir do silêncio, conduzem-se de maneira apropriada de acordo com as circunstâncias e realizam sua própria natureza. Assim, há um ponto em comum, seja nas pessoas que cultivam o campo ou trabalham no comércio, seja naquelas que velejam com barco ou viajam com carruagem. Ou ainda naquelas que, durante a caça ou a pesca, vestem casacos de pele no inverno e camisas de cânhamo no verão.

Na região oriental de Yue há o reino Mu, onde, ao nascer um primogênito, as pessoas cortam seu corpo em pedaços e se alimentam

柴积而焚之。燻则烟上，谓之登遐，然后成为孝子。此上以为政，下以为俗。而未足为异也。

孔子东游，见两小儿辩斗。问其故，一儿曰："我以日始出时去人近，而日中时远也。"一儿以日初出远，而日中时近也。一儿曰："日初出大如车盖，及日中则如盘盂，此不为远者小而近者大乎？"一儿曰："日初出沧沧凉凉，及其日中如探汤，此不为近者热而远者凉乎？"孔子不能决也。两小儿笑曰："孰为汝多知乎？"

dele. Esse costume é considerado como um ato de beneficência em relação ao irmão mais novo. Assim também, quando o avô falece, elas carregam nos ombros a avó e abandonam-na num canto distante, dizendo: "Não é apropriado morar junto com a esposa de um fantasma".

Na região sul do reino Chu há pessoas que se alimentam do corpo de seus parentes quando estes morrem. Seguindo o princípio da filiação, elas precisam comê-los e abandonar os restos dos corpos, enterrando os ossos.

Na região ocidental de Qin há o reino Yiqu, onde, de acordo com o dever filial, os pais mortos devem ser incinerados sobre a lenha empilhada. É por isso que, quando se eleva a fumaça da cremação, dizemos que é a "sua ascensão aos céus". Portanto, se o governante adota essa medida, esse costume nada estranho é seguido pelo povo.

Ao viajar para a região oriental, Confúcio viu duas crianças discutindo entre si e perguntou o motivo da briga.

"Penso que o Sol, quando surge, está mais próximo de nós, e quando chega o meio-dia, fica mais distante", disse uma das crianças, enquanto a outra replicou: "Penso que o Sol, quando surge, está mais distante, e quando chega o meio-dia, fica mais próximo".

A primeira criança ainda continuou: "Penso que o Sol, quando surge, parece imenso como a cobertura de uma carruagem, e quando chega o meio-dia, torna-se pequeno como um prato. Não é por essa razão que o Sol, quando é maior, está mais próximo, e quando é menor, está mais distante?".

A outra criança disse: "Quando o Sol surge, ele está frio e, quando chega o meio-dia, parece se tornar mais quente. Isso não é porque, quando está próximo, ele se torna mais quente, e quando está distante, ele se torna mais frio?".

Confúcio não conseguiu decidir-se em meio à controvérsia. Por fim, ambas as crianças, sorrindo, disseram: "Quem poderá considerá-lo um homem sábio?".

均，天下之至理也，连于形物亦然。均发均县，轻重而发绝，发不均也。均也，其绝也，莫绝。人以为不然，自有知其然者也。詹何以独茧丝为纶，芒针为钩，荆篠为竿，剖粒为饵，引盈车之鱼于百仞之渊、汨流之中；纶不绝，钩不伸，竿不挠。楚王闻而异之，召问其故。詹何曰："臣闻先大夫之言；蒲且子之弋也，弱弓纤缴，乘风振之，连双鸧于青云之际。用心专，动手均也。臣因其事，放而学钓，五年始尽其道。当臣之临河持竿，心无杂虑，唯鱼之念；投纶沉钩，手无轻重，物莫能乱。鱼见臣之钩饵，犹沉埃聚沫，吞之不疑。所以能以弱制强，以轻致重也。大王治国诚能若此，则天下可运于一握，将亦奚事哉？"楚王曰："善。"

Sendo de natureza material, o equilíbrio pode ser considerado o princípio do mundo. Assim, se um fio de cabelo é suspenso de maneira que o lado mais pesado fique mais esticado em relação ao lado mais leve, ocorrerá um desequilíbrio a tal ponto que o fio se desprenderá. Entretanto, se ambos os lados forem igualmente mantidos em equilíbrio, o fio jamais será rompido. Geralmente os homens duvidam desse fato, porém há aqueles que conhecem esse princípio.

Desse modo, Zhan He fez uma linha de pesca com um fio de seda, um anzol com uma folha pontiaguda de uma planta, uma vara com bambus finíssimos e uma isca com um grão de arroz debulhado. Com tudo isso, ele pescou um peixe tão grande como uma carruagem do fundo das águas. A linha não se rompeu, o anzol não se desprendeu e tampouco a vara se curvou. Sabendo desse acontecimento, o rei Chu, estarrecido, chamou Zhan He para explicar a causa disso.

Zhan He falou-lhe: "Meu falecido pai me disse que o arqueiro Pu Qiezi, quando atirava sua flecha, utilizava um arco frágil e uma delicada linha amarrada à flecha. Após seu disparo, a linha tremia e cavalgava com as nuvens. Isso acontecia porque ele mirava um par de corvos no meio das nuvens escuras com a concentração da mente e mantinha o equilíbrio de suas mãos. Inspirei-me no modelo dessa história para praticar a arte da pesca e fiquei durante cinco anos na aprendizagem desse Caminho (Dao). Quando me aproximava do rio com minha vara, não havia nenhum pensamento perturbando minha mente. Meu pensamento somente se concentrava no peixe. Atirava a linha e mergulhava o anzol. Meus gestos se mantinham numa atitude de equilíbrio de modo que nada poderia me dispersar. Assim, quando o peixe me percebia, ele afundava nas profundezas das águas ou na massa espumosa e, sem suspeitar de nada, simplesmente engolia o anzol. Isso se devia ao seguinte princípio: a brandura vence a força e a leveza vence a rigidez. Se um grande rei pode governar o reino dessa forma, como não seria capaz de dominar o mundo na palma de sua mão?".

"Com certeza", respondeu o rei Chu.

鲁公扈赵齐婴二人有疾，同请扁鹊求治。扁鹊治之。既同愈。谓公扈齐婴曰："汝曩之所疾，自外而干府藏者，固药石之所已。今有偕生之疾，与体偕长，今为汝攻之，何如？"二人曰："愿先闻其验。"扁鹊谓公扈曰："汝志强而气弱，故足于谋而寡于断。齐婴志弱而气强，故少于虑而伤于专。若换汝之心，则均于善矣。"扁鹊遂饮二人毒酒，迷死三日，剖胸探心，易而置之；投以神药，既悟如初。二人辞归。于是公扈反齐婴之室，而有其妻子，妻子弗识。齐婴亦反公扈之室室，有其妻子，妻子亦弗识。二室因相与讼，求辨于扁鹊。扁鹊辨其所由，讼乃已。

匏巴鼓琴而鸟舞鱼跃，郑师文闻之，弃家从师襄游。柱指钧弦，三年不成章。师襄曰："子可以

Gong Hu do reino de Lu e Qi Ying do reino de Zhao estavam doentes e foram pedir que Bian Que os curasse. Após a cura, Bian Que disse para Gong Hu e Qi Ying: "A doença que acometeu vocês surgiu do ataque externo aos seus órgãos internos, cuja cura só pode ser alcançada com medicina e agulhas. Porém, vocês têm outras doenças que já se desenvolveram e cresceram com a evolução de seus corpos. Mesmo assim, desejam que eu faça o tratamento?".

Ambos os homens disseram: "Em primeiro lugar, gostaríamos de falar-lhe dos sintomas de nossa doença".

Então, Bian Que dirigiu-se a Gong Hu: "Sua mente é forte, mas seu Sopro Vital é fraco. Por isso, você pondera demais e não é decidido. Por outro lado, Qi Ying tem uma mente fraca, mas seu Sopro Vital é forte; por isso, ele pondera menos e decide com mais firmeza. Se vocês pudessem equilibrar essas qualidades, ambos se tornariam completamente perfeitos.".

Bian Que convidou-os para experimentar uma bebida entorpecente, e logo eles ficaram num estado de inconsciência durante três dias. Dissecou o peito de cada um e retirou-lhes os corações, fazendo uma troca entre eles. Depois, ministrou-lhes a poção mágica. Ao acordar, ambos os homens retornaram ao estado normal e, despedindo-se, voltaram ao lar.

Então, Gong Hu retornou para a casa de Qi Ying e ficou com a esposa e os filhos dele. Entretanto, a esposa não o reconheceu, estranhando a situação. Do mesmo modo, Qi Ying retornou para a casa de Gong Hu e ficou com a esposa e os filhos do outro, que por sua vez também não o reconheceram. Por fim, ambas as famílias levaram o litígio ao tribunal e chamaram Bian Que para resolver o caso. Quando Bian Que explicou o motivo, as duas partes acabaram com a disputa.

Quando Pau Ba tocava cítara, os pássaros dançavam e os peixes saltitavam. Depois de ouvir essa história, Shi Wen do reino de Zheng abandonou sua família e foi aprender a tocar cítara com o Mestre

归矣。"师文舍其琴，叹曰："文非弦之不能钩，非章之不能成。文所存者不在弦，所志者不在声。内不得于心，外不应于器，故不敢发手而动弦。且小假之，以观其后。"无几何，复见师襄。师襄曰："子之琴何如?"师文曰："得之矣。请尝试之。"于是当春而叩商弦以召南吕，凉风忽至，草木成实。及秋而叩角弦以激夹钟，温风徐回，草木发荣。当夏而叩羽弦以召黄钟，霜雪交下，川池暴冱。及冬而叩徵弦以激蕤宾，阳光炽烈，坚冰立散。将终，命宫而总四弦，则景风翔，庆云浮，甘露降，澧泉涌。师襄乃抚心高蹈曰："微矣! 子之弹也!　虽师旷之清角，邹衍之吹律，亡以加之。被将挟琴执管而从子之后耳。"

Xiang, porém ele nunca conseguia afinar as cordas, e durante três anos jamais tocou nenhuma melodia. O Mestre Xiang então lhe disse: "É melhor você retornar ao lar".

Deixando a cítara de lado e suspirando, Shi Wen disse: "Não é que não consiga afinar as cordas e tocar a melodia. É minha mente que não está concentrada na corda e nem minha vontade se encontra absorvida no som. Tanto os sons externos não atingem o interior da minha mente como minha mente não assimila os sons externos. Daí o motivo de eu não conseguir afinar as cordas. Por ora, preciso descansar para poder avaliar os resultados".

Pouco tempo depois, ele voltou a ver o Mestre Xiang. Este último perguntou-lhe: "Como está seu aprendizado?".

"Ganhei experiência. Deixe-me demonstrar", respondeu Shi Wen. Assim, como estavam na primavera, ele tocou a nota melodiosa relacionada à estação de outono. Repentinamente um vento gelado apareceu e os frutos amadureceram nas árvores. Quando chegou o outono, ele tocou a nota melodiosa da primavera e fez com que uma brisa morna soprasse lentamente junto às árvores florescentes. Durante o verão, ele tocou aquela nota melodiosa do inverno, fazendo com que a geada e a neve se derramassem pelo chão enquanto rios e lagos se congelavam de um momento para o outro. Ao chegar o inverno, assim que ele tocou a nota melodiosa do verão, os raios do Sol incandesceram-se de modo tão intenso que derreteram o sólido gelo. Quando findava o ciclo das estações, ele tocou a última nota que reunia todas as quatro notas. Um vento harmonioso pairou nos ares, nuvens auspiciosas flutuaram, o doce orvalho se precipitou e as águas amenas emergiram.

Então, após ouvir a música, o Mestre Xiang tocou a própria cabeça e, pulando bem alto, exclamou: "Que maravilha! Mesmo que o Mestre Kuang toque a sua música e o Mestre Zou Yan assopre seus instrumentos musicais, ainda assim sua música continua inigualável! Eles até carregariam suas cítaras e levariam seus instrumentos para aprender com você.".

薛谭学讴于秦青，未穷青之技，自谓尽之；遂辞归。秦青弗止。饯于郊衢，抚节悲歌，声振林木，响遏行云。薛谭乃谢求反，终身不敢言归。

秦青顾谓其友曰："昔韩娥东之齐，匮粮，过雍门，鬻歌假食。既去而余音绕梁㰚，三日不绝，左右以其人弗去。过逆旅，逆旅人辱之。韩娥因曼声哀哭，一里老幼悲愁，垂涕相对，三日不食。遽百追之。娥还，复为曼声长歌，一里老幼喜跃抃舞，弗能自禁，忘向之悲也。乃厚赂发之。故雍门之人至今善歌哭，放娥之遗声。"

伯牙善鼓琴，钟子期善听。伯牙鼓琴，志在登高山。钟子期曰："善哉！峨峨兮若泰山！"志在

Xue Tan foi aprender a arte do canto com o Mestre Qinqing. Antes de terminar o aprendizado, ele achou que já tinha aprendido tudo, e então quis retornar para o seu lar. Tempos depois, caminhando pela estrada fora da cidade, o Mestre bateu as palmas e cantou uma triste canção. A música estremeceu os bosques da floresta e suas reverberações silenciaram a agitação das nuvens. Ao presenciar esse acontecimento, o discípulo pediu desculpas ao seu Mestre e perguntou-lhe se poderia voltar ao aprendizado. Assim, desde aquele instante até os últimos dias de sua vida, o discípulo Xue Tan jamais teve a ousadia de comentar o retorno à sua casa.

Qinqing dirigiu-se ao seu amigo e disse-lhe: "Muito tempo atrás, uma mulher chamada Han Er viajou para o lado oriental do Estado de Qi sem levar na bagagem nenhuma comida. Ela havia entrado na capital por meio do Portão da Harmonia e, com suas cantilenas, suplicava alimentos. Mesmo após sua partida, as vibrações de sua música ainda circulavam nos arredores das vigas do Portão e perduraram durante três dias. Nas proximidades do local, as pessoas achavam que Han Er ainda nem tinha se afastado. Ao entrar numa estalagem, ela foi insultada e expulsa pelo proprietário do local. Foi embora chorando intensamente. Seu choro comoveu tanto os velhos e jovens da vizinhança que esses também choraram intensamente e permaneceram em jejum durante três dias. Contudo, logo depois, eles se apressaram a trazê-la de volta. Assim que ela regressou e voltou novamente a cantar, todos ficaram muito felizes. Dançaram sem parar e até esqueceram de sofrimentos passados. Han Er foi honrada com presentes magníficos. Eis o motivo pelo qual ainda nos dias atuais os habitantes do Portão da Harmonia são excelentes no choro e no canto, já que a música de Han Er ainda continua viva na sua memória.".

Boya era um excelente músico e Zhong Ziqi um bom ouvinte. Ao subir as montanhas, Boya tocava sua flauta num estado de puro

流水，钟子期曰："善哉洋洋兮若江河！"伯牙所念，钟子期必得之。伯牙游于泰山之阴，卒逢暴雨，止于岩下；心悲，用援琴而鼓之。初为霖雨之操，更造崩山之音。曲每奏，钟子期辄穷其趣。伯牙乃舍琴而叹曰："善哉，善哉！子之听夫志想象犹吾心也。吾于何逃声哉？"

周穆王西巡狩，越昆仑，不至弇山。反还，未及中国，道有献工人名偃师，穆王荐之，问曰："若有何能？"偃师曰："臣唯命所试。然臣已有所造，愿王先观之。"穆王曰："日以俱来，吾与若俱观之。"翌日，偃师谒见王。王荐之曰："若与偕来者何人邪？"对曰："臣之所造能倡者。"穆王惊视之，趋步俯仰，信人也。巧夫鎮其颐，则歌合律；捧其手，则舞应节。千变万化，惟意所适。王以为实人也，与盛姬内御并观之。技将终，倡者瞬其目而招王之左右待妾。王大怒，立欲诛偃师。偃师大慑，立剖散倡者以示王，皆傅会革、

contentamento. Zhong Ziqi então disse: "Que música maravilhosa! Tão sublime que me faz recordar a Montanha Tai!".

Quando contemplou Boya absorto no fluxo das correntezas da água, Zhong Ziqi disse: "Que excelente! Sua música é tão imensurável como os rios Azul e Amarelo!". Dessa maneira, Zhong Ziqi sempre conseguia captar as imagens que surgiam na mente do músico.

Um dia, vagando ao norte da Montanha Tai, Boya foi surpreendido por uma rajada de chuva e se escondeu debaixo de um penhasco. Uma tristeza invadiu-lhe o coração. Ele pegou sua flauta e começou a tocar. Em primeiro lugar, tocou uma melodia que sugeria o fragor de vagarosa chuva e, em seguida, uma melodia sugerindo o estrondoso rumor das montanhas. À medida que as músicas eram tocadas, Zhong Ziqi conseguia sempre adivinhar a intenção do músico.

Assim, largando o instrumento, Boya suspirou: "Excelente! Excelente! Como você escuta bem! Sua mente se parece com a minha! Minha música jamais conseguirá escapar de você!".

O rei Mu do Estado de Zhou viajava para o Oeste; ele já havia passado pelas montanhas Kunlun, mas ainda não tinha chegado à montanha Yan. Regressando ao lar, antes de chegar à sua cidade, foi-lhe apresentado um artesão que se chamava Yanshi.

O rei perguntou-lhe: "Qual é a sua habilidade?".

"Posso cumprir quaisquer ordens do senhor. Porém, desejaria que o senhor visse algo que fiz antes", respondeu o artesão.

"Traga-o na próxima vez para que eu veja", disse o rei.

No dia seguinte, quando Yanshi se encontrou com o rei, este último perguntou-lhe: "Quem é esse seu acompanhante?". Yanshi logo respondeu: "Essa criatura é um ator que eu mesmo fabriquei".

Assim que o viu, o rei se impressionou com o fato de que aquele ser podia correr rapidamente, caminhar, abaixar-se, erguer a cabeça e se movimentar. Realmente parecia um ser humano. Que incrível! Se manipulássemos seus maxilares, ele podia cantar acompanhando a melodia de uma música, e se apertássemos suas mãos,

木、胶、漆、白、黑、丹、青之所为。王谛料之，内则肝、胆、心、肺、脾、肾、肠、胃，外则筋骨、支节、皮毛、齿发，皆假物也，而无不毕具者。合会复如初见。王试废其心，则口不能言；废其肝，则目不能视；废其肾，则足不能步。穆王始悦而叹曰："人之巧乃可与造化者同功乎？"诏贰车载之以归。夫班输之云梯，墨翟之飞鸢，自谓能之极也。弟子东门贾禽滑厘闻偃师之巧，以告二子，二子终身不敢语艺，而时执规矩。

甘蝇，古之善射者，彀弓而兽伏鸟下。弟子名飞卫，学射于甘蝇，而巧过其师。纪昌者，又学

podia dançar no ritmo da harmonia. Performava inúmeras músicas e danças sempre que alguém lhe pedisse. O rei acabou por acreditar que realmente era um ser humano e contemplava-o junto com sua predileta Shenji e seu séquito de concubinas.

Quando o espetáculo estava chegando ao fim, aquele ser piscou seus olhos e acenou para uma das concubinas do rei. Isso enfureceu tanto o rei que ele acabou por ordenar a sua morte. Assustado, Yanshi desmontou imediatamente aquele ser e mostrou cada peça para o rei. Ele era feito de couro, madeira, cola, laca e pintado com diversas cores como branco, preto, vermelho e azul. O rei então examinou-o detidamente e viu no seu interior fígado, bile, coração, pulmão, baço, rins, intestinos e estômago. No lado externo, viu músculos, ossos, membros, articulações, pele, pelos, dentes e cabelo. Tudo era falso e incompleto, mas, quando todas as peças eram reunidas e combinadas, a criatura ressurgia em seu estado anterior. O rei tentou destruir o coração daquela criatura, e assim fez com que sua boca nunca mais falasse. Destruiu o fígado, e fez com que seus olhos jamais pudessem enxergar. Quando os rins foram destruídos, os pés também não conseguiram mais caminhar.

Assim, suspirando, o rei falou: "Será possível que a arte humana possa se igualar à arte do Criador?". Logo depois, ele chamou a sua segunda carruagem para transportar o artesão de volta para o lar. Tão habilidosos como Yanshi, havia outros dois mestres cujos nomes eram Gong Shu e Mozi. O primeiro tinha fabricado uma escada que subia até as nuvens, e o segundo tinha voado num falcão. Assim que seus discípulos Dong Menjia e Qin Guli souberam das proezas da arte de Yanshi, eles contaram isso para seus Mestres. Contudo, os Mestres Gong Shu e Mozi, por respeitarem as normas do aprendizado, jamais comentaram as suas próprias realizações até o fim das suas vidas, para não parecerem orgulhosos.

Gan Ying era um grande arqueiro na Antiguidade. Quando ele esticava seu arco, os animais selvagens se prostravam no chão e os

射于飞卫。飞卫曰："尔先学不瞬，而后可言射矣。"纪昌归，偃卧其妻之机下，以目承牵挺。二年之后，虽锥末倒眦，而不瞬也。以告飞卫。飞卫曰："未也，必学视而后可。视小如大，视微如着，而后告我。"昌以牦悬虱于牖。南面而望之。旬日之间，浸大也；　　　三年之后，如车轮焉。以睹余物，皆丘山也。乃以燕角之弧，朔蓬之簳射之，贯虱之心，而悬不绝。以告飞卫。飞卫高蹈拊膺曰："汝得之矣！"纪昌既尽卫之术，计天下之敌己者，一人而已；乃谋杀飞卫。相遇于野，二人交射；中路矢锋相触，而坠于地，而尘不扬。飞卫之矢先穷。纪昌遗一矢；既发，飞卫以棘刺之端扞之，而无差焉。于是二子泣而投弓，相拜于途，请为父子。克臂以誓，不得告术于人。

pássaros caíam do céu. No entanto, depois do aprendizado com Fei Wei, que se tornara Mestre, logo superou-o na destreza.

Pouco tempo depois, Ji Chang foi aprender a arte do arco e flecha com o Mestre Fei Wei e, logo, este aconselhou-lhe: "Em primeiro lugar, você não deve piscar os olhos antes do início do aprendizado". Em seguida, Ji Chang retornou ao lar e se deitou debaixo do tear de sua esposa com os olhos próximos ao pedal da máquina. Passaram-se dois anos. Embora as agulhas pontiagudas da máquina chegassem a ferir as órbitas de seus olhos, ele jamais chegou a piscar.

Assim que Ji Chang se reencontrou com Fei Wei, este último disse: "Não é suficiente. É necessário ainda que seus olhos sejam capazes de contemplar as coisas pequenas como se fossem grandes, assim como as coisas indistintas como se fossem nítidas. Depois de conseguir realizar isso, você poderá falar comigo.".

Então, Ji Chang resolveu amarrar um piolho com um pelo. Pendurou-o ainda com a cauda de um boi no lado sul da janela e ficou contemplando sua imagem. Depois de dez dias de contemplação, o piolho se parecia com uma roda de carruagem. Ao contemplar as outras coisas, estas se assemelhavam às imensas montanhas. Então, com um arco feito com chifre de animais selvagens do Estado de Yan e uma flecha adornada com margaridas da região Norte, Ji Chang atirou e perfurou o coração do piolho sem que fosse rompido o emaranhado de fios. Contou o que fizera para Fei Wei, que, exaltado, pulou e bateu no próprio peito, dizendo: "Você foi bem-sucedido no aprendizado!".

Após ter aprendido a arte do arco e flecha com Fei Wei, Ji Chang achou que tinha apenas um único oponente, por isso planejou assassinar seu próprio mestre. Assim, ambos os homens se encontraram num lugar desolado e atiraram um no outro. As pontas das flechas se chocaram no ar e caíram ao chão sem levantar nenhuma poeira. Quando Fei Wei terminou de atirar sua última flecha, havia sobrado apenas uma para Ji Chang; este último atirou, porém Fei Wei conseguiu impecavelmente barrar o caminho da flecha com a ponta de um espinho. Em profusas lágrimas, ambos os homens se enterneceram e abandonaram seus arcos. Ajoelhando-se um diante do outro, reverenciaram-se como

造父之师曰泰豆氏。造父之始从习御也，执礼甚卑，泰豆三年不告。造父执礼愈谨，乃告之曰："古诗言：'良弓之子，必先为箕，良冶之子，必先为裘。'汝先观吾趣。趣如吾，然后六辔可持，六马可御。"造父曰："唯命所从。"泰豆乃立木为途，仅可容足；计步而置，履之而行。趣走往还，无跌失也。造父学之，三日尽其巧。泰豆叹曰："子何其敏也？得之捷乎！凡所御者，亦如此也。曩汝之行，得之于足，应之于心。推于御也，齐辑乎辔衔之际，而急缓乎唇吻之和，正度乎胸臆之中，而执节乎掌握之间。内得于中心，而外合于马志，是故能进退履绳而旋曲中规矩，取道致远而气力有余，诚得其术也。得之于衔，应之于辔；得之于辔，应之于手；得之于手，应之于心。则不以目视，不以策驱；心闲体正，六辔不乱，而二十四蹄所投无差；回旋进退，莫不中节。然后舆轮之外可使无余辙，马蹄之外可使无余地；未尝觉山谷之险，原隰之夷，视之一也。吾术穷矣。汝其识之！"

pai e filho. Derramando o sangue de seus próprios braços, selaram uma promessa de que jamais revelariam suas artes para as outras pessoas.

Zao Fu tinha um mestre na arte da carruagem que se chamava Tai Doushi. Em seu aprendizado com ele, Zao Fu tratava-o com muita humildade, mas durante três anos seu mestre não havia falado sobre sua arte. Zao Fu ainda continuou tratando-o com respeito e, por fim, o Mestre Tai Doushi lhe falou: "Um antigo poema dizia: *O filho de um excelente artesão de arco e flecha deveria começar fazendo cesto de bambu ou aprender o método de curvar a madeira; o filho de um ferreiro deveria começar fazendo um casaco de pele ou aprender o método de costura e cinzelagem.* Veja como eu corro e siga meus passos para que você possa dominar as seis rédeas e dirigir os seis cavalos.".

"Com certeza, sempre seguirei suas instruções", disse Zao Fu.

Em seguida, o Mestre Tai Doushi ergueu uma fileira de estacas e formou uma trilha de modo que pudesse percorrer todos os seus passos durante a corrida. Calculou seu comprimento e construiu esse caminho. Então, correu sobre a trilha sem sofrer nenhuma queda.

Assim, Zao Fu foi praticar essa caminhada durante três dias e aprendeu essa arte. Seu mestre disse suspirando: "Você foi tão rápido na aprendizagem! É assim também com a arte da carruagem. Agora há pouco, quando caminhava sobre as estacas, você harmonizava seus passos com a mente. De maneira semelhante, na arte da carruagem, você deverá também alcançar um domínio total no que diz respeito ao ponto de encontro entre as pontas das rédeas que você está segurando e as pontas que estão presas à boca do cavalo. Além disso, você deverá atingir um equilíbrio entre a lentidão e a rapidez. O princípio correto se encontra no seu interior e a norma correta nas palmas da sua mão. Se sua mente interior se sintonizar com a vontade externa do cavalo, você poderá avançar e recuar em afinidade com a linha traçada do caminho, andando em círculos como se fosse um compasso. Por isso, ao viajar em longos caminhos, você ainda terá força em abundância e realizará conquistas na arte da

魏黑卵以暱嫌杀丘邴章。丘邴章之子来丹谋报父之仇。丹气甚猛，形甚露，计粒而食，顺风而趋。虽怒，不能称兵以报之。耻假力于人，誓手剑以屠黑卵。黑卵悍志绝众，力抗百夫，节骨皮肉，非人类也。延颈承刀，披胸受矢，铠锷摧屈，而体无痕挞。负其材力，视来丹犹雏鷇也。来丹之友申他曰："子怨黑卵至矣，黑卵之易子过矣，将奚谋焉？"来丹垂涕曰："愿子为我谋。"申他曰：'吾闻卫孔周其祖得殷帝之宝剑，一童子服之，却三军之众，奚不请焉？"来丹遂适卫，见孔周，执仆御之礼，请先纳妻子，后言所欲。孔周曰："吾有三剑，唯子所择；皆不能杀人，且先言其状。一曰含光，视之不可见，

carruagem. Se você harmonizar as rédeas com aquilo que você sente ao segurá-las nas mãos e ainda realizar a harmonia entre o movimento das suas mãos e a sua mente interior, então, quando dirigir o cavalo, enxergará sem utilizar os olhos e não precisará fustigá-lo com o chicote. Com a mente interior serena e o corpo aprumado, será capaz de segurar bem as seis rédeas, e os vinte e quatro passos dos cascos do cavalo estarão em completa ordem. Quando estiver andando em círculos, recuando ou avançando, tudo se submeterá ao seu comando. Então, não haverá mais caminho que não seja possível de ser trilhado pela sua carruagem, nem haverá terreno que esteja além dos cascos de seu cavalo. Jamais se importará com o perigo das montanhas e dos vales e com a diferença entre superfícies planas e íngremes, já que tudo será idêntico. Eis a arte que tenho de ensinar. Espero que você possa resguardá-la em sua memória!".

Wei He Luan nutria um ódio pessoal tão grande contra Qiu Bing Zhang que terminou por planejar e executar seu assassinato. Por sua vez, o filho de Qiu Bing Zhang, chamado Laidan, planejava a vingança de seu pai. Embora fosse corajoso, Laidan tinha um corpo franzino. Comia somente grãos de arroz e parecia tão fraco que sempre era arrastado pelo vento. Mesmo com raiva, ele mal conseguia erguer suas armas para se vingar. Envergonhado de depender da força de outros homens, ele prometeu a si mesmo assassinar Wei He Luan com sua própria espada.

Porém, Wei He Luan era mais feroz do que outros homens. Sua força podia resistir contra cem pessoas. Seus ossos, pele, carne e músculos ultrapassavam a condição humana. Podia esticar seu pescoço para suportar o golpe da espada e desnudar o peito para receber flechadas. Como as pontas aguçadas das espadas e das flechas se quebravam, seu corpo nem apresentava feridas. Orgulhoso de sua força, considerava Laidan tão fraco como um pássaro recém-nascido.

Um amigo de Laidan chamado Shen Ta disse para ele: "Você odeia tanto Wei He Luan! E ele despreza tanto você! Como resolverá o caso?".

运之不知有。其所触也，泯然无际，经物而物不觉。二曰承影，将旦昧爽之交，日夕昏明之际，北面而察之，淡淡焉若有物存，莫识其状。其所触也，窃窃然有声，经物而物不疾也。三曰宵练，方昼则见影而不见光，方夜见光而不见形。其触物也，骉然而过，随过随合，觉疾而不血刃焉。此三宝者，传之十三世矣，而无施于事。匣而藏之，未尝启封，"来丹曰："虽然，吾必请其下者。"孔周乃归其妻子，与斋七日。晏阴之间，跪而授其下剑，来丹再拜受之以归。来丹遂执剑从黑卵。时黑卵之醉偃于牖下，自颈至腰三斩之。黑卵不觉。来丹以黑卵之死，趣而退。遇黑卵之子于门，击之三下，如投虚。黑卵之子方笑曰："汝何蚩而三招予？"来丹知剑之不能杀人也，叹而归。黑卵既醒，怒其妻曰："醉而露我，使人嗌疾而腰急。"其子曰："畴昔来丹之来。遇我于门，三招我，亦使我体疾而支强，彼其厌我哉！"

Enquanto chorava, Laidan respondeu: "Gostaria de ouvir seu conselho".

Shen Ta então disse: "Ouvi dizer que o antepassado de Kong Zhou foi presenteado com espadas preciosas pelo rei Shang. Houve uma criança que, portando uma dessas espadas, derrotou um exército. Por que não solicitamos seu auxílio?".

Assim, Laidan foi ao Estado de Wei e visitou Kong Zhou. Com a atitude de um serviçal, cumprimentou Kong Zhou, oferecendo-lhe a própria esposa e os filhos para que fossem seus servos.

"Tenho três espadas", disse Kong Zhou. "Faça sua escolha, porém saiba que elas não poderão matar ninguém. Em primeiro lugar, gostaria de descrevê-las. A primeira se chama *Receptáculo de Luz*. Mesmo sendo vista, permanece invisível. Mesmo sendo movida, parece não existir. Quando atravessa as coisas, não deixa nenhum rastro. Quando passa pelos homens, estes mal a percebem. A segunda se chama *Refúgio de Sombras*. Na penumbra antes do início do dia, se você dirigir o olhar para o Extremo Norte, observando a espada, perceberá que existe algo indistinto cuja forma não será reconhecida. Quando atravessa as coisas, ela emite secretamente um som sutil. Quando passa pelos homens, mal consegue feri-los. A terceira se chama *Polida pela Noite*. Durante o dia, você vê sua sombra, porém não vê sua luz. À noite, vê sua luz, mas não sua forma. Quando atravessa as coisas, provoca um som dilacerante. Porém, as feridas que ela causa se cicatrizam e desaparecem. Embora cause percepção e dor por onde passa, a lâmina dessa espada fica sem nenhuma gota de sangue. Essas três espadas já passaram por treze gerações sem ser utilizadas. Estão preservadas em suas caixas, e essas nem foram abertas".

Laidan disse: "Sendo assim, escolherei a terceira espada". Então, Kong Zhou recusou os serviços de sua esposa e dos filhos, mas jejuou com ele por sete dias. No entardecer do sétimo dia, ajoelhou-se, entregando para Laidan a terceira espada. Laidan agradeceu por duas vezes e, depois disso, retornou ao lar.

Agarrando sua espada, Laidan foi ao encontro de Wei He Luan. Quando Wei He Luan se encontrava bêbado e desacordado debaixo

周穆王大征西戎，西戎献锟铻之剑，火浣之布。其剑长尺有咫，练钢赤刃，用之切玉如切泥焉。火浣之布，浣之必投于火；布则火色，垢则布色；出火而振之，皓然疑乎雪。皇子以为无此物，传之者妄。萧叔曰："皇子果于自信，果于诬理哉！"

da janela, Laidan golpeou-o do pescoço até a cintura por três vezes. Wei He Luan nada sentiu. Laidan pensava que seu inimigo tinha morrido e fugiu rapidamente. No limiar da porta, ele se deparou com o filho de Wei He Luan e também o golpeou por três vezes. No entanto, o golpe parecia ter sido inútil. O filho de Wei He Luan disse sorrindo: "Por que você brandiu sua mão por três vezes de modo tão estúpido?". Laidan lembrou-se de que sua espada não podia matar e, lamentando-se, voltou para o lar.

Quando Wei He Luan acordou, ele disse irritado para sua esposa: "Fiquei bêbado sem proteção e senti a garganta sufocada e um grande aperto na cintura".

"Agora há pouco veio Laidan", complementou seu filho. "Encontrei-o na saída da porta. Ele ergueu sua mão contra mim por três vezes e fez com que meu corpo ficasse dolorido com todos os membros rígidos. Como é imenso seu ódio contra mim!"

Quando o rei Zhou do Estado de Mu realizou uma grande expedição contra as tribos do lado ocidental, elas presentearam-lhe com uma espada da região de Kunwu e uma roupa à prova de fogo. A espada tinha oito pés de comprimento com uma rubra lâmina de aço temperado. Era tão fácil utilizá-la para cortar o jade que era como se estivéssemos cortando a argila. No caso daquela roupa especial, se alguém quisesse lavá-la, era preciso que fosse lançada ao fogo. No meio das chamas, seu tecido se tingia de vermelho e se manchava com a cor das cinzas. Assim que era retirada do fogo e brandida no ar, ela resplandecia tanto que até se assemelhava à alvura da neve. Contudo, o rei Zhou, mal podendo imaginar uma coisa dessas, pensava que isso não passava de uma invencionice da tradição. Por isso, Xiao Shu disse: "Como o rei é teimoso nas suas crenças e também nas suas ideias equivocadas!".

06 章 力命

力谓命曰："若之功奚若我哉？"命曰："汝奚功于物，而物欲比朕？"力曰："寿夭、穷达、贵贱、贫富，我力之所能也。"命曰："彭祖之智不出尧舜之上，而寿八百；颜渊之才不出众人之下，而寿四八。仲尼之德。不出诸侯之下，而困于陈，蔡；殷纣之行，不出三仁之上，而居君位。季札无爵于吴，田恒专有齐国。夷齐饿于首阳，季氏富于展禽。若是汝力之所能，奈何寿彼而夭此，穷圣而达逆，贱贤而贵愚，贫善而富恶邪？"力曰："若如若言，我固无功于物，而物若此邪，此则若之所制邪？"命曰："既谓之命，奈何有制之者邪？朕直而推之，曲而任之。自寿自夭，自穷自达，自贵自贱，自富自贫，朕岂能识之哉？朕岂能识之哉？"

Sexta Parte
ESFORÇO E DECRETO DO CÉU

"Como seu mérito pode ser tão grande quanto o meu?", perguntou o Esforço ao Decreto do Céu.

"Quais são seus méritos para querer se comparar comigo?", retrucou o Decreto do Céu.

O Esforço respondeu: "A longevidade ou a brevidade da vida, o fracasso ou o sucesso, a baixa ou a elevada posição, a riqueza ou a pobreza, tudo isso está dentro das minhas possibilidades".

O Decreto do Céu então disse: "A sabedoria de Pengzu não é maior do que a dos imperadores Yao e Shun, ainda que tenha vivido oitocentos anos. O talento de Yan Yuan não é menor do que o da maioria dos homens, embora ele tenha vivido apenas dezoito anos. E, embora tenha sofrido nas regiões de Chen e Cai, Confúcio não era menos virtuoso do que outros reis e príncipes. Apesar de ter ocupado seu trono, a conduta virtuosa do imperador Yin não era melhor do que a dos três ministros que ele executou. Ji Zha não tinha cargo no Estado de Wu, embora Tian Heng fosse governante no Estado de Qi. Assim, Bo Yi e Shu Qi morreram de fome na Montanha Shou Yang e a família de Li era mais rica do que a de Zhan Qin. Se todas as coisas são possíveis dentro de suas capacidades, então por que você concede vida longeva a algumas pessoas e morte prematura a outras? Por que você permite o fracasso do santo e o sucesso do ignóbil, humilha o virtuoso e enaltece o vicioso, empobrece o bondoso e enriquece o maldoso?".

Assim, o Esforço respondeu: "Por acaso você está insinuando que eu não tenho o mínimo poder sobre as coisas? Entretanto, as coisas ocorrem de acordo com as suas ordens?".

O Decreto do Céu disse: "Em se tratando de *Decreto do Céu*, como poderá haver algo que determine o rumo das coisas? As coisas

北宫子谓西门子曰："朕与子并世也，而人子达；并族也，而人子敬；并貌也，而人子爱；并言也，而人子庸；并行也，而人子诚；并仕也，而人子贵；并农也，而人子富；并商也，而人子利。朕衣则裋褐，食则粢粝，居则蓬室，出则徒行。子衣则文锦，食则粱肉，居则连欐，出则结驷。在家熙然有弃朕之心，在朝谔然有敖朕之色。请谒不相及，遨游不同行，固有年矣。子自以德过朕邪？"西门了曰："予无以知其实。汝造事而穷，予造事而达，此厚薄之验欤？而皆谓与予并，汝之颜厚矣。"北宫子无以应，自失而归。中途遇东郭先生曰："汝奚往而反，偊偊而步，有深愧之色邪？"北宫子言其状。东郭先生曰："吾将舍汝之愧，与汝更之西门氏而问之。"曰："汝奚辱北宫子之深乎！　固且言之。"西门子曰："北宫子言世族、年貌、言行与予并，而贱贵、贫富与予异。予无以知其实。汝造事而穷，予造事而达，此将厚薄之验欤？　而

que podem ser esticadas, eu as estico. E aquelas que podem ser curvadas, eu as curvo. E se ela puder se curvar, deixo-a seguir sua própria tendência. Deixo que a vida longeva ou a morte prematura, o fracasso e o sucesso, a baixa e a elevada posição, a riqueza e a pobreza venham por si mesmos naturalmente. Assim, se as coisas seguem sua própria Naturalidade, como eu seria capaz de ser ou conhecer as suas causas?".

Bei Gongzi disse para Xi Menzi: "Eu e você nascemos juntos no mesmo dia, mas você é favorecido com sucesso e prestígio. Pertencemos ao mesmo clã, porém você ganha o respeito dos outros. Temos a mesma aparência, mas somente você é amado pelas pessoas. Ambos falamos sobre as mesmas coisas, porém apenas você conquista a confiança dos homens. Agimos virtuosamente de maneira idêntica, mas somente você é considerado sincero. Se ocupamos os cargos oficiais, os outros concedem-lhe posição elevada. Se plantamos juntos, somente você enriquece. Se trabalhamos no comércio, as pessoas favorecem-lhe com lucros. Eu visto apenas um casaco de pele, alimento-me de milho, moro numa cabana e faço todo o caminho a pé, entretanto, você usa vestes ricamente decoradas, come iguarias refinadas, mora numa mansão luxuosa e passeia em carruagens puxadas por cavalos. No seu lar, você vive com satisfação e me despreza. No palácio, é honesto com os outros, porém, apenas comigo é arrogante. Há muito tempo não nos vemos, tampouco passeamos juntos. Por que motivo você se considera mais virtuoso do que eu?".

Xi Menzi respondeu: "Eu realmente não sei. Você fracassa nas suas realizações, mas só eu sou bem-sucedido. Isso mostra que há uma diferença entre nós. Você não tem vergonha de dizer que somos iguais?".

Bei Gongzi não respondeu, e voltou confuso para casa. No meio do caminho, ao se encontrar com o senhor Dong Guo, este último perguntou-lhe: "Por que você está voltando para casa, caminhando sozinho com esse ar constrangido?".

皆谓与予并，汝之颜厚矣。"东郭先生曰："汝之言厚薄不过言才德之差，吾之言厚薄异于是矣。夫北宫子厚于德，薄于命；汝厚于命，薄于德。汝之达，非智得也：北宫子之穷，非愚失也。皆天也，非人也。而汝以命厚自矜，北公子以德厚自愧，皆不识夫固然之理矣。"西门子曰："先生止矣!予不敢复言。"北宫子既归，衣其裋褐，有狐貉之温；进其茇菽，有稻粱之味；庇其蓬室，若广厦之荫；乘其筚辂，若文轩之饰。终身逌然，不知荣辱之在彼也，在我也。东郭先生闻之曰："北宫子之寐久矣，一言而能寤，易悟也哉!"

Bei Gongzi descreveu o que tinha ocorrido. Então, Dong Guo disse: "Desejo libertá-lo de seu pesar. Por isso, devemos novamente retornar à casa de Xi Mengzi para fazer-lhe algumas perguntas.".

Assim que se viu com Xi Mengzi, Dong Guo perguntou-lhe: "Por que você tanto humilhou Bei Gongzi? Por favor, explique-se!".

Xi Mengzi respondeu: "Bei Gongzi afirma que somos iguais no que diz respeito ao dia de nascimento, ao clã, à idade, à aparência física e à conduta virtuosa, mas nos distinguimos na questão da riqueza e do reconhecimento. Expliquei-lhe: 'Eu realmente não sei. Você fracassa nas suas realizações, mas só eu sou bem-sucedido. Isso mostra que há uma diferença entre nós. Como ainda ousa afirmar que somos iguais?'".

Dong Guo replicou: "O que você entende por virtude é totalmente diferente do que eu entendo. Sua virtude se refere ao talento. Bei Gongzi é rico em virtude, mas carece de boa fortuna. Você é rico em boa fortuna, mas carece de virtude. Sua conduta bem-sucedida não se deve unicamente à sua inteligência. Do mesmo modo, o fracasso de Bei Gongzi também não ocorre em função da estupidez dele. Todas essas coisas são determinadas pelo *Decreto do Céu* e jamais pertencem à esfera da decisão humana. Embora seja carente de virtude, você se orgulha de ser favorecido pela boa fortuna, enquanto Bei Gongzi sente pesar porque, mesmo sendo rico em virtude, não é agraciado pelo *Decreto do Céu*. No fundo, ambos jamais conheceram a *Ordem Genuína* de todas as coisas.". Logo, Xi Mengzi exclamou: "O senhor tem toda razão! Não me atrevo a dizer mais nada.".

Por outro lado, assim que regressou ao lar, Bei Gongzi considerou seu casaco de pele tão aquecido como a pele da raposa e do texugo. Sentiu que seus grãos de arroz e milho eram saborosos, sua cabana tão acolhedora como uma mansão luxuosa e sua carroça de madeira tão bela como uma carruagem cheia de decorações. Ficou muito satisfeito até o fim de sua vida e deixou de se importar com o fato de o honroso ou o desonroso se encontrar em si ou nas outras pessoas. Por fim, o senhor Dong Guo disse: "Bei Gongzi esteve iludido por muito tempo, mas, depois de ouvir minhas palavras, ele conseguiu se iluminar facilmente!".

管夷吾、鲍叔牙二人相友甚戚，同处于齐。管夷吾事公子纠，鲍叔牙事公子小白。齐公族多宠，嫡庶并行。国人惧乱。管仲与召忽奉公子纠奔鲁，鲍叔奉公子小白奔莒。既而公孙无知作乱，齐无君，二公子争入。管夷君与小白战于莒，道射中小白带钩。小白既立，胁鲁杀子纠，召忽死之，管夷吾被囚。鲍叔牙谓桓公曰："管夷吾能，可以治国。"桓公曰："我仇也，愿杀之。"鲍叔牙曰："吾闻贤君无私怨，且人能为其主，亦必能为人君。如欲霸王，非夷吾其弗可。君必舍之！"遂召管仲。鲁归之，齐鲍叔牙郊迎，释其囚。桓公礼之，而位于高国之上，鲍叔牙以身下之，任以国政。号曰仲父。桓公遂霸。管仲尝叹曰："吾少穷困时，尝与鲍叔贾，分财多自与；鲍叔不以我为贪，知我贫也。吾尝为鲍叔谋事而大穷困，鲍叔不以我为愚，知时有利不利也。吾尝三仕，三见逐于君，鲍叔不以我为肖，知我不遭时也。吾尝三战三北，鲍叔不以我为怯，知我有老母也。公子纠败，召忽死之，吾幽囚受辱；鲍叔不以我为无耻，知我不羞小节而耻名不显于天下也。生我者父母，知我者鲍叔也！"此世称管鲍善交者，小白善用能者。然实无善交，实无用能也。实无善交实无用能者，非更有善交，更有善用能也。召忽非能死，不得不死；鲍

Guan Yi e Bao Shuya eram amigos que moravam juntos no Estado de Qi. Guan Yi servia ao príncipe Jiu e Bao Shuya servia ao príncipe Xiao Bai, sendo que esses nobres eram filhos do duque do Estado de Qi. Uma vez que todos os membros do clã do duque eram muito estimados e até os filhos de suas concubinas eram tratados como se fossem filhos de suas respectivas esposas, o povo tinha receio de que os dois irmãos viessem a disputar entre si, causando a desordem no reino.

Assim, Guan Yi e Shao Hu, que serviam ao príncipe Jiu, fugiram para o Estado de Lu, enquanto Bao Shuya, que servia ao príncipe Xiao Bai, fugiu para o Estado de Ju. No entanto, pouco tempo depois, o trono do Estado de Qi ficou vago, por isso os dois irmãos deram início a uma disputa pelo poder e entraram em guerra. Então, Guan Yi, lutando no mesmo campo de batalha contra Xiao Bai no Estado de Ju, atirou uma flecha em sua direção e acertou a fivela de seu cinto. Apesar disso, Xiao Bai conseguiu vencer a guerra e, assumindo o trono, se nomeou como o *duque Huan*. Em seguida, ele obrigou as pessoas do Estado de Lu a matar seu irmão Jiu. Porém, Shao Hu cometeu suicídio para fugir dessa ameaça, e Guan Yi foi aprisionado.

Logo, Bao Shuya, dirigindo-se a Xiao Bai, disse-lhe: "Guan Yi tinha talento para governar o reino".

"Ele era meu inimigo. Eu desejava matá-lo!", respondeu-lhe Xiao Bai.

"Ouvi dizer que o rei virtuoso não deveria nutrir rancores pessoais", replicou Bao Shuya. "Além disso, assim como uma pessoa pode ser fiel ao seu amo, ela também pode se sacrificar com lealdade ao seu soberano. Se você quiser dominar os soberanos de outros reinos, não poderá deixar de utilizar Guan Yi. Você deve libertá-lo da prisão."

Por fim, o duque mandou Guan Yi de volta ao Estado de Qi. Bao Shuya foi pessoalmente até a fronteira da cidade para buscá-lo e libertá-lo das algemas. Em seguida, Xiao Bai celebrou uma cerimônia em sua homenagem e lhe concedeu uma posição muito mais

叔非能举贤，不是不举；小白非能用仇，不得不用。及管夷吾有病，小白问之，曰："仲父之病疾矣，可不讳。云至于大病，则寡人恶乎属国而可？"夷吾曰："公谁欲欤？"小白曰："鲍叔牙可。"曰："不可。其为人也，洁廉善土也，其于不己若者不比之人，一闻人之过，终身不忘。使之理国，上且钩乎君，下且逆乎民。其得罪于君也，将弗久矣。"小白曰："然则孰可？"对曰："勿已，则隰朋可。其为人也，上忘而下不叛，愧其不若黄帝，而哀不己若者。以德分人，谓之圣人，以财分人，谓之贤人。以贤临人，未有得人者了；以贤下人者，未有不得人者也。其于国有不闻也；其于家有不见也。勿已，则隰朋可。"然则管夷吾非薄鲍叔也，不得不薄；非厚隰朋也，不得不厚。厚之于始，或薄之于终；薄之于终，或厚之于始。厚薄之去来，弗由我也。

elevada do que os cargos oficiais nos Estados de Lu e Qi. Ofereceu-lhe o Estado para governar e consagrou-lhe com o título de *Mestre Zhong*. Desde então, Xiao Bai também conquistou soberania e domínio entre outros soberanos.

Guan Yi, suspirando, disse: "Na minha juventude, quando eu estava na pobreza, trabalhei junto com Bao Shuya no comércio. Usufruí do dinheiro excedente para mim mesmo e ele nunca cobiçou meu dinheiro, já que sabia que eu era pobre. Eu tracei estratégias para Bao Shuya, porém só criei mais problemas. Bao Shuya nunca me considerou tolo, pois ele sabia que determinadas ocasiões nem sempre eram favoráveis. Eu ocupei cargos oficiais três vezes e durante três vezes fui exilado pelo rei. Bao Shuya nunca me considerou desprezível, já que sabia que eu não tivera momentos de boa fortuna. Lutei em três batalhas e nas três vezes fui derrotado. Porém, ele nunca me considerou um covarde, pois sabia que eu ainda teria o dever de cuidar de uma velha mãe. Mesmo que o nobre Jiu tenha morrido, Shao Hu se suicidado e eu tenha sofrido humilhações na prisão, Bao Shuya nunca me considerou impudente, pois sabia que eu nunca me rebaixava em função do mero prestígio, mas apenas me envergonhava do fato de meu nome não poder ser digno de ser glorificado no mundo. Foram meus pais que me geraram, mas é somente Bao Shuya quem me compreendeu!".

Eis por que o mundo enaltece Guan Yi e Bao Shuya pela sua virtude de escolher bons amigos e Xiao Bai pela sua capacidade de utilizar homens virtuosos. Na verdade, não há nada especial no fato de escolher bons amigos ou utilizar homens virtuosos. Contudo, ao dizer que não há nada especial, isso não significa que existam outras pessoas mais capazes de escolher bons amigos e utilizar homens virtuosos. No fundo, não se trata do fato de que Shao Hu tivesse desejo de morrer, pois simplesmente ele cumpria seu próprio dever ao morrer. Não é porque Bao Shuya fosse capaz de escolher homens virtuosos, mas ele agia desse modo porque esse era seu dever. Não é que Xiao Bai fosse capaz de utilizar seu inimigo, mas ele simplesmente agia de acordo com seu dever.

Quando Guan Yi adoeceu, Xiao Bai perguntou-lhe: "Mestre, sua doença é séria e você não pode deixar de falar. Se sua doença piorar, então a quem devo confiar o governo?".

"A quem você confiaria?", quis saber Guan Yi.

"Bao Shuya poderá governar", respondeu Xiao Bai.

Então, Guan Yi discordou: "Não! Ele é um homem muito honesto. Jamais se aproxima de pessoas que não sejam tão honestas como ele. Se souber que alguém cometeu um erro, ele jamais esquecerá disso até o fim da sua vida. Governando um reino, contrariará a vontade do rei que está acima dele como também desagradará os desejos do povo que está subordinado a ele, mas mesmo essa ofensa ao rei não duraria muito tempo!".

"Então, quem você recomendaria?", continuou Xiao Bai.

Guan Yi disse: "Sem uma alternativa, eis que somente Xi Peng poderá governar. Ele é um tipo de homem que pode seguir com determinação o caminho do Rei Sábio e acolher o coração do povo. Ele se envergonha de não ser tão virtuoso como o Imperador Amarelo e nutre compaixão por quem não é tão virtuoso como ele. Quem compartilha sua virtude com os outros é digno de ser chamado de Sábio. Quem compartilha suas posses com os outros é digno de ser chamado de virtuoso. Comandar os homens através da virtude ainda não é suficiente para conquistar o coração do povo. Somente o conquistará quem servir os homens por meio da virtude, pois ele nunca aceitará as coisas erradas que se sucedem no governo, assim como não desejará ver aquelas coisas inaceitáveis em sua casa. A menos que haja alternativa, somente Xi Peng poderá governar.".

Na verdade, Guan Yi nunca tinha desprezado Bao Shuya e privilegiado Xi Peng. Ele apenas agiu cumprindo seu dever. Assim, há algumas pessoas que, no início, reconhecem os outros e, por fim, tratam-nos com desprezo. Há outras que desprezam no início e, depois, reconhecem. Por isso, as inconstâncias relativas ao desprezo e ao reconhecimento jamais se submetem ao domínio das nossas forças.

邓析操两可之说，设无穷之辞，当子产执政，作《竹刑》。郑国用之，数难子产之治。子产屈之。子产执而戮之，俄而诛之。然则子产非能用《竹刑》，不得不用；邓析非能屈子产，不得不屈；子产非能诛邓析，不得不诛也。

可以生而生，天福也；可以死而死，天福也。可以生而不生，天罚也；可以死而不死，天罚也。可以生，可以死，得生得死有矣；不可以生，不可以死，或死或生，有矣。然而生生死死，非物非我，皆命也，智之所无奈何。故曰，窈然无际，天道自会，漠然无分，天道自运。天地不能犯，圣智不能干，鬼魅不能欺。自然者，默之成之，平之宁之，将之迎之。

Deng Xi cultivava um conhecimento baseado na ambiguidade e sempre tinha justificações para sustentá-lo. No tempo em que Zi Chan governava o Estado de Zheng, Deng Xi escreveu um código de leis nos bambus, cujas normas foram adotadas pelo seu governo. Deng Xi sempre criticava a política de Zi Chan e impedia-o de agir. Porém, após rapidamente tê-lo capturado, Zi Chan assassinou Deng Xi. No fundo, Zi Chan não podia senão seguir o código de leis, e por isso simplesmente ele tinha de agir, cumprindo seu dever. Se Deng Xi era capaz de impedir Zi Chan, sua própria ação se baseava também no seu dever. Da mesma forma, se Zi Chan assassinou Deng Xi, ele simplesmente o fez seguindo a necessidade de seu dever.

Durante a vida, se pudermos viver quando for preciso viver e morrer quando for preciso morrer, desfrutaremos da Felicidade do Céu. Contudo, se não pudermos viver e morrer em tais condições, sofreremos a Punição do Céu.

Há algumas pessoas que, usufruindo de condições favoráveis, vivem e morrem de maneira adequada. Porém há outras que, sem ter acesso a tais condições, jamais chegam a viver e morrer de maneira adequada. Entretanto, nem a vida nem a morte são coisas que somente dependem de causas externas ou mesmo exclusivamente de nossas próprias escolhas, já que ambas dependem do *Decreto do Céu*, sobre o qual a inteligência humana não exerce nenhuma influência.

Eis por que se diz: *Aquilo que é profundo e duradouro não tem limites, e o Caminho (Dao) do Céu permeia todas as coisas. A vastidão não tem fronteiras, e o Caminho do Céu se move por si mesmo.* A força do Caminho do Céu é algo que nem o Céu nem a Terra podem violar. A inteligência humana não será capaz de interferir nela como tampouco os espíritos e demônios poderão ludibriá-la. Esse Princípio da Naturalidade silencia, realiza, equilibra, tranquiliza, afasta e acolhe todos os seres.

杨朱之友曰季梁。季梁得病，七日大渐。其子环而泣之，请医。季梁谓杨朱曰："吾子不肖如此之甚，汝奚不为我歌以晓之？"杨朱歌曰："天其弗识，人胡能觉？匪祐自天，弗孽由人。我乎汝乎！其弗知乎！医乎巫乎！其知之乎？"其子弗晓，终谒三医。一曰矫氏，二曰俞氏，三曰卢氏，诊其所疾。矫氏谓季梁曰："汝寒温不节，虚实失度，病由饥饱色欲。精虑烦散，非天非鬼。虽渐，可攻也。"季梁曰："众医也。亟屏之！"俞氏曰："女始则胎气不足，乳湩有余。病非一朝一夕之故，其所由来渐矣，弗可已也。"季梁曰："良医也。且食之！"卢氏曰："汝疾不由天，亦不由人，亦不由鬼。禀生受形，既有制之者矣，亦有知之者矣。药石其如汝何？"季梁曰："神医也。重贶遣之！"俄而季梁之疾自瘳。

O amigo de Yang Zhu se chamava Ji Liang. Ele adoeceu e, durante sete dias, seu tormento foi tão intenso que esteve à beira da morte. Seu filho, chorando desesperado, chamou um médico. Li Jiang, o pai, disse para Yang Zhu: "Meu filho não consegue compreender a situação. Por que você não canta uma música para mim de maneira que ele tenha um pouco de compreensão?".

Assim, Yang Zhu entoou esta canção: "Se nem o Céu é capaz de conhecer o Destino, como poderia o ser humano conhecê-lo? A felicidade não se origina do Céu nem a infelicidade provém dos seres humanos. Contudo, por que somente o médico e o xamã conheceriam o Destino, enquanto eu e você seríamos incapazes de conhecê-lo?".

O filho de Ji Liang ainda não tinha compreendido o que estava acontecendo, por isso chamou mais três médicos, Jiao Shi, Yu Shi e Lu Shi, para que fizessem o diagnóstico da doença.

Dirigindo-se a Ji Liang, o médico Jiao Shi disse: "A temperatura de seu corpo não está equilibrada. Seu Sopro Vital se enche e se esvazia em incessante instabilidade. A causa de sua doença é a imoderação no que diz respeito à comida e ao sexo. Seu espírito está excessivamente saturado de preocupações e agitações desordenadas. Isso não tem nenhuma relação com a obra do Céu ou dos espíritos. Embora seja grave, sua doença ainda pode ser curada".

"Você é um médico medíocre! Vá embora!", retrucou Ji Liang.

O segundo médico, Yu Shi, deu uma outra explicação: "Você não foi bem alimentado durante a gestação. E, após o nascimento, nutriu-se demais dos seios da sua mãe. Sua doença não surgiu da noite para o dia, e sua causa é tão grave que jamais poderá ser extirpada.".

"Excelente médico!", disse Ji Liang. "Fique para nosso jantar!"

Então, o terceiro médico, Lu Shi, explicou de modo diferente: "Sua doença não se originou do Céu nem dos homens, tampouco dos espíritos. Sua vida e seu corpo foram concedidos pelo Destino. Desse modo, tendo o conhecimento de que a vida e o corpo são regidos por ele, que utilidade teriam os remédios para a sua cura?".

生非贵之所能存，身非爱之所能厚；生亦非贱之所能夭，身亦非轻之所能薄。故贵之或不生，贱之或不死；爱之或不厚，轻之或不薄。此似反也，非反也；此自生自死，自厚自薄。或贵之而生，或贱之而死；或爱之而厚，或轻之而薄。此似顺也，非顺也；此亦自生自死，自厚自薄。鬻熊语文王曰："自长非所增，自短非所损。算之所亡若何？"老聃语关尹曰："天之所恶，孰知其故？"言迎天意，揣利害，不如其已。

杨布问曰："有人于此，年兄弟也，言兄弟也，才兄弟也，貌兄弟也；而寿夭父子也，贵贱父子

"Divino médico!", exclamou Ji Liang. "Ofereça-lhe um presente valioso. Somente depois ele poderá partir!"

Logo, em pouquíssimo tempo, a doença de Ji Liang já estava curada.

Não é valorizando a vida que se pode conservá-la. Não é cuidando do corpo que se pode fortalecê-lo. Não é menosprezando a vida que se pode encurtá-la. Não é negligenciando o corpo que se pode enfraquecê-lo. Isso pode parecer absurdo, mas na verdade não é, porque a vida e a morte, a força e a fraqueza naturalmente surgem por si mesmas.

Há algumas pessoas que conseguem viver mais porque valorizaram a vida. Há outras que acabam morrendo porque a menosprezaram. Há aqueles que, cuidando do corpo, conseguem fortalecê-lo, e outros que, negligenciando-o, acabam por enfraquecê-lo. Isso pode parecer coerente, mas na verdade não é, porque a vida e a morte, a força e a fraqueza surgem por si mesmas de acordo com a necessidade natural.

Yu Xiong disse para o rei Wen: "Não se pode acrescentar mais nada em relação àquilo que naturalmente cresceu por si mesmo. Não se pode diminuir mais nada em relação àquilo que naturalmente diminuiu por si mesmo. Assim, para que ainda teremos de mensurar o crescimento e a diminuição?".

Assim também Lao Dan disse para Guan Yin: "Quando o Céu se desgosta de alguém, quem pode saber o motivo desse fenômeno?". Isso simplesmente significa que não é possível seguir a vontade do Céu e, assim, presumir com absoluta clareza o que é benéfico ou prejudicial nos acontecimentos do mundo.

Yang Bu comentou com seu irmão mais velho Yang Zhu: "Há dois irmãos que vivem na sociedade. São semelhantes na idade, na riqueza, no talento, na aparência física, porém se distinguem entre si

也，名誉父子也，爱憎父子也。吾惑之。"杨子曰："古之人有言，吾尝识之，将以告若。不知所以然而然，命也。今昏昏昧昧，纷纷若若，随所为，随所不为。日去日来，孰能知其故？皆命也。夫信命者，亡寿夭；信理者，亡是非；信心者，亡逆顺；信性者，亡安危。则谓之都亡所信，都亡所不信。真矣悫矣，奚去奚就？奚哀奚乐？奚为奚不为？《黄帝之书》云：'至人居若死，动若械。'亦不知所以居，亦不知所以不居；亦不知所以动，亦不知所以不动。亦不以众人之观易其情貌，亦不谓众人之不观不易其情貌。独往独来，独出独入，孰能碍之？"

墨杘、单至、啴咺、憋懯四人相与游于世，胥如志也；穷年不相知情，自以智之深也。巧佞、愚直、婩斫、便辟四人相与游于世，胥如志也；穷年而不相语术；自以巧之微也。狡狶、情露、㵂

no que diz respeito ao tempo de vida, à posição, à fama e ao reconhecimento. Sinto-me confuso diante desse fenômeno.".

Seu irmão Yang Zhu respondeu: "Gostaria de expor-lhe uma máxima dos antigos da qual eu guardo a lembrança. Aquilo que foge de nossa compreensão, mas existe na realidade, pode ser chamado de Destino. Atualmente, há pessoas ignorantes de mente confusa e desordenada. Agindo de modo arbitrário, ora realizam as coisas, ora não realizam. Como um dia sucede ao outro e não há ninguém que conheça sua causa, eis o que se chama Destino. Nutrir confiança no Destino é não diferenciar entre vida longeva e morte prematura. Nutrir confiança na *Ordem Genuína* é não distinguir entre ser e não ser. Nutrir confiança na Mente é aceitar condições favoráveis e adversas. Nutrir confiança na Natureza é não ser guiado pela paz e pelo perigo. No fundo, é tão fundamental cultivar a Confiança como não a cultivar: eis o que seria a verdadeira autenticidade. Para onde devemos ir e realizar as coisas? Onde devemos realizar as coisas? Por que existem a tristeza e a alegria? Por que razão agir ou não agir? Como o livro do Imperador Amarelo dizia: *O homem da suprema realização permanece em repouso como se estivesse morto e se move nas suas ações com prudência.* Ele não sabe por que está em repouso nem o motivo de não estar em repouso. Não sabe por que se move e tampouco o motivo de não estar em movimento. Ele nunca modifica ou conserva seus sentimentos e atitudes apenas para se adaptar aos pontos de vista das pessoas ordinárias. Em conformidade com o Destino, ele ora vem, ora vai; ora entra, ora sai, seguindo sua própria natureza. Quem seria capaz de impor obstáculos no seu caminho?".

Há quatro pessoas que convivem entre si no mundo como a Trapaça, a Negligência, a Morosidade e a Impetuosidade. Todas buscam realizar sua própria vontade. Durante toda a existência, nenhuma delas conhece a realidade das outras, visto que cada qual se considera plenamente dotada de profundo conhecimento.

极、凌谇四人相与游于世，胥如志也；穷年不相晓悟，自以为才之得也。眠娗、諈诿、勇敢、怯疑四人相与游于世，胥如志也；穷年不相谪发，自以行无戾也。多偶、自专、乘权、支立四人相与游于世，胥如志也；穷年不相顾眄，自以时之适也。此众态也。其貌不一，而咸之于道，命所归也。

佹佹成者，俏成也，初非成也。佹佹败者，俏败者也，初非败也。故迷生于俏，俏之际昧然。于俏而不昧然，则不骇外祸，不喜内福，随时动，随时止，智不能知也。信命者于彼我无二心。于彼我而有二心者，不若掩目塞耳，背阪面隍，亦不坠仆也。故曰：死生自命也，贫穷自时也。怨夭折者，不知命者也；怨贫穷者，不知时者

Há ainda outras como a Sagacidade, a Inépcia, a Rudeza e a Adulação. Cada uma persegue sua própria ambição. Ao longo de toda a vida, nenhuma delas compreende a habilidade das outras, já que cada qual se imagina completamente munida de técnica engenhosa.

Há também a Astúcia insensata, a Franqueza excessiva, a Fala titubeante e a Inquirição ferina. Todas desejam a realização de sua própria vontade. Durante toda a existência, nenhuma delas sabe sobre a realidade das outras, já que cada qual se acredita plenamente dotada de talento.

Há ainda a Perfídia escarnecedora, a Leviandade extenuante, a Temeridade audaciosa e a Covardia hesitante. Cada uma busca realizar sua própria vontade. Ao longo de toda a vida, nenhuma delas reprova a imperfeição das outras, já que cada qual se considera impecável na conduta virtuosa.

E há outras como a Harmonia conciliadora, a Maestria extraordinária, a Eficiência singular e a Independência autárquica. Todas desejam atingir seu próprio fim. Ao longo de toda a vida, nenhuma delas olha para as outras, já que cada qual considera que suas ações são completamente adequadas às circunstâncias.

São tão diversas essas formas de conduta que, embora suas expressões sejam diferentes entre si, todas são abraçadas pelo mesmo Caminho (Dao), que não é senão o próprio Destino ao qual todas deverão retornar.

O que parece ser o sucesso não é sucesso. O que parece ser o fracasso também não é fracasso. A ilusão surge na medida em que concebemos a existência do sucesso ou do fracasso e, assim, ignoramos o processo de todas as transformações. No fundo, tampouco existe a ilusão. Não é necessário nos afligirmos com a infelicidade causada pelas circunstâncias externas nem nos alegrarmos com a felicidade provocada por nós mesmos. Saber agir e cessar de acordo com o momento adequado é algo que ultrapassa os limites do conhecimento humano.

Quem nutre confiança no Destino não tem a mente que estabelece diferenças entre o eu e o mundo. Em vez de distinguirmos entre o eu

也。当死不惧，在穷不戚，知命安时也。其使多智之人，量利害，料虚实，度人情，得亦中，亡亦中。其少智之人，不量利害，不料虚实，不度人情，得亦中，亡亦中。量与不量，料与不料，度与不度，奚以异？唯亡所量，亡所不量，则全而亡丧。亦非知全，亦非知丧。自全也，自亡也，自丧也。

齐景公游于牛山，北临其国城而流涕曰："美哉国乎！郁郁芊芊，若何滴滴去此国而死乎？使古无死者，寡人将去斯而之何？"史孔梁丘据皆从而泣曰："臣赖君之赐，疏食恶肉可得而食，怒马棱车，可得而乘也，且犹不欲死，而况吾君乎？"晏子独笑于旁。公雪涕而顾晏子曰："寡人今日之游悲，孔与据皆从寡人而泣，子之独笑，

e o mundo, seria preferível que fechássemos os olhos e os ouvidos tal como se permanecêssemos de costas para as profundezas do fosso que protege nossa cidade. Desse modo, seria possível evitarmos uma queda iminente causada pela vertigem. Eis por que se diz que a vida e a morte são determinadas pelo Destino e a riqueza e a pobreza dependem das circunstâncias. Quem se enfurece contra a morte prematura ou contra a pobreza não conhece o Destino. Porém, quem se defronta com a morte sem ser abalado pelo medo e enfrenta a pobreza sem preocupação tem conhecimento do Destino e se adapta às circunstâncias.

Há pessoas de muita inteligência que mensuram o benefício e o prejuízo. Avaliam a verdade e a falsidade. Preveem e adivinham os sentimentos humanos. Elas consideram sempre o ganho e a perda como apropriados à cada situação. Por outro lado, há pessoas de pouca inteligência que não mensuram o benefício e o prejuízo. Nunca avaliam a verdade e a falsidade. Jamais preveem e adivinham os sentimentos humanos. Afinal, haverá alguma diferença entre mensurar e não mensurar, entre avaliar e não avaliar, entre prever e não prever? Por isso, somente no momento em que tanto pudermos mensurar as coisas como deixarmos de mensurá-las, estaremos verdadeiramente realizados e não haverá nenhuma perda. Eis por que não há uma realização absoluta e tampouco uma perda completa, já que tanto a realização como a perda sucedem naturalmente por si mesmas.

O duque Jing do Estado de Qi foi passear na Montanha do Búfalo. Ao contemplar a sua capital, que ficava ao norte da cidade de Lin Zhi, ele exclamou chorando: "Ah! Como é bela a minha cidade! Ela é cheia de mata viçosa! Por que eu teria de deixar tudo isso e morrer? Como desde os tempos remotos até hoje não houve nenhuma morte ali, para que sair e ir para outros lugares?".

Assim, seguindo o exemplo dele, os nobres oficiais Shi Kong e Liang Qiu também choraram juntos e disseram: "Somos vassalos que dependem das recompensas concedidas pelo senhor. Temos uma abundância de arroz e carne para alimentação e carruagens com

何也？"晏子对曰："使贤者常守之，则太公桓公将常守之矣；使有勇者而常守之，则庄公灵公将常守之矣。数君者将守之，吾君方将被蓑笠而立乎畎亩之中，唯事之恤，行假今死乎？则吾君又安得此位而立焉？以其迭处之，迭去之，至于君也，而独为之流涕，是不仁也。见不仁之君，见谄谀之臣；臣见此二者，臣之所为独窃笑也。"景公惭焉，举觞自罚；罚二臣者，各二觞焉。

魏人有东门吴者，其子死而不忧。其相室曰："公之爱子，天下无有。今子死不忧，何也？"东门吴曰："吾常无子，无子之时不忧。今子死，乃与向无子同，臣奚忧焉？"

cavalos para transporte. Se, nessas condições, nem pensamos em morrer, por que motivo o senhor o desejaria?".

Logo, Yanzi, que se encontrava ao lado deles, começou a rir. Enxugando suas lágrimas, o duque Jing disse-lhe: "Passeando, fiquei melancólico. Shi Kong e Liang Qiu choram junto comigo. Entretanto, por que somente você está rindo?".

Yanzi respondeu: "Os virtuosos sempre se conservaram nos seus cargos. Desse modo, seus antepassados Tai Gong e o duque Huan também se conservaram. Se os corajosos sempre se conservaram vivos e atuantes, então Zhuang Gong e Ling Gong também foram capazes de se conservar. Se esses príncipes conseguiram se manter durante a vida, por que você, em vez de se lamentar, não veste logo uma capa grosseira e um chapéu de bambu para trabalhar na semeadura, de modo que não tenha tempo para se preocupar com a morte? Como o senhor ainda se sente digno de estar assumindo seu trono? Uma vez que seus antepassados transmitiram seus cargos sucessivamente até chegar ao seu cargo atual, é vergonhoso que você fique chorando. Isso não é ser benevolente. Por isso, quando vejo um soberano não benevolente e seus vassalos bajuladores, eu só consigo rir.".

Após ouvir essas palavras, o duque Jing sentiu muito remorso, ergueu sua taça de vinho e sorveu toda a bebida. Em seguida, ofereceu duas taças cheias de vinho para seus vassalos e os repreendeu.

Havia um homem do Estado de Wei que se chamava Dong Men Wu. Quando seu filho faleceu, ele não manifestou nenhum tipo de sofrimento. Seu conselheiro disse: "Seu filho, que é o mais querido e único, acabou de falecer; por que você não se aflige?".

Dong Men Wu respondeu: "Antes, quando não tinha filho, eu também não me afligia. Agora que meu filho faleceu, a situação atual é semelhante à situação anterior. Assim, por que motivo eu teria de me afligir?".

205

农赴时，商趣利，工追术，仕逐势，势使然也。然农有水旱，商有得失，工有成败，仕有遇否，命使然也。

Os camponeses seguem o tempo das estações. Os mercadores correm atrás dos seus lucros. Os artesãos perseguem habilidades técnicas. Os nobres oficiais ambicionam o poder. Todas essas coisas são criadas pelas circunstâncias. Contudo, tanto os camponeses podem se defrontar com secas e inundações como os mercadores com ganhos e prejuízos. Os artesãos podem ter sucesso e fracasso assim como os nobres oficiais podem ter a boa ou a má fortuna. Eis por que todos esses acontecimentos são fenômenos produzidos pelo Destino.

07 章 杨朱

杨朱游于鲁，舍于孟氏。孟氏问曰："人而已矣，奚以名为？"曰："以名者为富。""既富矣，奚不已焉？""曰："为贵"。"既贵矣，奚不已焉？"曰："为死"。"既死矣，奚为焉？"曰："为子孙。""名奚益于子孙？"曰："名乃苦其身，燋其心。乘其名者，泽及宗族，利兼乡党，况子孙乎？""凡为名者必廉，廉斯贫；为名者必让，让斯贱。"曰："管仲之相齐也，君淫亦淫，君奢亦奢。志合言从，道行国霸。死之后，管氏而已。田氏之相齐也，君盈则己降，君敛则己施，民皆归之，因有齐国，子孙享也，至今不绝。"

"若实名贫，伪名富。"曰："实无名，名无实。名者，伪而已矣。昔者尧舜伪以天下让许由、善卷，而不失天下，享祚百年。伯夷叔齐实以孤竹君让，而终亡其国，饿死于首阳之山。实伪之辩，如此其省也。"

Sétima Parte
YANG ZHU

Yang Zhu viajou até o Estado de Lu e foi morar com o senhor Meng Shi. Este último perguntou-lhe: "Deveríamos estar satisfeitos por vivermos como seres humanos. Para que precisamos de reputação?".

"A reputação pode nos trazer riqueza", respondeu Yang Zhu.

"Então, se ficarmos ricos, teremos ainda aflições?", perguntou Meng Shi.

"Ocuparemos cargos respeitáveis", disse Yang Zhu.

"Ocupando tais posições, ainda sofreremos?"

"Seremos beneficiados no momento da morte."

"Quando morrermos, que benefício teremos?"

"Nossos descendentes serão beneficiados."

"Que espécie de benefício?"

Yang Zhu continuou dizendo: "Assim, se uma pessoa favorecer seu clã e sua comunidade por meio de sua reputação, por que não beneficiará sua própria descendência?".

Então, Meng Shi disse: "Ao adquirir reputação, uma pessoa se torna honesta. Sendo honesta, se torna pobre. Desse modo, sendo pobre e humilde, ela permanecerá numa posição mais baixa".

Yang Zhu ainda observou: "Quando Guan Zhong era ministro no Estado de Qi, seu soberano tinha uma conduta licenciosa, e assim também Guan Zhong acabou se tornando licencioso. Ele se tornou perdulário porque seu soberano também era perdulário. Tanto nas intenções como na fala, tornou-se semelhante a seu soberano. Através dessas condutas, seu Estado conquistou a hegemonia entre os outros Estados. Mas, após a morte de Guan Zhong, seus descendentes ainda ocupavam cargos oficiais. Assim, quando Tian Shi era ministro no Estado de Qi, ele agia com humildade, enquanto seu soberano era

杨朱曰："百年，寿之大齐。得百年者千无一焉。设有一者，孩抱以逮昏老，几居其半矣。夜眠之所弭，昼觉之所遗，又几居其半矣。痛疾哀苦，亡失忧惧，又几居其半矣。量十数年之中，逌然而自得亡介焉之虑者，亦亡一时之中尔。则人之生也奚为哉？奚乐哉？为美厚尔，为声色尔。而美厚复不可常厌足，声色不可常玩闻。乃复为刑赏之所禁劝，名法之所进退；遑遑尔竞一时之虚誉，规死后之余荣；偊偊尔顺耳目之观听，惜身意之是非；徒失当年之至乐，不能自肆于一时。重囚累梏，何以异哉？　太

arrogante. Ele era generoso enquanto seu soberano era usurpador. Como o povo confiava em Tian Shi, ele conquistou o Estado. Desde então até hoje, seus descendentes vêm colhendo os benefícios.".

Em seguida, Meng Shi acrescentou: "Se quiser adquirir a verdadeira reputação, você deve se tornar pobre. Se você é rico, então sua reputação é apenas dissimulação.".

Por fim, Yang Zhu ponderou: "A verdade não tem nenhuma relação com a reputação, e esta última não tem a mínima relação com a verdade. Realmente, a reputação é somente dissimulação. Antigamente, o soberano Yao, renunciando à dissimulação, entregou seu poder a Xu You. E o soberano Shun, agindo assim também, entregou-o a Shan Juan. Contudo, ao longo de um período de cem anos, eles jamais perderam a dignidade e o prestígio diante de seu povo. No entanto, Bo Yi e Shu Qi, que realmente renunciaram ao poder, acabaram perdendo seu Estado e morrendo de fome na Montanha Shou Yang. Portanto, existe mesmo uma clara diferença entre a verdade e a dissimulação.".

Yang Zhu disse: "Cem anos é o ápice da vida longeva, mas apenas uma dentre mil pessoas consegue viver assim. Desde a infância até a velhice, se desperdiçarmos quase a metade de nossa vida, e ainda nos perdermos em todos os momentos de sono e vigília durante a outra metade; se ainda houver doenças, sofrimentos, preocupações e medos na outra parte restante; e se considerarmos os únicos dez anos que ainda nos sobram em que vivemos felizes, livres e despreocupados, mas que são apenas instantes fugazes, então para que servirá nossa existência humana? Onde se encontrará nossa felicidade? Estará apenas na fruição das vestes elegantes, das deliciosas iguarias, das belíssimas mulheres e músicas? Entretanto, essas coisas belas nunca nos satisfazem plenamente, tampouco podemos estar sempre ouvindo músicas e nos divertindo com jogos.

"Em nossas ações, somos encorajados pelas recompensas e refreados pelas punições. Vivemos temendo a lei e perseguindo a

古之人，知生之暂来，知死之暂往；故从心而动，不违自然所好；当身之娱，非所去也，故不为名所劝。从性而游，不逆万物所好，死后之名，非所取也，故不为刑所及。名誉先后，年命多少，非所量也。"

杨朱曰："万物所异者生也，所同者死也。生则有贤愚、贵贱，是所异也；死则有臭腐消灭，是所同也。虽然，贤愚、贵贱，非所能也，臭腐、消灭，亦非所能也。故生非所生，死非所死，贤非所贤，愚非所愚，贵非所贵，贱非所贱。然而万物齐生齐死，齐贤齐愚，齐贵齐贱。十年亦死，百年亦死，仁圣亦死，凶愚亦死。生则尧舜，死则腐骨；生则桀纣，死则腐骨。腐骨一矣，熟知其异？且趣当生，奚遑死后？"

reputação. Ficamos ansiosamente disputando por um breve instante de fama ilusória para nos tornamos célebres após a morte. Assim, estando sós, seguimos ainda o que vemos e ouvimos. Nos apegamos àquilo que está de acordo com nossa consciência e perdemos a suprema felicidade de nossos melhores momentos. Em que seríamos diferentes dos prisioneiros acorrentados? Os antigos sabiam que tanto o tempo de vida como a passagem da morte são fenômenos transitórios. Por isso, ao agirem, eles seguiam seus corações e nunca infringiam o Princípio da Naturalidade. Não renunciavam aos prazeres da vida nem eram seduzidos pela reputação. Eles seguiam sua natureza sem reagir contra os prazeres que existiam em todas as coisas. Como eles não perseguiam a fama, então as punições não os afetavam. Portanto, eles jamais se preocupavam com o fato de ter mais ou menos reputação ou mesmo de ser breves ou longevas suas existências."

Yang Zhu disse: "Enquanto estão vivas, todas as criaturas se distinguem entre si. Porém, ao morrer, todas se tornam semelhantes. Durante a vida, elas se distinguem pelo fato de serem virtuosas ou insensatas, nobres ou infames. No momento da morte, porém, todas se igualam no mau cheiro, na decomposição, no declínio e na extinção. Por isso, não dependem de nós a vida ou a morte, a virtude ou a insensatez, a nobreza ou a infâmia. Todos vivem e morrem, sejam virtuosos ou insensatos, sejam nobres ou infames. Alguns vivem dez anos, outros vivem cem anos. Os santos e benevolentes morrem. Os estúpidos e os perversos também morrem. Quando vivos, eram os imperadores Yao e Shun, mas, ao morrer, se tornaram meros ossos em decomposição. Assim, quando morrem, os imperadores Jie e Zhou também se tornam ossos apodrecidos. Quem saberá diferenciá-los se todos se igualam com os mesmos ossos apodrecidos? Portanto, enquanto estiver vivo, desfrute da existência! Para que se preocupar com aquilo que lhe ocorrerá após a morte?".

杨朱曰："伯夷非亡欲，矜清之邮，以放饿死。展季非亡情，矜贞之邮，以放寡宗。清贞之误善之若此。"

杨朱曰："原宪窭于鲁，子贡殖于卫。原宪之窭损生，子贡之殖累身。""然则窭亦不可，殖亦不可，其可焉在？"曰："可在乐生，可在逸身。故善乐生者不窭，善逸身者不殖。"

杨朱曰："古语有之：'生相怜，死相捐。'此语至矣。相怜之道，非唯情也；勤能使逸，饥能使饱，寒能使温，穷能使达也。相捐之道，非不相哀也；不含珠玉，不服文锦，不陈牺牲，不设明器也。"

晏平仲问养生于管夷吾。管夷吾曰："肆之而已，勿壅勿阏。"晏平仲曰："其目奈何？"夷吾

Yang Zhu disse: "Bo Yi não era absolutamente livre de desejos. Ele era excessivamente orgulhoso de sua castidade e, em razão disso, findou seus dias, morrendo de fome. Da mesma maneira, Zhan Ji não era absolutamente livre de paixões. Ele era excessivamente orgulhoso de sua lealdade e por isso arruinou seus descendentes. Ao considerarem a castidade e a lealdade como virtudes morais, eles se equivocaram e cometeram excessos.".

Yang Zhu disse: "Quando morava no Estado de Lu, Yuan Xian era pobre. Quando morava no Estado de Wei, Zi Gong era rico. Porém, a pobreza de Yuan Xian prejudicava sua vida e a riqueza de Zi Gong desgastava seu corpo.".

Em seguida, alguém lhe perguntou: "Então, se não podemos viver com a pobreza nem com a riqueza, o que nos restará?".

Yang Zhu respondeu: "Podemos viver com alegria e com o bem-estar no corpo. Por isso, quem vive com alegria jamais será pobre. Quem vive com bem-estar no corpo jamais precisará de riqueza.".

Yang Zhu disse: "Os antigos diziam que deveríamos ser compassivos com os seres humanos e nos desapegarmos dos entes falecidos. Isso é correto! Contudo, ser compassivo não é simplesmente sentir afeição pelos outros. É sermos tranquilos com eles nos momentos de trabalho, alimentá-los quando estiverem com fome, aquecê-los no frio e auxiliá-los na pobreza. E para nos desapegarmos dos mortos não basta deixarmos de sentir tristeza por eles. Devemos deixar de enfeitar suas bocas com pérolas de jade e de vestir seus corpos com brocados, oferecendo-lhes sacrifícios e arrumando seus utensílios fúnebres.".

Yan Ping perguntou a Guan Wu sobre o cultivo da vida. Guan Wu respondeu: "Não viva na imoderação nem imponha restrições à vida".

"Quais são os pontos essenciais?", perguntou Yan Ping.

曰："恣耳之所欲听，恣目之所欲视，恣鼻之所欲向，恣口之所欲言，恣体之所欲安，恣意之所欲行。夫耳之所欲闻者音声，而不得听，谓之阏聪；目之所欲见者美色，而不得视，谓之阏明；鼻之所欲向者椒兰，而不得嗅，谓之阏颤；口之所欲道者是非，而不得言，谓之阏智；体之所欲安者美厚，而不得从，谓之阏适；意之所为者放逸，而不得行，谓之阏性。凡此诸阏，废虐之主。去废虐之主，熙熙然以俟死，一日、一月、一年、十年，吾所谓养。拘此废虐之主，录而不舍，戚戚然以至久生，百年、千年、万年，非吾所谓养。"管夷吾曰："吾既告子养生矣，送死奈何？"晏平仲曰："送死略矣，将何以告焉？"管夷吾曰："吾固欲闻之。"平仲曰："既死，岂在我哉？焚之亦可，沈之亦可，瘗之亦可，露之亦可，衣薪而弃诸沟壑亦可，衮衣绣裳而纳诸石椁亦可，唯所遇焉。"管夷吾顾谓鲍叔黄子曰："生死之道，吾二人进之矣。"

Guan Wu respondeu: "Escute aquilo que seus ouvidos desejam escutar, veja aquilo que seus olhos desejam ver, cheire aquilo que seu nariz quer cheirar, fale o que sua boca deseja falar. Como os ouvidos desejam escutar músicas, eles sofrerão uma restrição se não puderem escutar. Como os olhos desejam ver belas mulheres, será uma restrição caso não possam olhar. Como o nariz deseja cheirar o perfume das orquídeas e das especiarias, ele será restringido se não puder cheirar. Como a boca deseja falar sobre a verdade ou a mentira, sua sabedoria será suprimida caso não possa falar. Como o corpo deseja excelentes roupas e comidas, isso significa que, quando não consegue satisfazer a tal desejo, ele sofre uma espécie de restrição. Como a vontade deseja liberdade, sua natureza será restringida se não for capaz de exercê-la. Essas diversas espécies de restrição causam perturbações e destroem a vida. Se você puder abandonar tais perturbações destrutivas e viver com alegria até o fim de sua vida por um dia, um mês, um ano e dez anos, eis o que poderia se chamar de cultivo da vida. Se você for limitado por essas restrições e não for capaz de abandoná-las, mesmo que sobreviva por cem, mil ou dez mil anos, jamais estará cultivando a vida.".

"Falei até agora sobre o cultivo da vida. Você sabe como se deve despedir-se dos mortos?", continuou Guan Wu.

"É fácil despedir-se dos mortos. Deseja que eu fale?", disse Yan Ping.

"Sim, fale!", disse Guan Wu.

"Quando eu morrer, como devo ser tratado?", disse Yan Ping. "Podem incinerar meu corpo com fogo, afundá-lo nas águas ou enterrá-lo na terra. Podem também deixar meu cadáver ao ar livre sem queimá-lo. Podem embrulhá-lo com algumas plantas e depois lançá-lo nas profundezas do abismo. Ou ainda podem colocá-lo num caixão e vesti-lo com um casaco adornado de dragões imperiais, deixando-o ao acaso."

Guan Wu deu uma volta para trás e, dirigindo-se a Bao Shu e Guan Zi, disse: "Eu e Yan Ping conseguimos compreender o Caminho (Dao) da vida e da morte".

子产相郑，专国之政；三年，善者服其化，恶者畏其禁，郑国以治。诸侯惮之。而有兄曰公孙朝，有弟曰公孙穆。朝好酒，穆好色。朝之室也聚酒千钟，积麹成封，望门百步，糟浆之气逆于人鼻。方其荒于酒也，不知世道之安危，人理之悔吝，室内之有亡，九族之亲疏，存亡之哀乐也。虽水火兵刃交于前，弗知也。穆之后庭比房数十，皆择稚齿婑媠者以盈之。方其耽于色也，屏亲昵，绝交游，逃于后庭，以昼足夜；三月一出，意犹未惬。乡有处子之娥姣者，必贿而招之，媒而挑之，弗获而后已。子产日夜以为戚，密造邓析而谋之，曰："侨闻治身以及家，治家以及国，此言自于近至于远也。侨为国则治矣，而家则乱矣。其道逆邪？将奚方以救二子？子其诏之！"邓析曰："吾怪之久矣！未敢先言。子奚不时其治也，喻以性命之重，诱以礼义之尊乎？"子产用邓析之言，因间以谒其兄弟而告之曰："人之所以贵于禽兽者，智虑。智虑之所将者，礼义。礼义成，则名位至矣。若触情而动，耽于嗜欲，则性命危矣。子纳侨之言，则朝自悔而夕食禄矣。"朝穆曰："吾知之久矣，择之亦久矣，岂待若言而后识之哉？凡生之难遇而死之易及。以难遇之生，俟易及之死，可孰念哉？而欲尊礼义以夸人，矫情性以招名，吾以此为弗

Zi Chan governava o Estado de Zheng de maneira arbitrária e, durante três anos, fez com que os virtuosos seguissem suas instruções e os viciosos temessem suas proibições. Assim, ele mantinha a paz no Estado de Zheng, e os outros Estados temiam seu poder. Entretanto, ele tinha um irmão mais velho chamado Gong Shun Chao e um irmão mais novo que se chamava Gong Shun Mu.

O irmão mais velho amava bebidas e se deleitava com mulheres. Tinha conservado mil jarros de vinho em sua casa e uma enorme quantidade de levedura para fermentação. O odor de vinho conseguia chegar até as narinas dos homens a uma distância de cem passos do lado de fora de sua porta. Quando ficava embriagado pelo vinho, ele ignorava a paz ou a desordem do mundo, nem percebia as dificuldades humanas, a presença ou a ausência dos bens da casa, os sentimentos de afinidade ou aversão entre os membros familiares. Não se importava com a alegria da vida ou a tristeza da morte. Embora a água, o fogo, as lâminas das armas estivessem diante dele, ele mal os percebia.

Por outro lado, o irmão Gong Shun Mu acomodava várias mulheres jovens e bonitas nos dez cômodos que ficavam no fundo do pátio de sua casa. Entregue à lascívia, ele rejeitava seus parentes e deixava de se encontrar com os amigos. Fugia para o fundo do pátio e nele permanecia durante o dia inteiro, chegando até a alta madrugada. Mesmo saindo apenas uma vez durante três meses, ainda estava insatisfeito. Se encontrasse alguma bela jovem dentro de seu povoado, ele usaria até dinheiro para comprá-la, ou então a seduziria por intermédio de outras pessoas. Somente desistiria quando já tivesse se apossado dessa mulher.

Por isso, Zi Chan ficou preocupado durante vários dias e consultou Zheng Xi: "Ouvi dizer que um homem deve antes governar-se a si mesmo para que possa governar bem a sua casa. Deve antes governar a sua casa para que possa governar bem o Estado. Isso significa que devemos começar sendo nosso próprio exemplo para depois estendê-lo aos outros. Consegui governar bem meu Estado, porém minha família se encontra em completa desordem. Errei o caminho? Qual é o melhor método para salvar esses dois homens. Fale-me!".

若死矣。为欲尽一生之欢，穷当年之乐。唯患腹溢而不得恣口之饮，力惫而不得肆情于色；不遑忧名声之丑，性命之危也。且若以治国之能夸物，欲以说辞乱我之心，荣禄喜我之意，不亦鄙而可怜哉？我又欲与若别之。夫善治外者，物未必治，而身交苦；善治内者，物未必乱，而性交逸。以苦之治外，其法可暂行于一国，未合于人心；以我之治内，可推之于天下，君臣之道息矣。吾常欲以此术而喻之，若反以彼术而教我哉？”子产忙然无以应之。他日以告邓析。邓析曰：“子与真人居而不知也，孰谓子智者乎？郑国之治偶耳，非子之功也。”

"Sempre fiquei embaraçado, sem a coragem de falar antes", disse Zheng Xi. "Por que você não se empenha no sentido de levá-los a compreender que a vida é o bem mais valioso e que os Ritos e a Retidão são os princípios mais respeitáveis?"

Adotando o conselho de Zheng Xi, Zi Chan fez uma visita aos seus irmãos assim que teve a oportunidade e disse-lhes: "Os seres humanos são mais nobres do que animais selvagens graças à sua inteligência e à sua previdência. A inteligência e a previdência conduzem-nos aos Ritos e à Retidão. Realizando os Ritos e a Retidão, conquistaremos a reputação. Porém, se formos movidos pelas paixões e cairmos na imoderação dos desejos, prejudicaremos nossa vida. Escute o que vou falar. Se você se arrepender de seus erros pela manhã, poderá alcançar sua recompensa à noite".

Os irmãos Chao e Mu responderam: "Há tanto tempo que adquirimos conhecimento e fizemos nossas escolhas. Por que deveríamos esperar seu conselho para que venhamos a ter conhecimento? A vida é um bem precioso, e a morte simplesmente acontece. Por que deveríamos nos preocupar com o fato de a vida ser preciosa ou de a morte nos acometer tão facilmente? Por que deveríamos nos vangloriar diante dos outros por meio dos Ritos e da Retidão? Ou ainda agirmos com dissimulação diante da Naturalidade das nossas paixões apenas por causa da busca de uma fama ilusória? Seria preferível morrermos. Queremos gozar intensamente das alegrias de nossa única vida e esgotarmos ao máximo os prazeres dos momentos. Nossa única aflição é não termos uma barriga que possa se encher sem restrição, uma barriga com forças suficientes para satisfazer a nossa luxúria em relação aos prazeres. Não queremos perder tempo em saber se nossa fama será boa ou se nossa vida estará em risco. Além disso, não seria vergonhoso e infame que, vangloriando-se de sua força de governar seu Estado, você queira perturbar nossas mentes com palavras enganosas, deleitando nossas vontades com a promessa de glórias e recompensas? Desejamos discutir essa questão. Quem é excelente em governar as coisas do mundo não necessariamente alcança sucesso, pois seu corpo sofre

卫端木叔者，子贡之世也。藉其先赀，家累万金。不治世故，放意所好。其生民之所欲为，人意之所欲玩者，无不为也，无不玩也。墙屋台榭，园囿池沼，饮食车服，声乐嫔御，拟齐楚之君焉。至其情所欲好，耳所欲听，目所欲视，口所欲尝，虽殊方偏国，非齐土之所产育者，无不必致之；犹藩墙之物也。及其游也，虽山川阻险，途径修远，无不必之，犹人之行咫步也。宾客在庭者日百住，庖厨之下，不绝烟火；堂庑之上，不绝声乐。奉养之余，先散之宗族；宗族之余，次散之邑里；邑里之余，乃散之一国。行年六十，气干将衰，弃其家事，都散其库藏、

nessa tarefa. Entretanto, quem puder governar o seu interior, agirá melhor de acordo com sua própria natureza, e não necessariamente fracassará nas coisas. Por isso, com seu método de governar, você só conseguirá cuidar bem do seu único Estado de maneira temporária, mas nunca estará seguindo o coração do povo. Contudo, nosso método de governar pode ser estendido ao mundo todo. A relação entre súdito e soberano baseada nesse princípio externo nem deveria mais existir. Há muito tempo desejávamos falar-lhe sobre nosso método, mas é você quem agora deseja nos ensinar!".

Perplexo, Zi Chan não conseguiu responder a eles. Após alguns dias, relatou o acontecido para Zheng Xi. Este último disse: "Você sempre morou com o Homem Verdadeiro, porém nunca tiveram conhecimento um do outro. Quem disse que você é inteligente? A paz do governo do Estado de Zheng foi apenas resultado do mero acaso e não do seu próprio trabalho.".

Duan Mu Shu do Estado de Wei era neto de Zi Gong. Ele vivia com a herança da família que era constituída por dez mil peças de ouro. Jamais se preocupava com os meios de subsistência e vivia apenas na intemperança. Divertia-se com todas as coisas que as pessoas geralmente desejavam fazer e com as quais queriam se divertir. Suas muralhas, quartos, terraços, pavilhões, lagos, piscinas, comidas, bebidas, carruagens, roupas, músicos e concubinas eram semelhantes aos dos governantes dos Estados de Qi e Chu. Apossava-se de tudo aquilo que satisfazia suas paixões, do que seus ouvidos desejavam escutar, do que seus olhos desejavam ver e sua boca desejava experimentar, mesmo que aquilo não fosse produzido pelo Império do Meio e ainda fosse encontrado num lugar diferente e distante. Porém, tudo era como se estivesse dentro de seu próprio território. Em suas viagens, nenhum lugar era inacessível para ele, ainda que fossem perigosos as montanhas e os rios, e extensos os caminhos, nos quais a maioria dos homens somente dá alguns passos.

珍宝、车服、妾媵。一年之中尽焉，不为子孙留财。及其病也，无药石之储；及其死也；无瘗埋之资。一国之人，受其施者，相与赋而藏之，反其子孙之财焉。禽骨厘闻之曰："端木叔，狂人也，辱其祖矣。"段干生闻之，曰："端木叔达人也，德过其祖矣。其所行也，其所为也，众意所惊，而诚理所取。卫之君子多以礼教自持，固未足以得此人之心也。"

孟孙阳问杨朱曰："有人于此，贵生爱身，以蕲不死，可乎？"曰："理无不死。""以蕲久生，可乎？"曰："理无久生。生非贵之所能存，身非爱之所能厚。且久生奚为？五情好恶，古犹今也；四体安危，古犹今也；世事苦乐，古犹今也；变易治乱，古犹今也。既闻之矣，既见之矣，既更之矣，百年犹厌其多，况久生之苦也乎？"孟孙阳

Num único dia, compareciam centenas de visitantes em sua corte. Na sua cozinha, o fogo nunca se apagava. Nos cômodos, os músicos sempre tocavam suas músicas. As sobras dos banquetes eram distribuídas a princípio para seu próprio clã, e depois eram espalhadas para a cidade, para as aldeias próximas e finalmente para todo o reino. Quando chegou aos sessenta anos, como sua vitalidade começou a declinar, ele abandonou os trabalhos familiares. Doou suas preciosidades guardadas em depósitos e todas as suas carruagens, roupas e concubinas. Depois de um ano, terminou toda a doação e nada guardou para seus filhos e netos.

Assim, quando adoeceu, ele não tinha nenhum remédio guardado para curá-lo. Quando chegou a morte, nem tinha recursos para seu enterro. Todas as pessoas do reino que tinham recebido seus benefícios juntaram recursos para enterrá-lo e também devolveram seus bens aos filhos e netos de Duan Mu Shu. Quando Chin Gu Li soube disso, ele disse: "Duan Mu Shu foi um louco! Fez com que toda a sua descendência sofresse humilhação.".

Quando Duan Gan Sheng escutou essas palavras, ele disse: "Duan Mu Shu foi uma pessoa iluminada! Suas ações virtuosas ultrapassaram as de seus ancestrais. Embora suas ações possam chocar as pessoas, ainda assim são admissíveis do ponto de vista da razão. A maioria dos homens nobres é arrogante em seus hábitos e costumes e, por isso, é incapaz de compreender a mente de Duan Mu Shu.".

Meng Sun Yang perguntou a Yang Zhu: "Há pessoas que estimam a vida e protegem o corpo de modo que buscam evitar a morte. Isso é possível?".

"É impossível evitar a morte", respondeu Yang Zhu.

"Então, é possível viver por um tempo mais longo?", perguntou Meng Sun Yang.

"Também é impossível. Não é estimando a vida que se pode conservá-la. Não é protegendo o corpo que se consegue preservá-lo. Além disso, por que motivo desejaríamos prolongar a vida? Nossos

曰："若然，速亡愈于久生；则践锋刃，入汤火，得所志矣。"杨子曰："不然。既生，则废而任之，究其所欲，以俟于死。将死，则废而任之，究其所之，以放于尽。无不废，无不任。何遽迟速于其间乎？"

杨朱曰："伯成子高不以一毫利物，舍国而隐耕。大禹不以一身自利，一体偏枯。古之人，损一毫利天下，不与也，悉天下奉一身，不取也。人人不损一毫，人人不利天下，天下治矣。"禽子问杨朱曰："去子体之一毛，以济一世，汝为之乎？"杨子曰："世固非一毛之所济。"禽子曰："假济，为之乎？"杨子弗应。禽子出，语孟孙阳。孟孙阳曰："子不达夫子之心，吾请言之。有侵苦肌肤获万金者，若为之乎？"曰："为之。"孟孙阳曰："有断若一节得一国。子为之乎？"禽子默然有间。孟孙阳曰："一毛微于肌

sentimentos de amor e ódio, o perigo e a segurança de nossos membros físicos, a alegria e a dor do mundo, as mudanças do destino e as desordens do governo nunca foram diferentes tanto nos primórdios como nos tempos atuais. Já ouvimos, vimos e experienciamos todas as coisas. Se uma vida de cem anos já nos deixa aborrecidos, por que motivo desejaríamos suportar mais sofrimentos por um tempo maior?", disse Yang Zhu.

Meng Sun continuou: "Desse modo, uma morte prematura não seria preferível à vida longeva? Podemos pisar nas facas pontiagudas, penetrar nas águas ardentes e nos entregar à morte prematura.".

Yang Zhu disse: "Não é bem assim. Enquanto você estiver vivo, é preciso abandonar as preocupações e seguir a Naturalidade. Realize todos os seus desejos e espere pela morte. Quando estiver próximo o momento da morte, abandone suas preocupações e siga a Naturalidade. Aja de maneira plena a fim de realizar a completude em todas as ações. Sem aflições e seguindo a Naturalidade, por que teríamos de nos preocupar com a iminência de uma morte prematura ou tardia?".

Yang Zhu disse: "Bo Cheng Zi jamais ofereceria um mínimo de sacrifício para beneficiar os outros, mesmo que isso lhe custasse um fio de cabelo. Ele abandonou o seu cargo no governo e se retirou para viver no campo. Por outro lado, o Grande Yu não conservou o próprio corpo para seu benefício. Ele se sacrificou tanto para canalizar as águas que seu corpo veio a sofrer de paralisia. Nos tempos antigos, se um homem quisesse beneficiar o mundo, ele nem ofereceria tal auxílio, mesmo que lhe custasse a perda de um fio de cabelo. E mesmo se todo o Império fosse-lhe oferecido, ele jamais o tomaria para si. Naquele tempo, as pessoas jamais sacrificavam um fio de cabelo para beneficiar o Império, já que todo o mundo se encontrava em ordem e paz.".

Então, Qin Zi perguntou a Yang Zhu: "Se pudesse beneficiar o mundo inteiro, somente lhe custando o sacrifício de um fio de cabelo, você o faria?".

肤，肌肤微于一节，省矣。然则积一毛以成肌肤，积肌肤以成一节。一毛固一体万分中之一物，奈何轻之乎？"禽子曰："吾不能所以答子。然则以子之言问老聃、关尹，则子言当矣；以吾言问大禹、墨翟，则吾言当矣。"孟孙阳因顾与其徒说他事。

杨朱曰："天下之美归之舜、禹、周、孔，天下之恶归之桀纣。然而舜耕于河阳，陶于雷泽，四体不得暂安，口腹不得美厚；父母之所不爱，弟妹之所不亲。行年三十，不告而娶。乃受尧之禅，

"Com certeza não o faria. O mundo jamais poderia ser beneficiado com o sacrifício de um fio de cabelo", respondeu Yang Zhu.

No entanto, Qin Zi perguntou novamente: "Mas se esse ato pudesse ser um benefício ao mundo, você não o faria?". Yang Zhu simplesmente não lhe respondeu.

Logo, Qin Zi relatou o ocorrido para Meng Sun Yang, que, por sua vez, disse-lhe: "Você não compreendeu a mente do meu Mestre Yang Zhu. Posso dar-lhe uma explicação. Se você pudesse ferir sua pele para ganhar mil peças de ouro, você o faria?".

"Eu faria", respondeu Qin Zi.

Meng Sun continuou: "Se pudesse cortar uma articulação de seu membro para ganhar um reino, você o faria?".

Qin Zi ficou em silêncio por alguns instantes.

Meng Sun continuou dizendo: "É evidente que um fio de cabelo é menor do que um pedaço de pele. E um pedaço de pele é menor do que a articulação de um membro. Isso é óbvio. Entretanto, se juntarmos os fios de cabelo, poderemos formar um pedaço de pele, e acumulando os pedaços de pele formaremos a articulação de um membro. Mesmo que um fio de cabelo corresponda a um décimo do corpo todo, por que razão você tanto o menospreza?".

Qin Zin respondeu: "Não consigo dar-lhe uma resposta. O que sei apenas é que se você consultar Laozi e Guan Yin, eles concordarão com as suas palavras, já que elas estão corretas. Por outro lado, se eu consultar o Grande Yu e Mozi, eles concordarão comigo, e minhas palavras estarão corretas.".

Assim, Meng Sun Yang voltou-se para seus discípulos e mudou de assunto.

Yang Zhu disse: "As pessoas admiram os imperadores Shun, Yu, o duque de Chou e Confúcio, mas desprezam os tiranos Jie e Zhou. Shun cuidou da agricultura em He Yang e produziu vasos em Leize. Seu corpo jamais teve momentos de descanso. Sua boca e seu estômago jamais tiveram iguarias refinadas. Seus pais nunca o amaram e seus

年已长，智已衰。商钧不才，禅位于禹，戚戚然以至于死：此天人之穷毒者也。鲧治水土，绩用不就，殛诸羽山。禹纂业事仇，惟荒土功，子产不字，过门不入；身体偏枯，手足胼胝。及受舜禅，卑宫室，美绂冕，戚戚然以至于死：此无人之忧苦者也。武王既终，成王幼弱，周公摄天子之政。邵公不悦，四国流言。居东三年，诛兄放弟，仅免其身，戚戚然以至于死：此天人之危惧者也。孔子明帝王之道，应时君之聘，伐树于宋，削迹于卫，穷于商周，围于陈蔡，受屈于季氏，见辱于阳虎，戚戚然以至于死：此天民之遑遽者也。凡彼四圣者，生无一日之欢，死有万世之名。名者，固非实之所取也。虽称之弗知，虽赏之不知，与株块无以异矣。桀藉累世之资，居南面之尊，智足以距群下，威足以震海内；恣耳目之所娱，穷意虑之所为，熙熙然从至于死：此天民之逸荡者也。纣亦藉累世之资，居南面之尊；威无不行，志无不从；肆情于倾宫，纵欲于长夜；不以礼义自苦，熙熙然以至于诛：此天民之放纵者也。彼二凶也，生有纵欲之欢，死被愚暴之名。实者，固非名之所与也，虽毁之不知，虽称之弗知，此与株块奚以异矣。彼四圣虽美之所归，苦以至终，同归于死矣。彼二凶虽恶之所归，乐以至终，亦同归于死矣。”

irmãos também nunca o trataram como uma pessoa íntima. Quando chegou aos trinta anos de idade, casou-se sem contar para os seus pais. No momento em que recebeu o poder das mãos de Yao, Shun já se encontrava numa idade avançada, com a inteligência deteriorada. E, como seu filho Shang Jun não tinha nenhum talento, Shun acabou por entregar o cargo para Yu, e assim morreu de maneira miserável no final de sua vida. Ele foi o homem mais desgraçado do mundo.

"Anteriormente, quando Gun, pai de Yu, estava encarregado de drenar a terra durante a inundação, acabou não conseguindo realizar a obra, e por isso foi assassinado por Shun na montanha Yu. Por outro lado, o imperador Yu, herdando o trabalho, deu continuidade à obra da drenagem, servindo àquele que matou seu pai. Quando se tornou imperador, Yu não soube cuidar do Estado e tampouco de seu filho. Então, esse último que não tinha recebido o amor paterno nem sequer o visitava e ainda sofria de paralisia com mãos e pés atormentados por calosidades.

"Assim, renunciando a seu trono, Shun foi morar num palácio mais modesto. Vestiu uma roupa cerimoniosa mais despojada. Apesar disso, afligiu-se ainda com muitas preocupações até o momento de sua morte. Foi o homem mais preocupado e desditoso do mundo.

"De maneira análoga, após a morte do rei Wu, o duque de Chou, depois de conquistar o reino durante sua juventude, administrou o Império. Porém, contrariado, o duque de Shao começou a espalhar rumores difamatórios sobre o duque de Chou. Então, o duque foi obrigado a se retirar, tendo seus irmãos mais velhos executados e seus irmãos mais novos exilados, embora ele mesmo tenha escapado com vida. Por fim, ele morreu de maneira miserável, tornando-se o homem que sofreu mais situações de risco.

"Sob outra perspectiva, Confúcio, que compreendeu a maneira de governar dos reis e imperadores, aceitou os convites dos nobres governantes de seu tempo para visitá-los em seus reinos. Entretanto, no Estado de Song, as pessoas tentaram derrubar uma árvore para que na queda pudesse matá-lo. No Estado de Wei, Ling

Gong restringiu suas viagens. Nos Estados de Song e Wei, ele sofreu com as limitações de recursos. Além disso, ele foi preso pelos seus inimigos nos Estados de Chen e Cai. Confúcio sofreu ainda com as restrições provocadas pela família Li e com as humilhações de Yang Hu. Por fim, morreu também de maneira miserável, tornando-se o homem mais sofrido do mundo.

"Desse modo, enquanto viviam, todos aqueles quatro sábios nunca tiveram um dia de felicidade e, mesmo assim, deixaram um renome para a posteridade. Na verdade, a reputação é ilusória, pois nunca foi algo verdadeiro que pudesse ser alcançado. Embora os quatro sábios tenham recebido elogios, eles mesmos nunca tiveram conhecimento disso. E, mesmo que fossem reconhecidos, eles nunca realmente souberam desse acontecimento, porque simplesmente se tornaram como tocos de árvores e pedaços de terra no momento da morte.

"Da mesma maneira, o tirano Jie herdou a riqueza de seus antepassados e ocupou o cargo eminente de Imperador. Tinha a força da inteligência para dominar o povo e a autoridade para fazer estremecer os mares. Satisfez ao máximo os prazeres dos olhos e ouvidos e fez tudo o que sua vontade desejava. Assim, passou a vida com o máximo de alegria até o momento de sua morte, tornando-se o homem mais licencioso do mundo. O tirano Zhou também recebeu a herança de seus antepassados e ocupou o cargo valoroso de Imperador. Sua autoridade se disseminava por todos os lugares. Não havia nada que se opusesse ao poder da sua vontade. Ele satisfazia suas paixões num imenso palácio e se excedia em seus desejos durante noites intermináveis. Nunca se resguardava na moderação em conformidade com os Ritos e com o princípio da Retidão. Desse modo, viveu alegremente até o fim de sua existência, tornando-se o homem mais intemperante do mundo.

"Assim, ambos os homens perversos desfrutaram de prazeres e alegrias durante a vida, porém, deixaram para a posteridade a má reputação de tiranos e estúpidos. No fundo, a essência verdadeira humana não é algo que possa ser alcançado por meio da reputação. Por isso, apesar de terem sofrido difamações e punições, os próprios

杨朱见梁王，言治天下如运诸掌。梁王曰："先生有一妻一妾，而不能治；三亩之园，而不能芸，而言治天下如运诸掌，何也?"对曰："君见其牧羊者乎?　百羊而群，使五尺童子荷箠而随之，欲东而东，欲西而西。使尧牵一羊，舜荷箠而随之，则不能前矣。且臣闻之：吞舟之鱼，不游枝流；鸿鹄高飞，不集污池。何则?　其极远也。黄钟大吕，不可从烦奏之舞，何则?　其音疏也。将治大者不治细，成大功者不成小，此之谓矣。"

tiranos jamais se importarão com isso, já que simplesmente com o fenômeno da morte eles acabam se assemelhando aos tocos de árvores e pedaços de terra. Portanto, mesmo que os quatro sábios tenham padecido de tantas aflições e sejam admirados por causa de sua excelência moral, todos se assemelham pelo próprio fato de retornarem à morada da morte. Assim, em situação idêntica, embora os dois homens perversos tenham desfrutado de tantos prazeres e sejam acusados por causa de sua maldade, eles também se igualam àqueles sábios, uma vez que terão de passar pelo mesmo fenômeno da morte."

Yang Zhu visitou o rei Liang e disse-lhe que governar um reino é como mantê-lo na palma da mão. O rei então lhe falou: "Tenho uma esposa e uma concubina sobre as quais não possuo domínio de modo completo. Além disso, tenho um jardim de três acres em que não posso plantar em toda sua área. Por que ainda você me diz que é fácil governar um reino?".

"O senhor pode ver aquele pastor de ovelhas?", disse Yang Zhu. "Ele ordenou que seu filho conduzisse o rebanho com uma vara. Se ele as guiar para o lado oriental, as ovelhas seguirão para o Oriente. Se ele as guiar para o lado ocidental, as ovelhas seguirão para o Ocidente. Se ele conduzir para o lado ocidental, elas seguirão para o Ocidente. Suponhamos que o imperador Yao seja chamado para conduzir uma ovelha e esteja acompanhado pelo imperador Shun, que segura uma vara nos ombros, então os três não conseguirão ir para lugar algum. Eis por que eu ouvi dizer que um peixe que engole um grande barco não nada nas margens do rio, um imenso ganso que voa bem alto não permanece nas águas do pequeno lago. Por que motivo? É porque eles querem atingir fins mais elevados. A música da corte não é feita para acompanhar as variadas melodias da dança. Por que razão? É porque a essência da música da corte é suave e fluida. Isso quer dizer que se alguém quiser atingir grandes realizações não deve se prender às trivialidades. Eis a razão pela qual aquele que realiza as grandes obras não realiza as pequenas obras."

杨朱曰："太古之事灭矣，孰志之哉？三皇之事，若存若亡；五帝之事，若觉若梦；三王之事，或隐或显，亿不识一。当身之事，或闻或见，万不识一。目前之事或存或废，千不识一。太古至于今日，年数固不可胜纪。但伏羲已来三十余万岁，贤愚、好丑、成败、是非，无不消灭，但迟速之间耳。矜一时之毁誉，以焦苦其神形，要死后数百年中余名，岂足润枯骨？何生之乐哉？"

杨朱曰："人肖天地之类，怀五常之性，有生之最灵者也。人者，爪牙不足以供守卫，肌肤不足以自捍御，趋走不足以逃利害，无毛羽以御寒暑，必将资物以为养性，任智而不恃力。故智之所贵，存我为贵；力之所贱，侵物为贱。然身非我有也，既生，不得不全之；物非我有也，既有，不得而去之。身固生之主，物亦养之主。虽全生身，不可有其身；虽不去物，不可有其物。

Yang Zhu disse: "Os acontecimentos da Antiguidade já se desvaneceram no tempo. Quem poderá lembrar-se deles? Parece que as ações do Três Soberanos ora existiram, ora não existiram. E as ações dos Cinco Imperadores ora se assemelham aos sonhos, ora se assemelham à realidade. Se são claras ou obscuras as ações dos Três Soberanos, a verdade é que às vezes não nos lembramos de nenhuma dentre as bilhões de coisas que existem. Em nossa vida, seja sobre o que ouvimos, seja a respeito do que vemos, da mesma maneira não conseguimos nos lembrar de uma dentre as mil coisas que existem. Em nosso momento atual, seja sobre o que conhecemos, seja naquilo que ignoramos, também muitas das vezes não conseguimos nos lembrar de uma dentre as mil coisas que existem. Desde os primórdios até o presente, são incontáveis os anos, pois desde a época de Fu Xi já se passaram mais de 300 mil anos. Todas as coisas relativas à concepção da virtude ou da estupidez, da beleza ou da feiura, do sucesso ou do fracasso, do certo ou do errado desapareceram por completo. Percebe-se apenas a diferença na rapidez ou na lentidão com que desapareceram. Se nos apegarmos à reputação ou à difamação momentânea, então desgastaremos o espírito e o corpo, buscando a fama ilusória que durará apenas cento e poucos anos. Como tudo isso será capaz de revitalizar nossos ossos secos e trazer a felicidade para a nossa existência?".

Yang Zhu disse: "O ser humano se assemelha à forma do Céu e da Terra. Contém a natureza dos Cinco Elementos. É a mais inteligente dentre as criaturas. No entanto, no ser humano, suas garras e seus dentes são insuficientes para protegê-lo. Sua pele e sua carne são insuficientes para resistir aos inimigos externos. O ser humano nem sempre é capaz de correr para fugir dos perigos. Não tem pelos e plumas suficientes para proteger-se contra o frio ou o calor. Ele depende de outras coisas externas para cultivar sua vida e pode fazer uso de sua inteligência em vez da mera força bruta. Por isso, o valor do conhecimento baseado na inteligência reside no fato de que ele é precioso para se preservar a própria vida, enquanto a força bruta

有其物有其身，是横私天下之身，横私天下之物。其唯圣人乎！　公天下之身，公天下之物，其唯至人矣！　此之谓至至者也。"

杨朱曰："生民之不得休息，为四事故：一为寿，二为名，三为位，四为货。有此四者，畏鬼，畏人，畏威，畏刑，此谓之遁民也。可杀可活，制命在外。不逆命，何羡寿?不矜贵，何羡名?不要势，何羡位?不贪富，何羡货?此之谓顺民也。天下无对，制命在内，故语有之曰：人不婚宦，情欲失半；人不衣食，君臣道息。周谚曰："田父可坐杀。晨出夜入，自以性之恒；啜菽茹藿，自以味之极；肌肉粗厚，筋节腃急，一朝处以柔毛绨幕，荐以粱肉兰橘，心<广目>体烦，内热生病矣。商鲁之君与田父侔地，则亦不盈一时而惫矣。故野人之所安，野人之所美，谓天下无过

é vil quando utilizada para ferir os outros. Assim, eu não sou proprietário do meu corpo. Uma vez que estou vivo, não posso senão preservar a minha vida. As coisas externas também não são minhas posses. Contudo, mesmo que eu as tenha, não é necessário que eu as dispense. É evidente que o corpo é o princípio da existência e as coisas externas são úteis também para a cultivarmos. É necessário preservar a nossa vida, mas não podemos considerar o corpo como sendo de nossa propriedade. Embora não possamos dispensar as coisas externas, também não podemos considerá-las como sendo nossos próprios bens. Se desejarmos nos apoderar das coisas externas e do nosso corpo, estaremos de modo obstinado considerando como nosso bem particular aquilo que pertence ao mundo em geral. Somente o Sábio compreende essa verdade! Somente o virtuoso considera o corpo e as coisas externas como pertencentes ao mundo! Eis o que seria a sublime sabedoria!".

Yang Zhu disse: "As pessoas não alcançam o estado de repouso devido a quatro causas: vida longeva, reputação, cargo e riqueza. Ao desejarem possuir essas quatro coisas, elas ficam temendo os espíritos, os homens, a autoridade e as punições. Essas pessoas são conhecidas pelo fato de violarem o Princípio da Naturalidade, visto que a sua vida, a sua morte e todo o seu destino são determinados pelas influências externas. Contudo, se seguirmos o Decreto do Céu, por que razão ainda invejaremos uma vida longeva? Se não nos orgulhamos com as honrarias, para que desejaremos a reputação? Se não perseguimos o poder, para que os cargos? Se não cobiçamos a riqueza, para que as posses? Eis por que para aquelas pessoas que agem de acordo com a Naturalidade não existem oponentes. Elas determinam o seu próprio destino.

"Por isso, há um provérbio que diz: *Se uma pessoa não se casa nem tem um cargo oficial, seus desejos diminuirão pela metade. Se não perseguirem roupas e comidas, a relação de dependência entre soberano e súdito desaparecerá.* Há também um provérbio da

者。昔者宋国有田夫，常衣缊黂，仅以过冬。暨春东作，自曝于日，不知天下有广厦隩室，绵纩狐貉。顾谓其妻曰：'负日之暄，人莫知者；以献吾君，将有重赏。'里之富室告之曰：'昔人有美戎菽，甘枲茎芹萍子者，对乡豪称之。乡豪取而尝之，蛰于口，惨于腹，众哂而怨之，其人大惭。子此类也。'"

杨朱曰："丰屋美服，厚味姣色，有此四者，何求于外？有此而求外者，无厌之性。无厌之性，阴阳之蠹也。忠不足以安君，适足以危身；义不足以利物，适足以害生。安上不由于忠，而忠名灭

região de Zhou que diz: *Se um velho camponês deixar de se esforçar, ele acabará morrendo.* Ele acredita que é normal trabalhar da manhã até a noite e que não há nada mais saboroso do que um prato de feijão. Seus músculos são robustos e grosseiros. Seus nervos e ossos são inflexíveis e rígidos. Porém, se o vestirmos com peles suaves, abrigando-o por trás das cortinas de seda e oferecendo-lhe milho, laranjas e carne, tudo isso perturbará sua mente, comprometerá a saúde do seu corpo e ele ficará doente. Por outro lado, se os soberanos dos reinos de Song e Lu trabalhassem no lugar do camponês, eles ficariam esgotados de cansaço antes de terminar o período de uma hora. Desse modo, quando uma pessoa rústica do campo julga e considera que tal coisa é a mais bela e apropriada, então não haverá nenhuma outra coisa superior.

"Antigamente havia um camponês no Estado de Song que vestia um casaco velho de cânhamo para suportar o inverno. Durante a época de semeadura na primavera, aquecendo seu corpo no Sol, ignorava a existência de mansões e quartos luxuosos, casacos feitos com tecido de seda ou pele de raposa. Dirigindo-se para sua esposa, ele disse: 'Ninguém sabe como é excelente aquecer as costas ao Sol. Quero presentear nosso governante com esse conhecimento e ele me retribuirá com recompensa'. Contudo, um homem rico do seu povoado falou-lhe: 'Antigamente havia uma pessoa que gostava de feijões, agrião, aipo e sementes de cânhamo e recomendava-os para as pessoas ricas de sua região. Assim que eles comiam esses alimentos, sua boca ardia e seu estômago ficava envenenado. Todos, com ódio, ridicularizavam-no, e ele ficava envergonhadíssimo. Você é justamente como essa pessoa!'."

Yang Zhu disse: "Casa imensa, belas roupas, iguarias refinadas, mulheres charmosas, se você possuir essas quatro coisas, para que desejará outras? Aquele que, possuindo-as, deseja ainda buscar fora de si mesmo é um insatisfeito. Uma natureza insaciável é um veneno para o mundo. Não basta a lealdade para que um governante

焉；利物不由于义，而义名绝焉。君臣皆安，物我兼利，古之道也。鬻子曰：'去名者无忧。'老子曰：'名者实之宾。'而悠悠者趋名不已。名固不可去？名固不可宾邪？今有名则尊荣，亡名则卑辱；尊荣则逸乐，卑辱则忧苦。忧苦，犯性者也；逸乐，顺性者也，斯实之所系矣。名胡可去？名胡可宾？但恶夫守名而累实。守名而累实，将恤危亡之不救，岂徒逸乐忧苦之间哉？"

consiga estabelecer a paz no reino, ao contrário, pode até lhe ser prejudicial. A lealdade não é suficiente para um bom governo, já que a mera reputação que dela provém poderá desaparecer. A Retidão não é suficiente para beneficiar os outros, já que a mera reputação que dela deriva também desaparecerá. Quando se percebe que a Retidão não é necessária para beneficiar os outros, sua boa reputação desaparece. Por isso, no Caminho (Dao) dos antigos, o soberano e o súdito conviviam em paz mútua, e tanto um indivíduo como os outros eram beneficiados. Yuzi dizia: *Quem abandonar a reputação jamais terá aflições*, e também dizia Laozi: *A reputação é como um hóspede passageiro que nunca permanece*. A maioria das pessoas persegue incessantemente a reputação. Não obstante, a reputação deveria ser considerada como algo permanente que nunca poderá ser abandonado, ou deveria ser considerada apenas como um hóspede passageiro? A boa reputação carrega consigo a honra e a glória. A má reputação traz consigo a infâmia e a humilhação. Honra e glória trazem alegria e felicidade. Infâmia e humilhação trazem aflição e sofrimento. Desse modo, a aflição e o sofrimento são contrários à nossa natureza, enquanto a alegria e a felicidade estão em conformidade com ela. A escolha da alegria e da felicidade está intimamente ligada à realidade. Como poderíamos abandoná-las e tratá-las como um hóspede passageiro? Contudo, seria necessário se envolver menos com a reputação para evitar quaisquer prejuízos. Se nos apegarmos à reputação, nosso corpo estará submetido ao risco da perdição. Eis um problema que ultrapassa a mera questão da escolha entre alegria e aflição, entre felicidade e sofrimento!".

08 章 说符

子列子学于壶丘子林。壶丘子林曰："子知持后，则可言持身矣。"列子曰："愿闻持后。"曰："顾若影，则知之。"列子顾而观影：形枉则影曲，形直则影正。然则枉直随形而不在影，屈申任物而不在我，此之谓持后而处先。

关尹谓子列子曰："言美则响美，言恶则响恶；身长则影长，身短则影短。名也者，响也；身也者，影也。故曰：'慎尔言，将有和之；慎尔行，将有随之。'是故圣人见出以知入，观往以知来，此其所以先知之理也。度在身，稽在人。人爱我，我必爱之；人恶我，我必恶之。汤武爱天下，故王；桀纣恶天下，故亡，此所稽也。稽度皆明而不道也，譬之出不由门，行不从径也。以是求利，不亦难乎？　尝观之神农有炎之德，稽

Oitava Parte
EXPLICANDO AS CONEXÕES

Quando Liezi estava aprendendo com o seu Mestre Hu Qiu, este último disse-lhe: "Se você souber ser humilde, eu poderei mostrar-lhe o cultivo de si mesmo".

"Gostaria de saber como se pode ser humilde", disse Liezi.

"Faça uma volta em torno de si para ver sua própria sombra e, assim, você saberá", respondeu Hu Qiu.

Liezi deu uma volta em torno de si. Ao se curvar, sua sombra também se curvou. Ao se endireitar, sua sombra também se endireitou. Então, tanto se curvando como se endireitando, ambos os movimentos dependeram de sua própria figura e não da sombra. Contudo, ora se curvando, ora se endireitando, sua figura depende ainda das coisas externas e não de si mesma. Isso simplesmente significa que, para ser capaz de cultivar a si mesmo e prevalecer, é preciso recuar e ser humilde.

Guan Yin disse para Liezi: "Se suas palavras forem belas, as reverberações de seus ecos também serão belas. Se suas palavras forem feias, as reverberações de seus ecos também serão feias. Do mesmo modo, se seu corpo for alto, sua sombra será alta. Se seu corpo for baixo, sua sombra será baixa. A reputação humana é como um eco, e a conduta é como uma sombra. Eis por que se diz: *Seja prudente com suas palavras, porque há sempre pessoas que poderão concordar com elas. Seja cuidadoso com o seu corpo, porque há sempre alguém que poderá imitá-lo.*

"Portanto, o Sábio tem conhecimento do que chega ao observar aquilo que sai e conhece o que se aproxima ao examinar aquilo que passa. Eis a razão pela qual ele pode prever as coisas. No entanto, a

之虞夏商周之书，度诸法士贤人之言，所以存亡废兴而非由此道者，未之有也。"

严恢曰："所为问道者为富，今得珠亦富矣，安用道？"子列子曰："桀纣唯重利而轻道，是以亡。幸哉余未汝语也！人而无义，唯食而已，是鸡狗也。彊食靡角，胜者为制，是禽兽也。为鸡狗禽兽矣，而欲人之尊己，不可得也。人不尊己，则危辱及之矣。"

列子学射中矣，请于关尹子。尹子曰："子知子之所以中者乎？"对曰："弗知也。"关尹子曰："未可。"退而习之。三年，又以报关尹子。

maioria dos homens julga os outros por meio de seus próprios critérios: se as pessoas me amarem, eu deverei amá-las; se as pessoas me odiarem, eu deverei odiá-las. Da mesma maneira, Tang e Wu tornaram-se imperadores porque eles amaram o Império. Jie e Zhou se arruinaram porque odiaram o mundo. Assim, deve-se avaliar a si mesmo para depois examinar os outros. Porém, mesmo que tenhamos avaliado e examinado bem, se nos recusarmos a agir corretamente, será como sair sem passar pelo portão e andar sem trilhar o caminho correto. Desse modo, não seria embaraçoso perseguir o proveito apenas para si mesmo? Eu tinha observado a virtude de Shen Nong e de You Yan. Além disso, tinha examinado os livros de Yu, Xia, Shang e Chou e avaliado as palavras de diversos virtuosos. Nunca encontrei nenhum caso de morte e existência, de prosperidade e ruína que não proviesse desse Caminho (Dao)."

Yan Hui disse para Liezi: "O objetivo de aprender o Caminho (Dao) é tornar-se rico. Mas se eu já tenho pérolas e sou rico, por que motivo precisarei do Caminho?".

Liezi respondeu: "Os tiranos Jie e Zhou apenas valorizavam seus próprios interesses e negligenciavam o Caminho. Por isso, eles se arruinaram. Sou um afortunado pelo fato de poder responder à sua excelente pergunta! Se as pessoas não praticarem a Retidão, serão semelhantes aos cães e galos que apenas sabem comer e disputar pela comida. Os vencedores oprimirão os fracos tais como feras selvagens. Será impossível que, agindo como cães, galos e feras selvagens, você possa merecer o respeito dos outros. Assim, sem o respeito dos outros, eis que você cairá completamente na desonra e na perdição.".

Enquanto Liezi aprendia a arte do arco e flecha, ele atingia sempre o alvo, mas ainda assim consultou Guan Yin. Este último lhe disse: "Você sabe a causa pela qual se atinge o alvo?".

"Não sei", respondeu Liezi.

尹子曰："子知子之所以中乎？"列子曰："知之矣。"关尹子曰："可矣；守而勿失也。非独射也，为国与身，亦皆如之。故圣人不察存亡，而察其所以然。"

列子曰："色盛者骄，力盛者奋，未可以语道也。故不班白语道，失，而况行之乎？故自奋则人莫之告。人莫之告，则孤而无辅矣。贤者任人，故年老而不衰，智尽而不乱。故治国之难在于知贤而不在自贤。"

宋人有为其君以玉为楮叶者，三年而成。锋杀茎柯，毫芒繁泽，乱之楮叶中而不可别也。此人遂以巧食宋国。子列子闻之，曰："使天地之生物，三年而成一叶，则物之叶者寡矣。故圣人恃道化而不恃智巧。"

"Essa resposta é insatisfatória", disse Guan Yin.

Assim, Liezi se retirou e permaneceu três anos no aprendizado. Em seguida, novamente ele buscou o conselho de Guan Yin, e este último disse: "Você sabe a causa pela qual se atinge o alvo?".

"Eu sei", respondeu Liezi.

"Excelente!", disse Guan Yin. "Por isso, é preciso resguardar a mente na serenidade e jamais perder esse estado, não somente na arte do arco e flecha como também na arte política e no cultivo de si mesmo. Portanto, o Sábio não examina a mera existência ou a morte do reino, mas as suas causas mais profundas."

Liezi disse: "Quem tem uma bela aparência pode se tornar arrogante. Quem é forte pode se tornar um temerário. É inútil discorrer sobre o Caminho (Dao) para tais pessoas. Da mesma forma, quem quiser falar sobre o Caminho, mas ainda não for idoso nem maduro, poderá cometer erros e, nesse sentido, como conseguirá cultivar o Caminho? Se a pessoa ainda se tornar orgulhosa e temerária, ninguém desejará falar-lhe sobre o Caminho. E se não houver ninguém que queira falar-lhe sobre isso, ela ficará sozinha e desamparada. Todavia, quem é virtuoso torna-se responsável pelos outros. Na velhice, a sua vida não enfraquece. Ainda que a sua inteligência decaia, a sua mente não se torna confusa. Portanto, a dificuldade de governar um reino está em reconhecer as pessoas virtuosas e jamais impor sua própria virtude".

Havia um homem no Estado de Song que queria presentear seu soberano com uma escultura de folhas de morango feita a partir de jade. Depois de três anos, ele terminou de construir a escultura, cujos talos e ramos tinham formas pontiagudas e arredondadas. Em seu relevo, via-se uma tamanha diversidade de estrias luminosas e delicadas que se tornava até difícil distinguirmos as folhas falsas daquelas que eram verdadeiras. Com essa técnica engenhosa, aquele homem conseguia ganhar um salário regular do governo do Estado de Song.

子列子穷，容貌有饥色。客有言之郑子阳者曰："列御寇盖有道之士也，居君之国而穷。君无乃为不好士乎？"郑子阳即令官遗之粟。子列子出，见使者，再拜而辞。使者去。子列子入，其妻望之而拊心曰："妾闻为有道者之妻子，皆得佚乐，今有饥色，君过而遗先生食。先生不受，岂不命也哉？"子列子笑谓之曰："君非自知我也。以人之言而遗我粟，至其罪我也，又且以人之言，此吾所以不受也。"其卒，民果作难，而杀子阳。

鲁施氏有二子，其一好学，其一好兵。好学者以术干齐侯；齐侯纳之，以为诸公子之傅。好兵者之楚，以法干楚王；王悦之，以为军正。禄富

Consciente desse fenômeno, Liezi disse: "Se o Céu e a Terra levassem três anos para criarem uma folha, haveria poucos seres vivos com folhas. Eis por que o Sábio confia no Caminho (Dao) e nunca na sagacidade.".

Liezi estava pobre, e seu semblante parecia o de uma pessoa faminta. Um visitante contou ao soberano Zheng Ziyang sobre a situação dele: "Liezi é muito reconhecido como um Mestre do Caminho (Dao). Ele mora no seu Estado, porém se encontra numa situação de pobreza. O senhor deveria ser generoso com um mestre virtuoso!".

Então, Zheng Ziyang ordenou que um representante oficial do governo levasse grãos de arroz para Liezi. Assim que viu o oficial, Liezi recusou o presente com um gesto de agradecimento. O oficial partiu. Quando Liezi chegou em casa, sua esposa, lamentando-se desse acontecimento e golpeando o próprio peito, disse: "Dizem que a esposa de um Mestre do Caminho (Dao) poderia ter uma vida feliz. Porém, agora que estamos com fome e o soberano enviou um oficial para trazer-lhe comida, você simplesmente a recusou. Agindo assim, não estaremos sempre condenados à situação de penúria?".

Sorrindo, Liezi respondeu: "O soberano não compreendeu realmente minha situação. Ele me ofereceu os grãos de arroz somente porque ouviu a opinião de outra pessoa. E, se ele me condenar, somente o fará porque ouviu as palavras alheias. Eis a razão de eu não ter aceitado.".

Depois de algum tempo, encontrando-se numa situação de extrema penúria, o povo do Estado de Zheng acabou assassinando Zheng Ziyang.

O senhor Shi do Estado de Lu tinha dois filhos. Um amava os estudos, e o outro amava a guerra. O amante dos estudos apresentou-se como Mestre do Caminho (Dao) diante do marquês Qi. Este acabou adotando-o como preceptor de seus próprios filhos. O amante

其家，爵荣其亲。施氏之邻人孟氏，同有二子，所业亦同，而窘于贫。羡施氏之有，因从请进趋之方。二子以实告孟氏。孟氏之一子之秦，以术干秦王。秦王曰："当今诸侯力争，所务兵食而已。若用仁义治吾国，是灭亡之道。"遂宫而放之。其一子之卫，以法干卫侯。卫侯曰："吾弱国也，而摄乎大国之间。大国吾事之，小国吾抚之，是求安之道。若赖兵权，灭亡可待矣。若全而归之，适于他国。为吾之患不轻矣。"遂刖之，而还诸鲁。既反，孟氏之父子叩胸而让施氏。施氏曰："凡得时者昌，失时者亡。子道与吾同，而功与吾异，失时者也，非行之谬也。且天下理无常是，事无常非。先日所用，今或弃之；今之所弃，后或用之。此用与不用，无定是非也。投隙抵时，应事无方，属乎智。智苟不足，使若博如孔丘，术如吕尚，焉往而不穷哉？"孟氏父子舍然无愠容，曰："吾知之矣，子勿重言！"

da guerra foi ao Estado de Chu e apresentou-se como estrategista diante do rei Chu. Bastante feliz, este último aceitou-o como general oficial do exército. As remunerações de ambos os filhos enriqueceram suas famílias e os cargos conquistados trouxeram glória aos seus parentes.

Por outro lado, o senhor Meng, vizinho do senhor Shi, também tinha dois filhos com as mesmas profissões. A única diferença é que eles eram pobres. Assim, admirando a riqueza de Shi, Meng solicitou um auxílio para saber como poderia conquistar os cargos oficiais. Os dois filhos de Shi descreveram-lhe o método. Logo em seguida, um dos filhos de Meng, visitando o Estado de Qin, apresentou-se da mesma maneira como Mestre do Caminho (Dao) e pediu ao rei Qin um cargo oficial. O rei Qin disse: "Atualmente, vários nobres disputam entre si com a força da crueldade. Eles só agem com empenho nas questões de guerra e de economia. Se eu governasse com Benevolência, meu reino já teria sido destruído.". Em seguida, o rei Qin puniu-o com castração e o exilou.

O outro filho viajou ao Estado de Wei. Apresentando-se como estrategista de guerra, ele pediu um cargo oficial para o marquês Wei. Este último confessou: "Somos um reino fraco. Entre os reinos poderosos, sofremos de coerções e ameaças. Servimos aos grandes reinos e ajudamos os pequenos reinos. Esse é o método de manter nossa segurança. Caso utilizássemos a força militar, já estaríamos na iminência da nossa destruição. No entanto, sendo um estrategista de guerra, se você retornar são e salvo para seu reino, nosso território estará em perigo.". Pouco tempo depois, o marquês Wei infligiu-lhe a punição, cortando seus pés, e o despachou para o Estado de Lu.

Após o retorno dos dois filhos, o senhor Meng ficou tão furioso que responsabilizou o senhor Shi pelo seu infortúnio. Porém, o senhor Shi explicou: "Geralmente, em momentos propícios, acontece a prosperidade, enquanto em momentos nefastos, a ruína. Seu conhecimento é idêntico ao meu, mas você fracassou, e nós fomos bem-sucedidos. Isso aconteceu porque a ação se sucedeu em um momento inapropriado, e não por causa da ação em si mesma. Além

晋文公出会，欲伐卫，公子锄仰天而笑。公问何笑。曰："臣笑邻之人有送其妻适私家者，道见桑妇，悦而与言。然顾视其妻，亦有招之者矣。臣窃笑此也。"公寤其言，乃止。引师而还，未至，而有伐其北鄙者矣。

晋国苦盗，有郄雍者，能视盗之貌，察其眉睫之间而得其情。晋侯使视盗，千百无遗一焉。晋侯

disso, não há nenhuma forma no mundo que seja eternamente correta e não há nada nas coisas que seja absolutamente errado. A forma como agimos nas circunstâncias passadas pode ser rejeitada em nosso tempo presente. Aquilo que hoje rejeitamos poderá talvez ser útil no futuro. Não há critérios fixos de certo e errado para o que se deve ou não utilizar. Por isso, aquele que age no momento apropriado sem ter uma forma rígida de conduta tem sagacidade. Contudo, se não tiver a sagacidade suficiente, mesmo sendo um erudito como Confúcio ou um estrategista como Lu Shang, certamente sofrerá os prejuízos nas circunstâncias mais penosas ao exigir um cargo oficial.".

Ouvindo isso, o senhor Meng, acalmando-se, já não expressava nenhuma raiva. Ele ainda disse: "Eu já compreendi. Você não precisa falar mais nada!".

O duque Jin Wen saiu para reunir seus aliados com a intenção de conquistar o estado de Wei. Olhando com admiração para o céu, Gong Zichu deu uma risada. O duque então perguntou: "Por que você está rindo?".

Gong Zichu disse: "Estou rindo do meu vizinho que está acompanhando sua esposa no retorno à casa dos sogros. No caminho, ele encontrou uma mulher trabalhando nos morangueiros e se sentiu exultante ao conversar com ela. Porém, ao dar meia-volta para trás, ele viu que um homem estava seduzindo sua mulher. Estou rindo por causa disso.".

Após compreender suas palavras, o duque interrompeu o envio das tropas e decidiu voltar para sua pátria. No entanto, antes de chegar ao seu reino, ele decidiu enviá-las novamente para proteger suas fronteiras da região Norte.

O Estado de Jin estava sendo assolado pela ação de criminosos. Havia um indivíduo chamado Xi Yong que era capaz de identificar um bandido pelo rosto, observando apenas o espaço entre as

大喜，告赵文子曰："吾得一人，而一国之盗为尽矣，奚用多为？"文子曰："吾君恃伺察而得盗，盗不尽矣，且郄雍必不得其死焉。"俄而群盗谋曰："吾所穷者郄雍也。"遂共盗而残之。晋侯闻而大骇，立召文子而告之曰："果如子言，郄雍死矣！　然取盗何方？"文子曰："周谚有言：察见渊鱼者不祥，智料隐匿者有殃。且君欲无盗，莫若举贤而任之；使教明于上，化行于下，民有耻心，则何盗之为？"于是用随会知政，而群盗奔秦焉。

孔子自卫反鲁，息驾乎河梁而观焉。有悬水三十仞，圜流九十里，鱼鳖弗能游，鼋鼍弗能居，有一丈夫方将厉之。孔子使人并涯止之，曰："此悬水三十仞，圜流九十里，鱼鳖弗能游，鼋鼍弗能居也。意者难可以济乎？"丈夫不以错意，遂度而出。孔子问之曰："巧乎？　有道术乎？　所以能入而出者，何也？"丈夫对曰："始吾之入也，

sobrancelhas e os cílios. O duque do Estado de Jin chamou-o para identificar um criminoso para que este não pudesse escapar escondendo-se no meio da multidão. Muito alegre, o duque disse para Zhao Wenzi: "Encontrei o homem que fará com que nosso reino não tenha mais bandidos. Para que precisaremos de outra pessoa?".

Zhao Wenzi disse: "O senhor pensa que através da observação os criminosos serão capturados, mas sempre haverá novos criminosos. Além disso, é possível que Xi Yong seja assassinado numa emboscada. Em pouco tempo, os criminosos pensarão: 'É esse homem Xi Yong que nos causa tamanha desgraça'. Assim, eles tramarão juntos o seu assassinato.".

Ao ouvir isso, o duque caiu num estado de perplexidade. Logo depois, chamando Zhao Wenzi, questionou-o: "Sendo assim, se Xi Yong morrer, de que maneira capturaremos os bandidos?".

Zhao Wenzi respondeu: "Há um provérbio que diz: *Quem observa um peixe nas profundezas jamais terá uma vida venturosa. Quem, com esperteza, fica tentando adivinhar as coisas secretas cairá na desgraça.* Se você quiser se livrar dos criminosos, a melhor forma é empregar os homens virtuosos para esclarecer os nobres superiores e, ao mesmo tempo, educar as pessoas do povo. Com o sentimento de pudor, como o povo poderia cometer crimes?". Assim, em seguida, o duque nomeou Sui Hui como seu ministro de governo e toda multidão de criminosos acabou debandando para o reino de Qin.

Quando Confúcio estava saindo do Estado de Wei e retornando para o Estado de Lu, ele parou sua carruagem numa ponte que ficava acima de um rio e olhou para a paisagem. No rio, havia uma cachoeira altíssima que se precipitava com muita força, formando águas turbilhonantes. Peixes e tartarugas não conseguiam nadar naquelas águas, tampouco os crocodilos poderiam fazer daquele lugar a sua morada. No entanto, havia um homem nadando e atravessando aquele rio.

Confúcio enviou uma pessoa para ir até as margens e dizer-lhe: "Essa cachoeira é tão alta que forma um turbilhão intenso. Peixes e

先以忠信；及吾之出也，又从以忠信。忠信错吾躯于波流，而吾不敢用私，所以能入而复出者，以此也。"孔子谓弟子曰："二三子识之！水且犹可以忠信诚身亲之，而况人乎？"

白公问孔子问："人可与微言乎？"孔子不应。白公问曰："若以石投水，何如？"孔子曰："吴之善没者能取之。"曰："若以水投水何如？"孔子曰："淄、渑之合，易牙尝而知之。"白公曰："人故不可与微言乎？"孔子曰："何为不可？唯知言之谓者乎！夫知言之谓者，不以言言也。争鱼者濡，逐兽者趋，非乐之也。故至言去言，至为无为。夫浅知之所争者，末矣。"白公不得已，遂死于浴室。

tartarugas não são capazes de nadar nessas águas e nem ali os crocodilos podem morar. Será muito difícil concluir a sua travessia!".

No entanto, sem levar isso em consideração, o homem fez sua travessia e saiu das águas. Então, Confúcio disse ao homem: "Que talentoso! Você segue algum método (Dao)? Como você conseguiu mergulhar nas águas e sair delas?".

O homem respondeu: "Antes de eu entrar nas águas, minha mente começa a se sentir fiel e confiante. Ao sair, continuo perseverando nesse sentimento de lealdade e confiança. A lealdade e a confiança fazem com que eu permaneça nas águas turbilhonantes sem que tenha qualquer sentimento egoísta. Eis a razão de eu ser capaz de mergulhar nas águas e sair delas!".

Dirigindo-se aos seus discípulos, Confúcio disse: "Meus queridos, tenham isso em mente! Se é possível sermos leais e confiantes no meio das águas, como também não seria possível agirmos dessa mesma forma com os seres humanos?!".

O duque Bo perguntou a Confúcio: "É possível confidenciar as coisas secretas às pessoas?". Confúcio não respondeu, e o duque perguntou novamente: "Se eu lançar uma pedra na água, é possível escondê-la?".

"Os homens do Estado de Lu, que são excelentes no mergulho, podem encontrar a pedra", respondeu Confúcio.

"E se eu lançar a água na água?", perguntou o duque.

"Se as águas de Zi e as de Mian se juntarem, uma pessoa como Yiya, com o conhecimento do sabor das águas, saberá fazer tal distinção", disse Confúcio.

"Então, seria absolutamente impossível falar coisas secretas com as pessoas?", indagou o duque.

"Por que seria impossível?", respondeu Confúcio. "Somente quem conhece a linguagem autêntica poderá falar! Aquele que conhece o sentido autêntico não utiliza as palavras. Os pescadores ainda precisam se molhar na pesca e os caçadores precisam correr na caça. Isso

赵襄子使新稚穆子攻翟，胜之，取左人中人；使遽人来谒之。襄子方食而有忧色。左右曰："一朝而两城下，此人之所喜也；今君有忧色，何也？"襄子曰："夫江河之大也，不过三日；飘风暴雨不终朝，日中不须臾。今赵氏之德行，无所施于积，一朝而两城下，亡其及我哉！"孔子闻之曰："赵氏其昌乎！夫忧者所以为昌也，喜者所以为亡也。胜非其难者也；持之，其难者也。贤主以此持胜，故其福及后世。齐、楚、吴、越皆尝胜矣，然卒取亡焉，不达乎持胜也。唯有道之主为能持胜。"孔子之劲，能拓国门之关，而不肯以力闻。墨子为守攻，公输般服，而不肯以兵知。故善持胜者以强为弱。

não é nada agradável. Portanto, a linguagem mais elevada não necessita das palavras. A ação mais elevada é a *Não Ação*. Aquele que tem um saber superficial somente disputará coisas triviais."

É por isso que, não tendo alcançado a compreensão essencial, o duque Bo acabou morrendo assassinado numa banheira.

Xiangzi ordenou que o general Muzi conquistasse o Estado de Di. Assim que alcançou a vitória, tomando as cidades de Zuoren e Zhongren, Muzi chamou um mensageiro para relatar o acontecimento. Durante a sua refeição, quando soube da notícia, Xiangzi ficou preocupado. Seus cortesãos disseram: "Numa manhã, duas cidades foram conquistadas. Isso deveria deixá-lo alegre. Porém, o senhor está tão preocupado. Qual seria o motivo?".

Xianzi respondeu: "Os rios tiveram suas águas elevadas durante três dias. Tempestades com ventos ferozes e chuvas intensas já se arrastam por um dia. Num instante, o Sol do meio-dia avançou no céu. Atualmente não trago comigo nenhuma ação virtuosa. Mesmo que numa noite tenham sido conquistadas duas cidades, ainda assim seremos destruídos!".

Após ouvir isso, Confúcio disse: "O senhor terá prosperidade! Somente quem tem precaução alcança a prosperidade. Porém, quem permanece na euforia acaba na ruína. O mais difícil não é vencer. O difícil é conservar a vitória. Através da precaução, o senhor poderá conservar a vitória e, assim, a felicidade será transmitida para as futuras gerações. Os Estados de Qi, Chu, Wu, Yue já desfrutaram de vitórias, mas acabaram sendo destruídos porque não adotaram medidas para preservar suas conquistas. Somente um soberano que tenha cultivado o Caminho (Dao) poderá resguardar o seu triunfo.".

Confúcio empenhou-se bastante para erguer as aldravas do portão principal de uma cidade, mas não se vangloriou de sua própria força diante das pessoas. Mozi foi excelente em se defender dos ataques de outras pessoas e subjugou Gong Shuban, embora não fosse versado no conhecimento de assuntos militares. Portanto, aquele

宋人有好行仁义者，三世不懈。家无故黑牛生白犊，以问孔子。孔子曰："此吉祥也，以荐上帝。"居一年，其父无故而盲，其牛又复生白犊。其父又复令其子问孔子。其子曰："前问之而失明，又何问乎？"父曰："圣人之言先迕后合。其事未究，姑复问之。"其子又复问孔子。孔子曰："吉祥也。"复教以祭。其子归致命其父，其曰："行孔子之言也。"居一年，其子又无故而盲。其后楚攻宋，围其城；民易子而食之，析骸而炊之；丁壮者皆乘城而战，死者大半。此人以父子有疾皆免。及围解而疾俱复。

宋有兰子者，以技干宋元。宋元召而使见。其技以双枝，长倍其身，属其胫，并趋并驰，弄七剑

que é excelente em preservar sua conquista sabe mostrar a sua força por meio da Suavidade.

Havia no estado de Song uma família que era diligente na sua conduta virtuosa ao longo de três gerações. Nunca tinha ocorrido um acidente. No entanto, quando um boi negro gerou um filhote branco, um membro da família pediu um esclarecimento a Confúcio. Este respondeu: "Esse é um sinal auspicioso. Façam oferendas à Divindade!". Porém, depois de um ano, o pai da família ficou cego e o mesmo boi novamente gerou outro filhote branco.

Assim, o pai ordenou que seu filho consultasse Confúcio. Seu filho retrucou: "Na última vez em que seguiu seus conselhos, você ficou cego. Para que consultá-lo novamente?".

O pai disse: "No início, as palavras do sábio parecem contraditórias, mas, por fim, elas concordam com os fatos. Uma vez que ainda não vimos o fim de tudo, consulte-o novamente!". Então, quando seu filho encontrou Confúcio, este exclamou: "Que auspicioso!". Logo em seguida, Confúcio aconselhou-lhe que fizesse oferendas à Divindade. Ao retornar, o filho relatou o caso ao pai, que, por sua vez, disse: "Faça de acordo com as palavras de Confúcio!".

Porém, depois de um ano, o filho ficou cego. O Estado de Song foi conquistado pelo Estado de Chu e a sua capital foi sitiada. As pessoas trocavam entre si os próprios filhos e depois os comiam, separando seus ossos para utilizá-los como combustível ao fogo. Os homens poderosos invadiam cidades e lutavam em batalhas. A metade deles já tinha morrido. Como o pai e o filho ficaram aleijados, eles não foram enviados para a guerra e, quando o cerco terminou, ambos recuperaram sua visão.

Havia um homem errante no Estado de Song que desejava apresentar uma proeza para o soberano Yuan Jun. O soberano chamou-o para tal exibição. Sua proeza consistia em utilizar duas pernas de madeira

迭而跃之，五剑常在空中。元君大惊，立赐金帛。又有兰子又能燕戏者，闻之，复以干元君。元君大怒曰："昔有异技干寡人者，技无庸，适值寡人有欢心，故赐金帛。彼必闻此而进，复望吾赏。"拘而拟戮之，经月乃放。

秦穆公谓伯乐曰："子之年长矣，子姓有可使求马者乎？"伯乐对曰："良马可形容筋骨相也。天下之马者，若灭若没，若亡若失，若此者绝尘弭辙。臣之子皆下才也，可告以良马，不可告以天下之马也。臣有所与共担纆薪菜者，有九方皋，此其于马，非臣之下也。请见之。"穆公见之，使行求马。三月而反，报曰："已得之矣，在

duas vezes maiores do que o seu próprio corpo de modo que ficassem amarradas às suas pernas. Ao correr rapidamente com essas pernas, ele lançaria sete espadas no ar, sendo que cinco estariam sempre rodopiando no espaço. Ao assistir a isso, o soberano Yuan Jun ficou tão contente que imediatamente o presenteou com ouro e seda.

Por outro lado, sabendo do que já tinha acontecido, um outro homem errante também queria visitar o soberano Yuan Jun para apresentar-lhe a mesma proeza. Furioso, o soberano lhe disse: "Pouco tempo atrás, houve um homem que realizava a mesma proeza e desejava exibi-la para mim, porém na verdade não era importante a sua arte, porque eu me encontrava num estado de alegria tão grande que acabei presenteando-o com ouro e seda. No entanto, somente porque soube do ocorrido, agora você espera receber uma recompensa com a sua proeza.". Assim, em seguida, o soberano Yuan Jun o capturou e deu-lhe uma punição. Somente depois de um mês ele acabou o libertando.

O duque Qin Mu disse para Bo Le: "Você está numa idade avançada. Há dentre seus filhos e netos alguém capaz de procurar cavalos de boa estirpe para mim?".

Bo Le respondeu: "A maioria dos cavalos pode ser escolhida por meio da observação de seus músculos e ossos. Contudo, os melhores cavalos se encontram quase em extinção. Tais cavalos transcendem nosso mundo e não deixam rastros. Meus filhos e netos só possuem talentos inferiores. Somente reconhecem os cavalos comuns e nunca os nobres. Entretanto, há uma pessoa que escolhe e carrega lenha para mim. Chama-se Jiu Fang Gao; ele é tão exímio na escolha dos cavalos quanto eu na minha função. Por favor, faça-lhe uma visita.".

Quando o duque Qin Mu visitou Jiu Fang Gao, ele pediu-lhe para procurar os cavalos. Depois de três meses, Jiu Fang Gao retornou e relatou: "Já consegui. Os cavalos estão em Shaqiu.".

"Que tipo de cavalos são?", perguntou o duque.

沙丘。"穆公曰："何马也？"对曰："牝而黄。"使人往取之，牡而骊。穆公不说，召伯乐而谓之曰："败矣，子所使求马者！色物、牝牡尚弗能知，又何马之能知也？"伯乐喟然太息曰："一至于此乎！是乃其所以千万臣而无数者也。若皋之所观，天机也，得其精而忘其粗，在其内而忘其外；见其所见，不见其所不见；视其所视，而遗其所不视。若皋之相者，乃有贵乎马者也。"马至，果天下之马也。

楚庄王问詹何曰："治国奈何？"詹何对曰："臣明于治身而不明于治国也。"楚庄王曰："寡人得奉宗庙社稷，愿学所以守之。"詹何对曰："臣未尝闻身治而国乱者也，又未尝闻身乱而国治者也。故本在身，不敢对以末。"楚王曰："善。"

"São éguas de cor dourada", respondeu Jiu Fang Gao, que imediatamente mandou buscá-las. Entretanto, assim que chegaram, constatou-se que eram cavalos negros e machos. Irritado, o duque chamou Bo Le e disse-lhe: "Que fracasso! O homem que você recomendou para procurar os cavalos não distinguiu claramente a cor deles. Como se pode dizer que ele tem conhecimento sobre os cavalos?".

Suspirando, Bo Le disse: "Jiu Fang Gao alcançou uma dimensão tão elevada que ultrapassou milhares de outras pessoas comuns. Ele contempla o Espírito da Naturalidade. Alcança a essência íntima da coisa e ignora a sua superfície grosseira. Ele apreende o profundo interior e esquece a forma externa. Ele vê aquilo que pode ser visto e nunca vê aquilo que não pode ser visto. Ele vê o que deve ser visto e deixa de ver o que não deve ser visto. Na verdade, a arte de Jiu Fang Gao transcende o domínio dos cavalos.".

Portanto, os cavalos que tinham chegado eram certamente os melhores do mundo.

O rei Zhuang do Estado de Chu perguntou a Zhan He: "Como eu deverei governar bem o meu reino?".

"Sei como governar a si mesmo na vida e não como governar um reino", respondeu Zhan He.

"Gostaria de cultuar meus ancestrais e cuidar dos altares das divindades. Meu desejo é aprender a arte do governo para preservar esses bens", disse o rei.

"Quando se governa bem o reino, é impossível que haja desordem na casa. Da mesma maneira, quando não se governa bem a casa, é impossível que haja ordem no reino. Portanto, para governar o reino, é necessário praticar o cultivo de si mesmo. Jamais eu ousaria falar de maneira trivial sobre a forma de governar", esclareceu Zhan He.

"Perfeito!", respondeu o rei.

狐丘丈人谓孙叔敖曰："人有三怨，子知之乎？"孙叔敖曰："何谓也？"对曰："爵高者人妒之，官大者主恶之，禄厚者怨逮之。"孙叔敖曰："吾爵益高，吾志益下；吾官益大，吾心益小；吾禄益厚，吾施益博。以是免于三怨，可乎？"

孙叔敖疾将死，戒其子曰："王亟封我矣，吾不受也，为我死，王则封汝。汝必无受利地！楚越之间有寝丘者，此地不利而名甚恶。楚人鬼而越人禨，可长有者唯此也。"孙叔敖死，王果以美地封其子。子辞而不受，请寝丘。与之，至今不失。

牛缺者，上地之大儒也，下之邯郸，遇盗于耦沙之中，尽取其衣装车，牛步而去。视之欢然无忧悋之色。盗追而问其故。曰："君子不以所养害其所养。"盗曰："嘻！　贤矣夫！"既而相谓

O velho Hu Qiu disse a Sun Shu Ao: "O ser humano sente três espécies de rancor. Você sabia?".

"O que você quer dizer?", retrucou Sun Shun Ao.

"Se um indivíduo adquire um cargo de alta posição, as pessoas sentem inveja dele; se ele adquire poder, os outros nobres o detestam; se ganha honorários elevados, multiplicam-se as queixas contra ele", observou Hu Qiu.

"Quanto mais alta minha posição no cargo, mais modestas serão minhas ambições", disse Sun Shun Ao. "Quanto maior meu poder, menores serão minhas aspirações; quanto mais elevados forem meus honorários, mais crescerá minha generosidade. Desse modo, posso dizer que sou livre dos três tipos de rancor?"

Sun Shu Ao estava tão doente que parecia estar próximo ao momento da morte. Ele advertiu seu filho: "Em diversas ocasiões, nosso rei quis me oferecer feudos, mas sempre recusei. Se eu falecer, ele os oferecerá a você. Jamais deverá aceitá-los, pois entre o estado de Chu e o estado de Yue, há a montanha Qin, cujas terras são funestas e infrutíferas. O povo do estado de Chu acredita em espíritos e o do estado de Yue acredita em vaticínios. É dessa forma que esses povos preservam seus feudos.".

Assim que Sun Shu Ao faleceu, o seu soberano rei ofereceu belos feudos para seu filho. Embora tenha recusado a oferta, o filho pediu-lhe a montanha Qin. Então, o rei deixou-lhe esse presente e, desde então, os descendentes da família de Sun Shu Ao nunca o perderam.

Niu Que era um grande confuciano que morava num planalto elevado. Viajando para Handan, ele se deparou com bandidos na região de Ousha. Como suas roupas, suas bagagens e seus cavalos foram roubados, Niu Que teria de continuar sua viagem a pé. Percebendo que Niu Que não expressava nenhuma preocupação e mesquinhez, os criminosos perguntaram-lhe a causa disso, e Niu Que simplesmente

曰："以彼之贤，往见赵君。使以我为，必困我。不如杀之。"乃相与追而杀之。燕人闻之，聚族相戒，曰："遇盗，莫如上地之牛缺也！"皆受教。俄而其弟适秦，至关下，果遇盗；忆其兄之戒，因与盗力争；既而不如，又追而以卑辞请物。盗怒曰："吾活汝弘矣，而追吾不已，迹将着焉。既为盗矣，仁将焉在？"遂杀之，又傍害其党四五人焉。

虞氏者，梁之富人也，家充殷盛，钱帛无量，财货无訾。登高楼，临大路，设乐陈酒，击博楼上。侠客相随而行。楼上博者射，明琼张中，反两㯓鱼而笑。飞鸢适坠其腐鼠而中之。侠客相与言曰："虞氏富乐之日久矣，而常有轻易人之志。吾不侵犯之，而乃辱我以腐鼠。此而不报，无以立憻于天下。请与若等戮力一志，率徒属

respondeu: "O Homem Nobre jamais se afligirá somente por causa dos bens necessários à sua sobrevivência".

"Ah! Ele realmente é um homem virtuoso!", disseram os criminosos, e ainda continuaram discutindo entre si: "Se esse homem virtuoso visitar o soberano Zhao e quiser nos punir, certamente correremos sérios riscos. É melhor assassiná-lo.". Logo, os criminosos correram atrás dele e o mataram.

Sabendo do acontecimento, uma pessoa do Estado de Yan chamou os homens do seu clã e advertiu-os: "Quando se encontrarem com os bandidos, vocês jamais devem se comportar como Niu Que". Desse modo, todos passaram a seguir seu conselho. Em seguida, o irmão daquele homem do Estado de Yan foi até o reino de Qin. De repente, no limiar do portão da cidade, ele se deparou com os criminosos. Lembrando-se da advertência de seu irmão, ele utilizou a força para enfrentar os bandidos. Como não conseguiu derrotá-los, ele continuou caminhando atrás dos bandidos e implorando com palavras humildes para que devolvessem seus bens. Furiosos, os criminosos disseram: "Já fomos generosos ao deixá-lo com vida. Porém, você não para de nos perseguir, então, logo seremos reconhecidos. Como um criminoso poderá ser benevolente?". Assim, eles o assassinaram, sendo que quatro ou cinco criminosos também saíram feridos.

O senhor Yu era um homem rico da cidade de Liang. Sua família possuía uma riqueza imensa: dinheiro, seda e bens imensuráveis. Num certo dia, o senhor Yu teve a ideia de realizar uma festa na sua grande mansão. Providenciou mulheres, música e vinho, instalando-se no andar superior da casa para deleitar-se com jogos variados.

Na parte inferior da casa, encontrava-se um grupo de cavaleiros. De repente, ouviu-se uma gargalhada de um dos apostadores que vencera o jogo e, nesse mesmo momento, um malandro lançou, de longe, um rato podre contra um dos cavaleiros. Imaginando que aquele animal tinha sido atirado pelo senhor Yu, os cavaleiros disseram entre

必灭其家为！"等伦皆许诺。至期日之夜，聚众积兵以攻虞氏，大灭其家。

东方有人焉，曰爰旌目，将有适也，而饿于道。狐父之盗曰丘，见而下壶餐以铺之。爰旌目三铺而后能视，曰："子何为者也？"曰："我狐父之人丘也。"爰旌目曰："譆！汝非盗耶？胡为而食我？吾义不食子之食也。"两手据地而欧之，不出，喀喀然遂伏而死。狐父之人则盗矣，而食非盗也。以人之盗，因谓食为盗而不敢食，是失名实者也。

柱厉叔事莒敖公，自为不知己，去居海上。夏日则食菱芰，冬日则食橡栗。莒敖公有难，柱厉叔辞其友而往死之。其友曰："子自以为不知己，

si: "Há muito tempo o senhor Yu se regozija com sua felicidade e riqueza, mas ele sempre despreza o coração dos outros. Nenhum de nós cometeu quaisquer ofensas, mas agora ele nos ultraja, atirando um rato podre contra nós. Se não nos vingarmos, deixaremos de ser respeitados pelas outras pessoas. Devemos reunir nossas forças e nossos subordinados para destruir toda a sua família.". Em seguida, todos fizeram essa promessa. Quando chegou o momento na noite combinada, toda a multidão armada se juntou para atacar e, por fim, conseguiu exterminar toda a família do senhor Yu.

Havia um homem da região leste que se chamava Yuan Jing. Durante uma de suas viagens, ele se sentiu fraco e com muita fome. Um criminoso da região de Hufu chamado Qiu viu Yuan Jing ofereceu-lhe comida e água. Depois de dar três mordiscadas na comida, Yuan Jing foi recuperando as forças. Quando se encontrou mais revigorado, olhando para o homem, perguntou: "Quem é você?".

"Eu sou Qiu da região de Hufu", respondeu o criminoso.

Então, Yuan Jing disse: "Ah! Você não é um criminoso? Por que me ofereceu comida? Eu sou uma pessoa virtuosa, não posso comer sua comida!".

Com as duas mãos no chão, ele tentou vomitar, mas terminou se engasgando. Assim, prostrado, ele acabou morrendo. O homem da região de Hufu era criminoso, porém não havia nenhuma característica criminosa na comida. Pelo fato de considerar essa pessoa criminosa, Yuan Jing pensou que a comida também era manchada pelo crime e por isso a recusou. Por fim, acabou se iludindo completamente a respeito do que era um mero nome e do que era a realidade efetiva.

Zhu Lishu servia ao duque Ao do Estado de Ju. Por considerar que o duque não valorizasse seu talento, ele se afastou e se retirou para o mar. No verão, ele comia castanhas-d'água, enquanto, no inverno, ele comia bolotas de castanhas. Porém, quando o duque se encontrou em

故去。今往死之，是知与不知无辨也。"柱厉叔曰："不然；自以为不知，故去。今死，是果不知我也。吾将死之，以丑后世之人主不知其臣者也。"凡知则死之，不知则弗死，此直道而行者也。柱厉叔可谓怨以忘其身者也。

杨朱曰："利出者实及，怨往者害来。发于此而应于外者唯请，是故贤者慎所出。"

杨子之邻人亡羊，既率其党，又请杨子之竖追之。杨子曰："嘻！亡一羊何追者之众？"邻人曰："多歧路。"既反，问："获羊乎？"曰："亡之矣。"曰："奚亡之？"曰："歧路之中又有歧焉。吾不知所之，所以反也。"杨子戚然变容，不言者移时，不笑者竟日。门人怪之，请曰："羊贱畜，又非夫子之有，而损言笑者何哉？"

dificuldades, Zhu Lishu, despedindo-se de seus amigos, desejou lutar, se sacrificando por ele. Seus amigos disseram: "Você achava que era incompreendido pelo duque e por isso se retirou. No entanto, por que agora você se sacrifica por ele até a morte? Na verdade, tanto faz se você é ou não compreendido pelos outros.".

Zhu Lishu disse: "De maneira alguma isso é verdadeiro. Como percebi que ele não me compreendia, afastei-me. Mas já que ele morrerá agora, se eu não me sacrificar, nunca serei compreendido por ele. Lutarei e me sacrificarei até a morte de modo que em breve os seus próprios descendentes soberanos se sintam arrependidos por não respeitarem seus subordinados.".

Somente quem compreende o próprio talento é capaz de morrer por seu soberano. Quem não compreende a si mesmo é incapaz de morrer pelo outro. Eis aí o verdadeiro Caminho (Dao). Pode-se dizer que Zhu Lishu ficou tão ressentido contra seu soberano que se esqueceu até da própria vida.

Yang Zhu disse: "Quem beneficia os outros colhe bons frutos. Quem se ressente contra os outros é prejudicado por infortúnios. As paixões são manifestações reativas contra as coisas externas. Por isso, quem é virtuoso é prudente no que diz respeito às próprias paixões.".

Um vizinho de Yang Zhu perdeu uma ovelha. Ele não apenas chamou seus assistentes como também os outros empregados de Yang Zhu para procurá-la. Assim, Yang Zhu disse: "Ah! Você perdeu uma ovelha, mas por que precisa de tantos homens para encontrá-la?".

"É porque existem vários atalhos ao longo do caminho", respondeu o vizinho.

Assim que seu grupo de homens retornou, Yang Zhu perguntou: "Capturaram a ovelha?".

"Ela fugiu", respondeu o vizinho.

"Por que fugiu?", perguntou Yang Zhu.

杨子不答。门人不获所命。弟子孟孙阳出，以告心都子。心都子他日与孟孙阳偕入，而问曰："昔有昆弟三人，游齐鲁之间，同师而学，进仁义之道而归。其父曰：'仁义之道若何?'伯曰：'仁义使我爱身而后名。'仲曰：'仁义使我杀身以成名。'叔曰：'仁义使我身名并全。'彼三术相反，而同出于儒。孰是孰非邪?"杨子曰："人有滨河而居者，习于水，勇于泅，操舟鬻渡，利供百口。裹粮就学者成徒，而溺死者几半。本学泅，不学溺，而利害如此。若以为孰是孰非?"心都子嘿然而出。孟孙阳让之曰："何吾子问之迂，夫子答之僻? 吾惑愈甚。"心都子曰："大道以多歧亡羊，学者以多方丧生。学非本不同，非本不一，而末异若是。唯归同反一，为亡得丧。子长先生之门，习先生之道，而不达先生之况也，哀哉!"

"No meio do caminho, havia inúmeros atalhos e, realmente, não sabíamos por onde ela escapou. Por isso, voltamos", respondeu o vizinho. Angustiado, Yang Zhu não falou nada durante a metade do dia. Durante o dia todo, ele também não sorriu. Atordoados, seus discípulos disseram: "A ovelha é um animal de pouquíssimo valor. Ela nem é sua. Como agora já se encontra perdida, por que ainda o preocupa tanto a ponto de impedi-lo de rir?". Como Yang Zhu não respondeu, eles compreenderam o ensinamento. Seu discípulo Meng Shun Yang foi relatar o caso para Xin Duzi.

Depois de alguns dias, Meng Shun Yang e Xin Duzi foram juntos à casa de Yang Zhu. Xin Duzi perguntou a Yang Zhu: "Muito tempo atrás, três irmãos viajaram aos Estados de Qi e Lu, fizeram seus estudos com um mesmo mestre e alcançaram a compreensão do Caminho da Benevolência e da Retidão. Então, seus pais perguntaram-lhes, quando retornaram: 'O que é o Caminho da Benevolência e da Retidão?'.

"'A Benevolência e a Retidão me conduziram ao amor de mim mesmo e a negligenciar a fama', disse o irmão mais velho.

"'A Benevolência e a Retidão me levaram ao autossacrifício e à aquisição da fama', falou o segundo irmão.

"'A Benevolência e a Retidão fizeram com que eu conquistasse tanto a mim mesmo como também a fama', disse o terceiro irmão.

"Embora sejam diferentes esses três ensinamentos, eles pertenciam à mesma doutrina confuciana. Qual deles é o certo? Qual deles é o errado?"

Yang Zhu explicou: "Havia alguns homens que viviam às margens do rio. Familiarizando-se com a natureza do rio, eram corajosos nadadores. Além disso, sobreviviam transportando os comerciantes em barcos e, dessa forma, eles contribuíam para a vida de outras cem pessoas. Assim, desejando aprender com eles, muitas pessoas acorriam e lhes ofereciam provisões de comida. Mas, durante seu aprendizado, quase metade delas acabou morrendo afogada. Eles desejavam aprender a nadar, não se afogar. No entanto, umas foram beneficiadas, outras, prejudicadas. Em sua opinião, o que seria o certo e o que seria o errado?".

杨朱之弟曰布，衣素衣而出。天雨，解素衣，衣缁衣而反。其狗不知，迎而吠之。杨布怒，将扑之。杨朱曰："子无扑矣！子亦犹是也。向者使汝狗白而往，黑而来，岂能无怪哉？"

杨朱曰："行善不以为名，而名从之；名不与利期，而利归之；利不与争期，而争及之：故君子必慎为善。"

Em seguida, Xin Duzi saiu em silêncio e, repreendendo-o, Meng Shun Yang perguntou: "Por que você fez perguntas tão indiretas, levando nosso mestre a nos responder de modo tão absurdo? Estou totalmente confuso!".

Xin Duzi replicou: "Como há inúmeros atalhos nos quais se perdeu a ovelha, há também inúmeros métodos pelos quais os homens poderão se perder. Na verdade, os métodos não são, em sua essência, distintos entre si e impossíveis de ser unificados. Suas diferenças ocorrem porque sofreram diversas evoluções. Somente quando retornarmos à sua unidade essencial e idêntica, jamais o perderemos. É lamentável que, como o mais velho dentre os discípulos que aprendeu o Caminho (Dao), você não tenha compreendido a parábola de seu mestre!".

Num dia, Yang Bu, o irmão mais novo de Yang Zhu, saiu vestido de branco. Quando começou a chover, ele retirou sua roupa branca, vestiu uma outra preta e voltou para casa. Quando chegou em casa e chamou o seu cão doméstico, o animal não o reconheceu. Furioso, Yang Bu quis surrá-lo. Então, seu irmão Yang Zhu lhe disse: "Não precisa surrá-lo, pois você se comportaria da mesma maneira! Se ele também saísse vestido de branco e, no retorno à casa, voltasse vestido de preto, você não sentiria o mesmo estranhamento?".

Yang Zhu disse: "Não se deve praticar as ações virtuosas tendo como objetivo a reputação, mesmo que seja possível que a reputação decorra naturalmente de tais ações. Não há nenhuma relação entre a reputação e o proveito, embora seja possível que esse último resulte naturalmente dela. Não há nenhuma relação entre o proveito e a disputa, embora haja casos nos quais, se houver o proveito, existirá também a disputa. Portanto, o Homem Nobre deve ser prudente ao praticar as ações virtuosas, prevenindo-se contra a fama e o proveito e se afastando da disputa.".

昔人言有知不死之道者，燕君使人受之，不捷，而言者死。燕君甚怒其使者，将加诛焉。幸臣谏曰："人所忧者莫急乎死，已所重者莫过乎生。彼自丧其生，安能令君不死也？"乃不诛。有齐子亦欲学其道，闻言者之死，乃抚膺而恨。富子闻而笑之曰："夫所欲学不死，其人已死而犹恨之，是不知所以为学。"胡子曰："富子之言非也。凡人有术不能行者有矣，能行而无其术者亦有矣。卫人有善数者，临死，以诀喻其子。其子志其言而不能行也。他人问之，以其父所言告之。问者用其言而行其术，与其父无差焉。若然，死者奚为不能言生术哉？"

邯郸之民，以正月之旦献鸠于简子，简子大悦，厚赏之。客问其故。简子曰："正旦放生，示有

Antigamente, havia um homem que tinha o conhecimento do Caminho (Dao) da imortalidade. O soberano do Estado de Yan enviou um mensageiro para aprender com ele. Como o mensageiro demorou muito para aprender, o homem que conhecia a imortalidade acabou morrendo. O soberano ficou muito magoado e desapontado. Contudo, um de seus súditos prediletos o advertiu: "Não há nada mais temível e assustador para os seres humanos do que a própria morte. Não há nada mais valioso e sublime do que a própria vida. Como o homem que conhecia a imortalidade foi capaz de perder a sua própria vida e deixar de ensiná-lo?". Assim, o soberano desistiu da ideia de assassinar o mensageiro.

Um indivíduo chamado Qizi desejou também aprender o Caminho da imortalidade, mas, sabendo que aquele homem tinha morrido, consolou-se a si mesmo. Rindo de Qizi, um outro filósofo chamado Fuzi disse: "A imortalidade é algo que você quer aprender. Porém, agora, como aquele homem morreu, você fica tão furioso que nem sabe realmente o que deseja aprender!".

Outro filósofo chamado Huzi disse: "Fuzi não deveria ter falado assim! Há pessoas que dominam o método, porém não são capazes de praticá-lo. Há outras que são capazes de praticá-lo, mas não dominam o método. No Estado de Wei há uma pessoa que conhece a arte da adivinhação. No momento de sua morte, ela transmitiu a fórmula secreta a seu filho, que, por sua vez, a conservou sem saber concretizá-la. Outro indivíduo perguntou a seu filho, e esse transmitiu-lhe a fórmula ensinada pelo pai. Então, o indivíduo realizou o segredo dessa arte da mesma maneira como seu pai teria feito. Desse modo, como aquele homem versado no conhecimento da imortalidade também não poderia transmitir o seu método?".

O povo da região de Han Dan presenteou Jianzi com pombos. Este ficou tão feliz que também quis retribuir o povo com os mesmos pombos. Quando seus visitantes quiseram saber o motivo, Jianzi

恩也。"客曰："民知君之欲放之，故竞而捕之，死者众矣。君如欲生之，不若禁民勿捕。捕而放之，恩过不相补矣。"简子曰："然。"

齐田氏祖于庭，食客千人。中坐有献鱼雁者，田氏视之，乃叹曰："天之于民厚矣！殖五谷，生鱼鸟，以为之用。众客和之如响。鲍氏之子年十二，预于次，进曰："不如君言。天地万物与我并生，类也。类无贵贱，徒以小大智力而相制，迭相食；非相为而生之。人取可食者而食之，岂天本为人生之？且蚊蚋噆肤，虎狼食肉，非天本为蚊蚋生人虎狼生肉者哉？"

disse: "É para demonstrar meu sentimento de gratidão na chegada do Ano-Novo".

Os visitantes disseram: "Entretanto, se as pessoas souberem que você renunciará aos pombos, elas disputarão a captura entre si e provocarão a morte deles. Se quiser preservar a vida dos pombos, você deverá evitar essa rivalidade. É evidente que sua gratidão não compensará seu erro se os pombos ora forem capturados, ora, abandonados!".

Jianzi disse: "Que excelente observação!".

Tianshi estava diante dos degraus do palácio fazendo sacrifícios aos antepassados com a participação de mil convidados. No meio da multidão, uma pessoa estava ofertando peixes e gansos. Quando viu isso, Tianshi disse, suspirando: "O Supremo Céu é muito generoso com o povo. Multiplica os cinco grãos e gera peixes e pássaros para alimentá-lo.".

Todos os hóspedes concordaram em uníssono. Todavia, um garoto de doze anos chamado Baoshi, que estava sentado atrás da multidão, pôs-se à frente e observou: "Mas a verdade não é como o senhor afirmou. O Céu, a Terra e as dez mil coisas nasceram junto aos seres humanos e são todos seres semelhantes entre si. Nessa relação de semelhança, não há distinções entre qualidades como superior e inferior, mas apenas aspectos como grande e pequeno no que se refere à constituição física. Há apenas inteligências poderosas ou fracas, que mutuamente, se restringindo entre si, asseguram seus suprimentos de comida com vistas à sobrevivência. Portanto, as coisas não foram criadas uma para a outra. Assim, se, para os seres humanos, há certas coisas comestíveis e outras não, como é possível dizer que desde os primórdios o Supremo Céu produziu todas as coisas exclusivamente para fins humanos? Além disso, se os mosquitos mordem a pele humana, enquanto os tigres e lobos comem nossa carne, seria razoável conceber que o Supremo Céu produziu os seres humanos exclusivamente para favorecer os mosquitos, tigres e lobos?".

齐有贫者，常乞于城市。城市患其亟也，众莫之与。遂适田氏之厩，从马医作役，而假食。郭中人戏之曰："从马医而食，不以辱乎？"乞儿曰："天下之辱莫过于乞。乞犹不辱，岂辱马医哉？"

宋人有游于道，得人遗契者，归而藏之，密数其齿。告邻人曰："吾富可待矣。"

人有枯梧树者，其邻父言枯梧之树不祥。其邻人遽而伐之。邻人父因请以为薪。其人乃不悦，曰："邻人之父徒欲为薪，而教吾伐之也。与我邻若此，其险岂可哉？"

No Estado de Qi, havia um homem pobre que sempre mendigava comida nos arredores do mercado da cidade. As pessoas se entediaram tanto de vê-lo que nem mais desejavam dar-lhe comida alguma. Assim, o homem foi ao estábulo da fazenda da família Tian e se encarregou do trabalho de curar os cavalos para obter comida.

Ridicularizando-o, as pessoas do campo diziam: "Não é vergonhoso ser o médico dos cavalos?".

"A maior vergonha do mundo é mendigar", respondia o homem pobre. "Porém, se não sinto nenhuma vergonha ao mendigar, por que sentiria vergonha sendo o médico dos cavalos?"

No Estado de Song, um homem, enquanto caminhava pelas ruas, recolheu a metade de uma talha* de madeira que alguém tinha perdido. Levou-a para casa e contou os recortes dessa talha despedaçada. Assim, o homem disse para seu vizinho: "Ah! Em breve, eu terei dias de prosperidade!".

Havia um homem que tinha uma árvore seca chamada *Wutong* (parasol). Perto da porta de sua casa, um ancião, que era seu vizinho, disse que ela poderia trazer-lhe má sorte. Então, rapidamente o homem derrubou e cortou a sua própria árvore. Em seguida, o ancião queria ainda tirar proveito da madeira, pedindo para usá-la como lenha, mas isso causou tanto desgosto ao outro que este último disse: "Meu vizinho estava somente interessado na lenha e, por isso, ele pediu para eu cortar minha árvore. Como ele foi capaz de se tornar tão desprezível?".

---

* Pedaço de madeira usado pelos antigos para registro e cálculo. (N. T.)

人有亡鈇者，意者邻之子，视其行步，窃鈇也；颜色，窃鈇也；言语，窃鈇也；作动态度，无为而不窃鈇也。俄而抇其谷而得其鈇，他日复见其邻人之子，动作态度，无似窃鈇者。

白公胜虑乱，罢朝而立，倒仗策，錣上贯颐，血流至地而弗知也。郑人闻之曰："颐之忘，将何不忘哉？"意之所属著，其行足踬株埳，头抵植木，而不自知也。

昔齐人有欲金者，清旦请冠而之市，适鬻金者之所，因攫其金而去。吏捕得之，问曰："人皆在焉，子攫人之金何？"对曰："取金之时，不见人，徒见金。"

Havia um homem que tinha perdido seu machado. Então, ele suspeitou que um menino, o filho de seu vizinho, fosse o ladrão. Examinou sua maneira de andar e sua expressão facial. Julgou que ele tinha roubado seu machado, pois sua atitude e suas ações se assemelhavam às de um ladrão. Porém, logo depois, o homem, escavando seu jardim, acabou encontrando seu machado. Num outro dia, o homem viu novamente o menino, mas a atitude e as ações dele já não tinham nenhuma semelhança com as de um ladrão que pudesse ter roubado seu machado.

O duque Bo planejou uma rebelião. Saiu da sua corte, montado em seu cavalo. Quando fez um movimento com seu chicote, ele não percebeu que sua ponta estava virada para cima. A ponta aguda acabou ferindo seu rosto e o sangue começou a escorrer pelo chão sem que ele tivesse percebido. Ao saber disso, um homem do Estado de Zheng disse: "Se o duque esqueceu que seu rosto estava sendo ferido, como também não esqueceria de seus próprios planos estratégicos?".

Por isso, se a sua mente estiver distraída por alguma preocupação, durante a caminhada seus pés tropeçarão e a cabeça poderá se chocar contra uma árvore sem que você mesmo tenha percebido o que estava acontecendo.

Antigamente, no Estado de Qi, um homem desejava obter ouro. No alvorecer do dia, trajado com seu casaco e capuz, ele ia até o mercado onde se vendia ouro. Quando chegava ao local, ele roubava o ouro e fugia.

Certo dia, um guarda, capturando-o, perguntou-lhe: "Há tantas pessoas no lugar. Por que mesmo assim você rouba ouro?".

O homem respondeu: "No momento em que eu roubo, não vejo nenhuma pessoa. Vejo somente o ouro!".

Este livro foi impresso pela Gráfica Grafilar
em fonte Aldus LT Std sobre papel Pólen Soft Natural 80 g/m²
para a Mantra no inverno de 2022.